Stefan Höche · Thomas Bode
Das Band der Wachenden

D1729645

Das Band der Wachenden

Teil I
Wie die Zeiten sich ändern

aus dem aeris'schen
von Stefan Höche und Thomas Bode

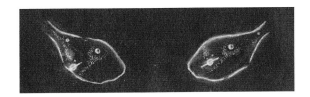

verlageinundsiebzig

Bibliografische Information der Deutschen Bibliothek
Die Deutsche Bibliothek verzeichnet diese Publikation in der
Deutschen Nationalbibliografie; detaillierte bibliografische Daten
sind im Internet über http://dnb.ddb.de abrufbar.

Impressum

1. Auflage 2009, Printed in Germany
© Copyright 2009 by **verlag**einundsiebzig Rudi Duwe
24306 Plön, Hans-Adolf-Straße 28
Telefon 04522-1708, Fax 04522-1803,
E-Mail: buero@verlag71.de, Internet: www.verlag71.de

editionX Band 8

Idee:
Ein Großteil der handelnden Charaktere, Stefan Höche
Zeichnungen: Stefan Höche
Text: Stefan Höche, Thomas Bode

www.band-der-wachenden.de

Herstellung: Buchwerft Kiel

ISBN 978-3-928905-73-2

Prolog

Es ranken sich abertausende Geschichten um Helden und deren Gegenspieler. Ich habe jede einzelne ausführlich, bis ins kleinste Detail studiert, um sie genau auf die richtige Art und Weise weitergeben zu können. Dabei ist es nicht wichtig, wer ich bin. Schon früh lernte ich, dass es nur in zweiter Linie darauf ankommt, wer etwas berichtet. Wichtiger ist, wovon dieser berichtet und von eigentlicher Bedeutung ist, wie von den Ereignissen berichtet wird. Dies gilt mehr denn je für die folgende Geschichte. Ihre Worte sind mit Umsicht zu wählen. Nie zuvor sprach ich sie aus, denn diese Geschichte ist nicht wie andere. Es heißt, jedesmal, wenn man sie erzähle, trage sie sich anders zu. Das habe seine Ursache darin, dass sie sich bei jeder Erzählung genau in der Art abspiele, wie ihre Worte gesetzt werden. Sie weben, wenn man sie geschickt wählt, den Stoff dieser Geschichte: Erzählung wird zu Wirklichkeit, Wirklichkeit zu Vergangenheit und Vergangenheit kann durch Erzählung verändert und so zur neuen Wirklichkeit werden. Ein offener Kreislauf.

Wo oder wann sich die Ereignisse dieser Geschichte zutragen, kann deshalb niemand sagen; dort und dann aber, sind die Dinge im Umbruch. Solche Phasen des Wandels sind immer mit Unsicherheiten und großen Gefahren verknüpft, und es ist nicht abzusehen, ob ein Anfang folgen, oder alles zu seinem Ende finden wird. Doch was auch geschehen mag, es beginnt mit diesen Worten; was bedeutet, es ist bereits im Gange ...

Kapitel 1

Mit eigenen Augen

Etwas verändert sich. Es 'beginnt, zu leben'. Das Wesen erwacht, undurchsichtig und noch während es zögernd die Augen aufschlägt, sind all seine Erinnerungen schon dabei, zu verblassen. Gerade noch so zart, wie ein ewig geträumter Traum, der sich im Morgengrauen unbemerkt davonstiehlt, verlieren sie sich in einer diffusen Realität. Seine großen Augen können kaum sehen und so starren sie verträumt und erschöpft ins Unerkannte. Sie blinzeln und warten reglos, dass die Dunkelheit ihren Blicken weicht.

Langsam erkennt der Geist die schemenhaften Eindrücke, welche die glänzenden Augen übertragen und entschlüsselt deren Bedeutung. Aus der bodenlosen Schwärze, die den Ankömmling wie eine vertraute Decke umgibt, bilden sich verschlafene Konturen. Schwach erkennt er graubraune, steinerne Wände. Aus einem vagen Rundblick schließt das Geschöpf, dass es in der Mitte einer kleinen Höhle auf einem leicht erhöhten Podest liegt. Der Stein ist weder hart noch kalt, er fühlt sich vertraut an. Es ruht in einer Mulde, in die sich sein erwachender Körper schmiegt, als suche das Geschöpf diesen Ort seit Ewigkeiten auf, um hier, in sich versunken, zu träumen.

Sich direkt gegenüber erkennt es, noch immer müde, einen großen, runden Fleck auf der Wand. Es scheint ihm ein trichterförmiger Durchlass zu sein, er verjüngt sich zu einem Gang. 'Ein Tunnel!' Die Neugier des Wesens ist schlagartig geweckt. 'Wo der wohl hinführt?', fragt es sich schon viel wacher. 'Das lässt sich herausfinden.'

Sich zu erheben, ist eine Sache, sich bewegen eine ganz andere. Vier Beine wollen koordiniert und dazu gebracht werden, einen Körper auch tatsächlich in die gewünschte Richtung zu tragen. Zuerst noch sehr wackelig, gelingt ihm das Kunststück, nach einigem hin und her Schwanken, schon beachtlich gut. Das Podest ist nicht hoch, und so hüpft das Geschöpf kurzerhand hinunter.

'Ui!', es wankt beim Aufkommen und fast verliert es die Balance. Ein kleiner Ausfallschritt, dann haben seine vier Pfoten alles im Griff. Es sieht sich noch einmal um, kann jetzt seine Umgebung ganz genau erkennen. Ein Gefühl der Geborgenheit erfasst es, und trotz der schattigen Kühle wird ihm wärmer. Dann wendet es sich ab und trottet vergnügt auf den Durchgang aus seiner Grotte heraus zu und hinein in den sich anschließenden Gang. Einer Biegung folgend, umgeht es säulenartig ge- und verwachsene Stalagmiten und Stalaktiten und in einer weiteren, gedehnten Kurve saugt das Wesen die ersten Vorboten der Außenwelt als leisen Luftzug durch seine großen Nasenlöcher ein. Es ist ganz fasziniert von der frischen Luft. Sie trägt so viele neue und berauschende Gerüche mit sich; besonders für eine so große und feine Nase wie seine. Und jeder der herrlichen Düfte birgt eine Erinnerung ...

Begeistert schnüffelt der frisch erwachte Entdecker dem Höhlenausgang entgegen. Je näher er diesem Ausgang kommt, desto mehr Farben können seine Augen erkennen, auch, weil die helle Öffnung voraus von vielen unterschiedlichen, meist blühenden Pflanzen bevölkert wird.

Sonnenstrahlen veranstalten bereits lustige Schattenspiele auf dem bald überwucherten Boden. Manche werden durch Tau an Farnen, Gräsern und Blättern gebrochen, und weil ein leichter Wind die Pflanzen bewegt, bewegt sich auch der Tau an ihnen. Deshalb vollführen gleißende Sonnenstrahlen wirbelnde Tänze an den Wänden, an der Decke und auf dem Boden und manche treffen in ihren wilden Pirouetten die blinzelnden Augen des kleinen Wesens. Es gibt *so viel* zu entdecken, und dabei geht es noch immer durch eine Höhle! Schüchtern und gebannt von dem tänzelnden, vielfarbigen Licht bleibt es stumm stehen und blickt hinaus.

Ehrfürchtig denkt es: 'Das Leben ist unglaublich!' Die Neugier prickelt ihm förmlich im Bauch und hinter den Ohren. Ungeduldige, eisgraue Härchen stellen sich an seinem langen Nacken auf; der eben Erwachte bekommt eine Gänsehaut. Unaufgefordert tragen ihn seine Beine Schritt für Schritt dem Ausgang entgegen. 'Wie aufregend es ist, die Welt zu erforschen!'

Ein paar größere Steine erklimmen, eher hüpfen als klettern. Auf und ab. Die weichen, samtig-ledernen Pfoten suchen und finden überall sicheren Halt, und dann kann das Wesen seine beinahe riesige Nase aus dem Fels hinaus in die frische Morgenluft strecken. Frech kitzelt die Sonne ihm das pelzige Gesicht. Hier draußen ist es nicht nur merklich wärmer als in der Höhle, es ist auch verflixt hell. Der Neuankömmling bekommt seine zusammengekniffenen Lider gar nicht auseinander. Es dauert einen Moment, er muss sich erst an das pralle, durchdringende Sonnenlicht gewöhnen. Schließlich war es in der Höhle nicht nur kühl, sondern auch schön schattig. Daher atmet er die vielen, bekannt-fremden Düfte mit halb geschlossenen Augen in sich ein. Nimmt tiefe, genießerische Züge und lässt alles auf sich wirken. Will gar nicht mehr aufwachen aus dem gerochenen Traum.

'Wie die Düfte wohl aussehen?' Es wird Zeit, die Augen doch aufzubekommen. Das Licht sticht eben etwas, dann ist es geschafft: 'Die Welt ist bunt! Und *alles* lebt!'

Gegen den Eindruck der umfassenden Vielseitigkeit an Formen und Farben, Gerüchen und Geräuschen, die zu all den unterschiedlichen Pflanzen aber auch den weniger Standort gebundenen Lebewesen gehören, fühlt das gerade erwachte Geschöpf sich plötzlich winzig und unbedeutend; vielleicht wie ein Sandkorn an einem endlosen Strand.

Trotzdem lächelt es warm. Es ist endlich angekommen. Es wird aufgenommen, fühlt sich geborgen, als winziger Teil des Strandes und ist gespannt wie ein Flitzebogen darauf, was kommen mag. Ganz ungeduldig und sehr mutig wagt es noch mehr, setzt einen weiteren Schritt in Richtung der nach obenhin offenen Welt. Sein ganzer Kopf lugt aus dem dunklen Eingang der Höhle, so dass nun auch der Plüsch auf und hinter seinen langen, spitz aufgestellten Ohren von gleich mehreren, freundlichen Sonnen beschienen wird, von denen die letzte gerade aufgeht. Die Luft riecht mild und jetzt, da der Neue mit vorsichtigen Schritten endgültig die klamme Kühle seiner Höhle verlässt, erwärmen die Sonnen ihm schnell die Seele und das flauschige Fell. Alles ist neu, alles anders und irgendwie doch noch vertraut. Und trotz des Meeres von Gefühlen, in welches der noch schüchterne Entdecker so unvermittelt und gleichermaßen kühn hinausschwimmt, fühlt er sich gut und sicher, kurzum: Wohl; und vor allem ist er neugierig auf Neues.

Er reckt seinen langen Hals und streckt die Glieder, verharrt einen weiteren Moment und lauscht dem Singen, Treiben und Ringen der Flieger und Krabbler, der Falter und Kraxler, dem Wind und dem Wasser ...

'Waaasser! Ja! Wirklich ... hier muss ein Bach fließen. Ganz in der Nähe!' Da will er hin.

Vorerst soll es dazu jedoch nicht kommen. Nach wenigen Schritten landet, direkt vor dem durstigen Wesen, aufgeregt zwitschernd, ein zweites Geschöpf, welches bestimmt ebenso erstaunlich ist, wie der Neuankömmling selbst.

Nur offensichtlich sehr viel lebhafter: Sofort piepst es den Vierbeiner wie verrückt an, während der lange Schweif des Fliegers aufgeregt Wellen schlägt. Schnell kommt der

Spitzohrige hinter die Bedeutung des Singens und Trillerns. Der Gefiederte spricht mit ihm. Er zwitschert ganz überschwänglich: „Da bist du ja! Ich kann's kaum glauben: Du bist doch das Schnuff, nicht wahr? Jetzt verstehe ich, was Itzi meint ... *Schnuff* paßt wirklich gut zu dir! Versteh' mich nicht falsch, du hast 'ne herrliche Nase! Ne echte Schnuffnase eben! Jedenfalls bin ich sehr froh, dich gefunden zu haben. Ein Freund hat mir ja schon einiges über dich verraten. Man, du hast aber große Augen, na jetzt schau nicht so drein, du wirst dich doch nicht fürchten, Kleiner? Brauchst du wirklich nicht. Nicht vor mir. Ich habe dich gesucht." Er nickt mehrmals.

„Ich war auch schon mal hier, bevor ich mich dazu entschied, die angrenzenden Systeme nach dir abzusuchen, aber nicht lange. Wort, so heißt dieser Planet, erschien mir nicht der passende Platz für ein so, verzeih' mir, neugieriges Geschöpf, wie du eines bist, um ins Leben einzutauchen. Gut, dass ich nicht immer mache, was ich eigentlich sollte, denn nachdem ich dich nirgends finden konnte, wollte ich mich auf den Weg gen Gat-Mar machen, entschied mich aber, eine Pause einzulegen. Wort lag nicht auf meiner Reiseroute, aber ich wusste eh nicht, wo du steckst, und es ist sehr schön hier und man kann seinen Gedanken freien Lauf lassen ... Sagen wir: Purer Zufall, dass ich hier bin. Ich fliege nämlich schon über eineinhalb Zyklen lang durch die Gegend. Ohne Unterbrechung. Von Istiriayl zurück, über Gwedwyns Nebel vorbei an Zypar und dann Ith, leider nicht nach Hause, sondern in eine andere Richtung. Nach Gat-Mar eben. Dem größten Planeten dieses Systems. Gut, dass du da nicht runter gekommen bist. Das hätte eine lange Suche werden können ... hähäh! Na, jedenfalls wollte ich hier auf Wort eigentlich meine Erinnerungen ein wenig schweifen lassen, weil so viel geschehen ist in jüngster Zeit ... und dabei finde ich dich dann!! Ausgerechnet!"

Wieder lacht er piepsend. „Als ich dich entdeckt habe, ist mir natürlich sofort aufgegangen, dass Wort *genau* der richtige Planet ist, dich in diesem Leben willkommen zu heißen. Er ist unschuldig. Niemand lebt hier. Niemand, der dir schaden könnte. Du hättest ihn ganz und gar für dich und könntest ihn nach Herzenslust erkunden und er würde dir nichts tun." All das piepst der Kleine in so gut wie keiner Zeit.

Das Schnuff hat dem lustigen Federfreund verdutzt dabei zugesehen und -gehört, wie dieser sich in einem endlosen Silbenfluss, durch immer heftiger werdendes Gestikulieren in einen wahren Farbwirbel aus blau, violett und schwarz und ein wenig weiß verwandelt hat. Mal spreizt er die Federn, mal zeigt er irgendwo in den Himmel. Jetzt ist dem Verdutzten schwindelig.

„Oh, ich habe mich ja noch gar nicht vorgestellt. Wie unhöflich von mir", trällert das Energiebündel.

„Mein Name ist Sternenhimmel. Ich bin ein Aeris, einer von vieren, um genau zu sein. Du wirst meine Verwandtschaft sicher noch kennenlernen. Sag mal, bist du immer so schweigsam? Ich meine, ich rede meist viel oder auch zu viel, wie andere behaupten, hehe." Er legt den Kopf schief. „Aber du bist auch nicht weniger extrem, wie mir scheint. Was hast du denn? Kannst du überhaupt schon sprechen? Du bist doch nicht etwa stumm, oder? Schweigsam, vielleicht? Wir würden gut zusammen passen, du, der große Schweiger, ich, der große Redner. Oder bist du schüchtern? Du brauchst wirklich keine Angst vor mir zu haben. Ehrlich, ich ..."

„Nein." Einen Moment lang hält das Schnuff inne. Es hat soeben zum ersten Mal seine eigene Stimme gehört. Es hat gesprochen. Ein einfaches: 'Nein.' Ein kleines Wort und dabei hatte es das Gefühl, eine Saite würde in ihm angeschlagen. Eine helle und klare Saite, die voller Kraft noch immer schwingt und ihn völlig mit ihrem Klang erfüllt. Noch nachhallt, als seine Stimme schon verklungen ist. Es schlägt sie noch mal an, kräftiger und bestimmter: „Nein", will nicht nur einzelne Töne darauf spielen, sondern ganze Melodien: „Ich bin eben erst aufgewacht. Ich hatte einen langen Traum. Darin habe ich auch dich gesehen. Dich und andere und noch so vieles mehr ..."

Sternenhimmel war Teil dieses Traums gewesen, wie er weiß. Wenn auch nur für einen winzigen Augenblick. Um darüber zu sprechen, scheint es ihm allerdings noch zu früh. So beherzigt er Capauns Ratschlag und lässt dem Neuen Zeit, sich zu finden. Vielleicht wird *der* das ein oder andere Thema ja von sich aus anschneiden. „Na, kannst ja doch reden ..."

„Klar." Dabei gelingt es dem Schnuff, die Aussage in eine Frage ausklingen zu lassen. Es spricht gern und es fährt überaus gut gelaunt fort: „Es tut mir leid, aber ich hatte Angst, du würdest platzen, falls ich dich unterbräche. Außerdem bin ich noch sehr neu hier und habe mich deshalb auch entschieden, alles erst einmal auf mich wirken zu lassen, bevor ich munter drauf los schnatter... du verstehst?"

Sichtlich vergnügt, doch ein wenig irritiert, fragt der Aeris: „Was, Moment, warte mal. Du meinst, du bist gerade erst aufgewacht? Zum ersten Mal? Jetzt eben? Wirklich?"

„Jap!", kommt die Antwort des Schnuff.

„Oh Man! Ist das ein Tag! Völlig abgedreht! Bis gerade eben glaubte ich, das wäre schon ein Hammerzufall, dass ich dich überhaupt hier treffe, aber dass ich dich jetzt hier treffe, wo du doch gerade ... ach, und sowieso: Alles Gute zum Geburtstag!!" Und spätestens jetzt gibt es kein Halten mehr für den aufgeregten Aeris und er wirft sich auf das kleine (obwohl von seiner Warte aus größere) Schnuff und umarmt es herzlich und ruft wieder: „Herzlichen Glückwunsch, Kleiner!" und drückt es und knufft es, wohl so stürmisch, dass es das Gleichgewicht verliert. Mit zwei überraschten, spitzen Schreien kullern die beiden einen Hang hinunter, der nahe des Höhleneingangs abfällt. Fallen und rollen, um sich selbst und umeinander, lachen schreiend und schreien lachend, bis sie, ziemlich abrupt und Hals über Kopf, am Fuße des Hügels aufkommen und liegen bleiben. Der Aeris quietscht, in den höchsten Tönen glucksend: „Du spinnst wohl! Kannst du doch nicht machen, Kleiner!"

Woraufhin das Schnuff prustend erwidert: „Iff fpinne? Nimm' nieber nal geinen Fnügel auff heinen Hgunk!" Bald liegen sie beide lachend und glücklich auf dem Rücken im Gras und halten sich die Bäuche. Wenn man es nicht besser wüsste, man würde sie für zwei alberne Freunde im Kindesalter halten, die sich an einem unbeschwerten Tag die Zeit vertreiben. Dabei sind die unbeschwerten Tage zumindest für Sternenhimmel spätestens seit den letzten Ereignissen vorüber. Dass der Aeris selbst in dieser Situation wie ein kindlicher Freund zu dem eben geborenen Schnuff sein kann, verrät viel über ihn.

Über die ganze Aufregung und den Spaß hat das Schnuff vergessen, dass es zum Wasser wollte. Es findet, das sei noch immer eine gute Idee, deshalb schlägt es seinem neuen Freund vor: „Wollen wir zu dem Bach gehen? Er muss hier ganz in der Nähe sein. Ich habe ihn gehört."

Der Aeris nickt ein paar schnelle Mal, grinst dabei und sagt: „Ja. Ein Schluck Wasser zum Geburtstag ist besser, als gar keine Feier. Weißt du überhaupt, wie herrlich erfrischend das ist?"

„Nein. Das heißt, ja, ich glaube schon. Weißt du es denn?"

„Sicher, das ist auch einer der Gründe, warum es mir auf deinem Planeten so gut gefällt und ich hier auf Wort meine Pause machen wollte. Wasser ist nicht gleich Wasser, glaub' mir. Das Wasser aus dem Bach, den du schon gehört hast, schmeckt einfach umwerfend. Ich kann das beurteilen, ich bin schon ein paar Tage länger auf der Welt. Halt dich nur immer an mich, ich zeig' dir, wo's lang geht, Kleiner", zwinkert Sternenhimmel dem Schnuff zu und untermalt seine Worte gestenreich. „Aber im Ernst, kleines Schnuff, du hast dir einen schönen Planeten ausgesucht, um ins Leben einzutauchen. Wort ist still und unbekümmert. Eine wahre, unentdeckte Perle. Komm, lass uns los."

Das Schnuff freut sich über Sternenhimmel und seine ausladenden und weitschweifenden Ausführungen. Nun zuckt es nickend die Schultern, wendet sich zum Hang, und sie gehen hinauf. Falls das Schnuff erwartet, Sternenhimmel fiele irgendwann nichts mehr zu erzählen ein, so liegt es falsch. Er redet und redet, berichtet weiter von seiner Suche nach ihm, auf welchen Welten er gewesen sei, um Ausschau nach dem Schnuff zu halten. Sehr glücklich sei er jetzt natürlich, da er es gefunden habe. Dabei erklärt Sternenhimmel dem Schnuff alles ganz genau. Vielleicht ein bisschen zu genau. „Nur weil ich neu hier bin, bin ich nicht begriffsstutzig!"

Sternenhimmel lacht auf. „Schon gut, schon gut, Kleiner." 'Blöd bist du ganz sicher nicht', schmunzelt der Aeris in sich hinein. „Ich meine es ja nur gut, wenn ich dir alles haarklein erkläre. Du möchtest doch sicher viel über die Welt erfahren, in der du jetzt lebst. Oh. Da fällt mir ein, ich habe dich ja noch gar nicht nach deinem Namen gefragt. Wie heißt du, Kleiner?"

Das Schnuff wird langsamer und als es auf der Kuppe des Hügels, den sie heruntergekullert waren, ankommt, stoppt es. Lässt seinen Blick irritiert umherwandern, bis er den des Aeris trifft, ihm in die Augen fällt. Eigenartig schöne Augen, tiefe Augen, die wohl das Licht der Sterne einzufangen und mit sich zu tragen vermögen. „Ich weiß es nicht mehr. Als ich vorhin in der Höhle erwachte, wusste ich *so* viel. Ich kannte die Welt, ich kannte den Kosmos, ich kannte die Vergangenheit und die Zukunft. Wie selbstverständlich. Jetzt ist alles wie ausgelöscht. Nur die Erinnerung an die Erinnerung kann ich noch greifen und auch sie schwindet. Ich kannte dich. Ein Leben lang. Ich weiß, dass wir zusammengehören, du bist mir sehr vertraut. Ich kannte deinen Namen und ich kannte auch meinen Namen." Das Schnuff starrt ins Leere: „Ach Sternenhimmel, ich bin froh, dass du da bist, sonst würde ich mich wohl sehr allein fühlen."

Die Augen des Aeris beginnen zu schimmern. Nach der anfänglich alles, sogar den Tod seines Mentors und vertrauten Freundes Capaun, überstrahlenden Freude, das Schnuff endlich gefunden zu haben, wird ihm nun schlagartig auch die Kehrseite des Handels, den das Schnuff eingegangen war, offenbar. Die Bürde dieser Zeit ist viel zu schwer für ein Neugeborenes. Das Schnuff sollte Gelegenheit bekommen, die Welt zu entdecken, Erfahrungen zu sammeln und Freunde zu finden, mit denen es herumalbern und einfach Kind sein kann. Er wird dem Schnuff ein Freund sein, doch wird seine Freundschaft das Schnuff nicht von den Gefahren dieser Zeit fernhalten. Im Gegenteil.

Sternenhimmel wird es mit diesen Gefahren unweigerlich in Kontakt bringen. Es steht zu befürchten, dass dem Schnuff und dem Aeris nicht viele Momente bleiben werden, um unbedarft Bäche und Wälder zu erkunden. Wenn Capaun Recht behält, wird die Finsternis ihren Rachen weit aufreißen und bald alles verschlingen wollen, und dieses kleine, weil gerade geboren, junge Schnuff soll tragender Teil dieser ungewissen Zukunft sein. Es wird seine Rolle zu spielen haben, ihm wird keine Wahl bleiben. Erdrückt von seinen Ahnungen, versucht Sternenhimmel, stark zu sein und dem Schnuff Mut zu machen. „Das werden wir schon schaffen. Du wirst dich bald erinnern. Mit der Zeit wird alles zurückkehren. Ich werde dir helfen, kannst dich auf mich verlassen. Wenn du mich brauchst, bin ich für dich da. Das verspreche ich dir."

Sie blicken sich freundschaftlich in die Augen und *die* lachen schnell wieder. Ihr unterschiedlicher Kummer erreicht sein Ziel nicht, sie davon abzubringen, zwei fröhliche Zeitgenossen zu sein. Und wenn sich zwei fröhliche Zeitgenossen treffen, haben sie letztlich doch meist gute Laune. Sternenhimmel beschließt, mit dem Schnuff so lange Bäche zu entdecken und herumzualbern, wie es nur geht. Das Leben wird schnell genug darauf aufmerksam machen, dass die Zeiten sich ändern.

So stapfen sie bald wieder weiter in Richtung Wasser. Es dauert nicht lange, und Sternenhimmel beginnt erneut, unglaublich schnell, unglaublich viel zu sprechen. Kaum Zeit zum Luftholen, berichtet er weiter von seiner langen Reise und erzählt Abenteuer früherer Zeiten im Schnelldurchgang, nennt unzählige Namen, unzähliger Orte, die das Schnuff irgendwie zu kennen meint, die Erinnerung daran jedoch nie greifen kann.

Schon liegen die letzten Bäume, die sie noch von dem fließenden Gewässer trennen, vor ihnen. Das Rauschen des Bachs, der eigentlich eher ein kleiner Fluss ist, sprudelt jetzt ganz intensiv in ihre Ohren. Das Schnuff kann es gar nicht mehr abwarten und geht daher so rasch, beinahe läuft es. Wie wunderbar lebendig das Wasser gurgelt! Das Schnuff glaubt sogar, aus dem Rauschen herauszuhören, wie sich das Wasser an den Steinen bricht, über sie hinweg spritzt, um klatschend wieder auf der Wasseroberfläche aufzuschlagen.

Auf jeden Fall aber kann es das Wasser mit seiner feinen Nase riechen. Ganz deutlich erschnüffelt es das kristallklare Bergquellwasser und das sogar durch all die anderen, wunderbar betörenden Gerüche dieses strahlenden Mittsommervormittages.

Und dann sieht es das Wasser. Mit seinen eigenen, ebenso strahlenden, blauen Augen, die, gleich flüssigen Lichts, von feinen Fäden aus Silber und Gold durchwoben sind. Das Nass strömt in seinem Bett wild talwärts. Hier schneller als dort, mal träge, direkt daneben quicklebendig; auf- und abschaukelnd, manches auf sich tragend, manches in sich verschlingend. Die Sonne lässt die Oberfläche an einigen Stellen farbig wie einen Edelstein aufblitzen und durchdringt sie an anderer Stelle bis auf den entfernten Grund. Mit offenem Mund macht das Schnuff die letzten Schritte auf das Ufer und sein verzerrtes, ihn verstohlen anstaunendes Antlitz zu.

Es ist vollkommen verloren in die Unwahrscheinlichkeit des Wassers und bemerkt daher den Tropfen, der sich keck aus den Strudeln gelöst hat, erst, als es ihn auf seiner runden Nasenspitze fühlt. „Iiek!" Das kribbelt. Und wie es so dasteht und den Tropfen anschielt, macht der sich auf den Weg und läuft die Nase in Richtung der Augen hinab, eine feuchte Spur hinter sich herziehend. Das Schnuff ist ganz fasziniert und beginnt zu kichern.

Diesmal ist der Aeris wirklich sprachlos. Sternenhimmel steht da und betrachtet seinen neuen Kompagnon und dessen naive Offenheit und unschuldige Neugier auf einfach alles. So fasziniert wie das Schnuff den Tropfen anstarrt, beäugt der Aeris das Schnuff.

Plötzlich platscht es schwer. Eine Fontäne aus Wasser spritzt in die Höhe. Das Schnuff war aus dem Stand heraus hineingehüpft und jetzt quietscht es vor Vergnügen. Ein paar mal hält es versuchsweise den Kopf unter Wasser, dann taucht es todesmutig in die Tiefen der tosenden Flut. Sternenhimmel bekommt bei dem turbulenten Anblick

Lust, hinterdreinzuspringen und mit dem gut gelaunten Schnuff um die Wette zu planschen. Er guckt, ob jemand guckt. 'Guckt einer? Nein, keiner!' Vergessen ist die ganze gute Kinderstube und ...

... währenddessen hat sich das Schnuff unter Wasser an den Aeris 'herangepirscht' und wartet nun auf den Augenblick, da er nach ihm sehen wird, dann ...

... zerreißt ein gewaltiger Ruck mit lautem Knall die friedliche Stille. Die Nackenfedern des Aeris stellen sich sofort in hab-acht-Stellung auf. Ein drohendes Donnern lässt den Boden erzittern. Etwas Großes ist irgendwo in der Ferne in die Erdoberfläche eingeschlagen.

Das Schnuff wird unter grollendem Dröhnen gewaltig durchgeschüttelt, weil alles weit und breit durchgeschüttelt wird. Dann noch mal. Und sofort noch einmal. Wo ist oben, wo unten? Das Schnuff weiß es nicht mehr. Alle Gliedmaßen von sich streckend, purzelt es wild rudernd durch die aufgewühlte Unterwasserlandschaft.

Etwas greift nach seinem Bein, bekommt es zu fassen und zieht das Schnuff aus dem Wasser.

„Schnell, Kleiner. Wir müssen hier weg!"

„Wa... was ist denn passiert?"

„Ich befürchte, der schwarze Meteorit, den du dort oben am Himmel siehst, ist gerade dabei, sich auf uns herabzustürzen. Auch wenn ich es sonst früher mitkriege, so was kommt in dieser Gegend unserer Galaxie leider ab und zu vor. Wir sind relativ weit drinnen ..., äh ..., ich erklär' es später. Wir sollten besser sofort los. Einige kleinere Bruchstücke sind schon eingeschlagen."

„Meteorit, was?... Oh. Ja." Das Schnuff guckt in das Blau des Himmels, zu dem Punkt, auf den die Schwinge des Aeris zeigt. 'Der dicke Brocken kommt wohl wirklich auf uns zu.' „Was sollen wir jetzt machen? Wohin soll ich mitkommen? Ich glaube nicht, dass die Höhle, aus der ich gekommen bin, genügend Schutz ..."

„Ist schon gut, Kleiner. Kannst es ja nicht wissen", wird es von dem Aeris unterbrochen.

„Wissen? Was denn? Und wer von uns beiden ist hier der Kleine, Kleiner!!? Kleiner??!"

Doch hat der Aeris schon begonnen, sich zu wandeln. Alles in allem dauert diese Verwandlung wenige Herzschläge. Er wird größer und größer. Er schießt regelrecht in die Höhe, wie in die Breite. In Windeseile hat er bereits das vielfache seiner Körpergröße erreicht und dabei verändert sich auch sein Gefieder. Sein Federkleid, jetzt schwarz und erhaben, zeigt das Universum selbst. Einige verstreut daliegende Galaxien, aber auch Planeten erblickt das Schnuff darin, sogar eine rote Sonne sieht es, neben den unzählbaren, feinen Lichtpunkten ferner Sterne und Sternhaufen. Dichte und transparente Nebel, die in allen Farben strahlen, legen sich um Entstehendes und Vergehendes. Das gesamte Gefieder des Aeris ist eine gigantische, kosmische Leinwand, und das Schnuff bekommt augenblicklich das Gefühl, als würde es fallen, so stark ist die Anziehungskraft, die davon ausgeht.

Die Federn des Koloß sind lang und ihre Konturen, ob der Unzahl galaktischer Motive, nicht genauer zu bestimmen. Der kleine, weiße Pelzring um den Hals des Aeris wächst sich zu einem Kragen aus dichtem, weißem Fell aus. Seine Schwanzfedern strecken sich und muten bald an, wie der lebendige Schweif eines eisigen Kometen. In seinen Augen, die, wie man meinen könnte, über die Jahrtausende eine Stromlinienform angenommen haben, ruht endlose, schwarze Weisheit. Auch sie sind vom hypnotisierenden Schein der Galaxien erfüllt.

Sternenhimmels Atem geht ruhig und gleichermaßen kräftig. Der mächtige Brustkorb hebt und senkt sich wie ein riesiger Blasebalg. Das plötzlich tatsächlich sehr viel kleinere Schnuff bekommt bei all dem weiche Knie.

'Eben war da doch noch ein lustiges, buntes Federknäuel, das unentwegt geplappert hat und klein und putzig war, und jetzt?!'

Was ist nur mit dem vorwitzigen, ständig übersprudelnden Aeris passiert? Er ist riesig. Turmhoch ragt er bis über die Baumkronen hinauf. Dabei scheint er dem Schnuff verschmitzt zu zulächeln, was gar nicht zu seiner imposanten Erscheinung passen will. Genauso wenig, wie das schelmische Blitzen in den majestätisch erhabenen, in allen Farben einer Galaxie strahlenden Augen des neuen Riesen.

Sternenhimmels Kopf gleicht dem eines in Stein gemeißelten Königswächters. Sein mächtiger Schnabel bildet eine edel geschwungene Linie vom Kopf bis zur Spitze. Er wirkt trotz aller Ästhetik sehr bedrohlich. Das Schnuff kann es nicht fassen. Die starken Schultern, die breite Brust, gewaltige Schwingen und Krallen an den Zehen, die nicht aussehen, als würden sie Widerstand dulden.

'Auf geht's, Kleiner!' Die 'Stimme' materialisiert sich im Kopf des Schnuff. Es hat das Gefühl, als würde sich das Geräusch, welches die Planeten verursachen, verdichten, um die Silben einer ihm fremden und doch bekannten Sprache zu formen.

Sternenhimmel breitet seine Flügel aus, sieht das Schnuff noch einmal voller Übermut an, dann hebt er ab. Hebt sich mit einem einzigen Satz über die Baumwipfel ins Himmelblau und verharrt dort einen zeitlosen Moment.

Das Schnuff sieht zu ihm hinauf. Vermutlich sollte es beim Anblick des riesigen Himmelskörpers zum ersten Mal in seinem Leben so etwas wie Angst empfinden. Doch noch immer steckt ihm der Schreck über die plötzliche Verwandlung des neu gewonnenen Freundes in den Gliedern. Dennoch: 'Was ist, wenn wir nicht rechtzeitig fliehen können? Wenn der Meteorit ...? Dann ... – Ach! Schnick-

Schnack', beruhigt es sich, 'Papperlapapp.'

Denn eigentlich gefällt ihm das Kribbeln in der Magengegend. Die Aufregung. Seine großen Augen wirken noch größer, als sie es sowieso tun.

Sternenhimmel befindet sich auf einer Achse mit dem heranrasenden Meteoriten. Die Umrisse des schwarzen Steins rahmen seine vom Sternenlicht erhellte Silhouette bedrohlich ein.

Der Meteorit aus dem All kommt mit atemberaubender Geschwindigkeit näher, schon füllt das schwarze Gestein den sichtbaren Himmel. Verschluckt Sternenhimmel beinahe und droht, ihn zu überrollen. Plötzlich ist sich das Schnuff gar nicht mehr sicher, ob der Aeris wirklich *so* riesig ist. *Sehr* sicher ist es sich hingegen, dass dieses aufregende Gefühl in seinem Bauch ein bisschen *zu* aufregend wird. Ihm stockt der Atem.

Wie ein Blitz zuckt der Aeris herab, gerade so tief, dass er das Schnuff greifen kann. Er packt fest zu, es kann sich nicht rühren. Erschreckt schreit es auf. Dann zieht Sternenhimmel das kleine Wesen nah zu sich heran. Sofort kommt eine neue Richtung in die Muskelkraft des schwarzblauen Riesenaeris.

Für das Schnuff fühlt es sich an, als würden diese Muskeln vor Kraft explodieren. Sternenhimmel schlägt zwei- dreimal mit den Flügeln und mit zwei, drei gewaltigen Rucken lassen sie die Bäume weit unter sich zurück.

Eine weitere Kraftexplosion in den Schwingen des Aeris und das Schnuff hat Krater und Berge des tosend vorbeirauschenden Meteoriten buchstäblich vor seiner Nase.

Sternenhimmel taucht geschmeidig an der Flanke des Himmelskörpers empor, und das Schnuff kann einen Blick auf und durch dessen Schweif werfen. Seltsam transparent gewährt dieser tiefe, verwirbelte Einblicke in sich. Doch nicht lange, und sie sind an dem Brocken vorbei.

Kaum ist der ehemalige Komet an ihnen vorüber, erliegt das Schnuff seiner Neugier und es streckt die knuffige Nase in Richtung der Planetenoberfläche heraus, wobei kleinste Teile, die sich aus dem Sog des fallenden Himmelskörpers lösen, dem Schnuff auf dem Gesicht kribbeln.

Das gigantische Geschoss, zu dem sich der Schweifstern entwickelt hat, stößt wie ein Dolch in die Erdoberfläche und dringt tief in sie ein. Unbändig spritzt Lava an den Rändern des Kraters hervor, wie Blut aus einer frisch geschlagenen Wunde und ergießt sich über die umliegende Landschaft. Alles versinkt in Feuer und beißendem Rauch. Sternenhimmel wird schnell noch schneller, trotzdem gelingt es ihm immer wieder nur knapp, der schwarzen, quellenden Wand, die ihm folgt, zu entgehen. Hitze und unbändiger Lärm hüllen ihn ein, und auch die Ausläufer der vulkanartigen Explosion tasten bereits mit starken Fingern nach ihm, doch schafft er es, sich zu lösen und endgültig zu entrinnen.

Der Meteorit entfesselt ein Inferno. Die durch den Einschlag freigesetzten Kräfte sind gewaltig. Ihre Ausläufer wandern als Druckwelle quer über den Planeten. Hinterlassen nichts als Weltenbrand und Untergang. Wort ringt mit dem Tod. Die von weit oben klein wirkenden Risse an den Rändern des Kraters platzen zusehends auf. Der Druck der Explosion ist enorm. Das Schnuff kann das Brechen der Erdkruste, wenn auch nur gedämpft, hören. In diesen Momenten bewegt sich das Schicksal des Planeten auf ungewissen Pfaden. Immer mehr rußiger Rauch wird, von den gewaltigen Geräuschen der brechenden Hülle begleitet, in die Atmosphäre geblasen.

Noch einmal spornt sich Sternenhimmel an und schraubt seinen Körper aus den obersten Schichten der darüber liegenden Thermosphäre heraus ins All. Dort ist es seltsam ruhig.

„Du solltest die Luft anhalten, Kleiner!", fällt dem Aeris viel zu spät ein. „Da oben, hier, gibt's nicht so viel davon."
Luft anhalten. Wie soll das gehen? So, wie man die Zeit anzuhalten versuchen kann? Doch die Ablenkung ist zu groß. Seine Gedanken bleiben zurück, wie auch die Luft.
Der Himmel unter ihnen wird zusehend dunkler. Das Schnuff kann nur Schemen erkennen, sogar das gleißende Pulsieren der Lava ist wenig besser, als durch einen dicken Vorhang zu sehen. Es dauert nicht lange und man kann die rotglühende Einschlagstelle des Meteoriten nur mehr erahnen.
Der Überlebenskampf Worts ist noch nicht zu Ende, so viel steht fest. Vielleicht wird der Planet weiter existieren. Doch selbst wenn, wird er lange Zeit einen traurigen Anblick bieten. Die Bewohner dieser Welt werden die Katastrophe nicht überleben. Ein dichter Mantel aus Staub und Ruß verteilt sich gleichmäßig in den oberen Schichten der Atmosphäre und wird eine Abkühlung des Klimas bewirken, da er die Sonnenstrahlen absorbiert und reflektiert. Vermutlich werden fast alle Arten aussterben, und bestenfalls Knochen und steinerne Abdrücke könnten zurückbleiben, um irgendwann Andeutungen über eine graue, gefährliche Vorzeit zu machen. Wenn überhaupt, mag es Jahrtausende dauern, bis sich der Planet von dem Schlag erholt hat, und was dann kommt, wird eine andere Geschichte sein.

Kapitel 2

Reise in eine neue Heimat

Wohl unzählige Tagträumer haben sich ausgemalt, wie es sein mag, mit den Sternen zu spielen; viele würden alles dafür geben, einmal in ihrem Leben ins Weltall fliegen zu können. Es muss ein überwältigender Anblick sein, wie sich das All atemlos aus den immer dünner werdenden Luftschichten herausmodeliert, um sich schließlich in seiner ganzen Pracht zu offenbaren.

Und obwohl ein gewisses Schnuff gerade erst das Licht der Welt erblickt und einen wunderbaren Freund gefunden hat, der sich auch noch verwandeln kann, eigentlich riesig groß ist, es durch die Luft trägt, haarscharf an einem Meteoriten entlang, anschließend auch noch zusammen mit diesem Freund Zeuge wird, wie besagter Meteorit beinahe seinen gesamten Heimatplaneten zerstört, bleibt dieser Augenblick einfach spektakulär. Es dreht den Kopf in Flugrichtung und erstarrt im ersten Anblick des Raums in dem die Welten ruhen. Es wird seine Zeit dauern, bis das Schnuff alle Eindrücke einordnen kann, geschweige denn, verarbeitet hat, und schon bemächtigt sich seiner ein schleichendes Staunen darüber, mit welch' unendlich weitem Mantel der luftleere Raum alles umschließt.

Sternenhimmels Silhouette verwebt sich naht- und ansatzlos mit der Decke dieses Mantels, dessen Faser er wird. Er ist in seinem ureigenen Element. Er ist der Sternhimmel, wie ein Lichtstrahl die Sonne ist und ein Tropfen der Ozean. So breitet er vertraut seine gewaltigen Schwingen aus und taucht durch den Raum. Er wird eins mit der ewigen Strömung des Alls. Nichts hält seinen Fluss auf. Weder Zeit noch Raum lassen spürbare Abdrücke erkennen. Die Grenzen, welche die zwei Reisenden erfahren, sind einzig die eigenen Gedanken.

Wie ein Schatten gleiten sie durch die Entfernungen. Vorbei an Gellion und Paridis, den Monden Worts, des Heimatplaneten des Schnuff. Vorbei an Ith und somit den sagenumwobenen Stätten Son und Akahn, die Brennpunkte mehrfacher planetarer Energiekreuzungen 'bilden', was starken Einfluß auf die hiesige Umwelt hat. Einer der Monde des Planeten wurde wohl künstlich geschaffen. Wozu, bleibt dem Schnuff jedoch ein Rätsel, denn es geht immer weiter.

Vorbei an unglaublichen Eindrücken: Unendlicher Schwärze, durchstochen von nadelfeinen Lichtpunkten, durchzogen von einem vielfarbigen Nebel, der an einigen Stellen leuchtend pulsiert. Durch die allgegenwärtige Stille, die alle anderen Sinne schärft, bis man bemerkt, dass es alles andere als still ist. Vorbei an dem, was das Auge sieht und dem, was es nicht sieht. An Recht und Unrecht, an Freud und Leid und dem Grau und den Farben dazwischen. Vorbei an Krieg und Frieden, an Entdeckungen und dem Vergessen. Kurzum: All dem, was das Tuch des Weltalls einhüllt.

Nach undefinierbar kurzer Zeit werden sie spürbar langsamer und den überfluteten Sinnen des Schnuff wird Zeit eingeräumt, die äußeren Eindrücke zu ordnen, zu verstehen. Doch die Zeit reicht nicht. Wie auch?!

„Alles in Ordnung?", will Sternenhimmel wissen.

„Mir geht's gut!", freut sich das Schnuff. Obwohl es findet: „Bißchen frisch hier draußen."

„Hehe." 'Bisschen frisch.' Der Kleine erwärmt ihm das Herz. Auf eine unerklärliche Weise empfindet er Stolz.

Sie nähern sich einem kleinen, überwiegend grünen, aber auch blauen Planeten, der von der Aufmerksamkeit des Schnuff jedoch links liegen gelassen wird, als es seinen

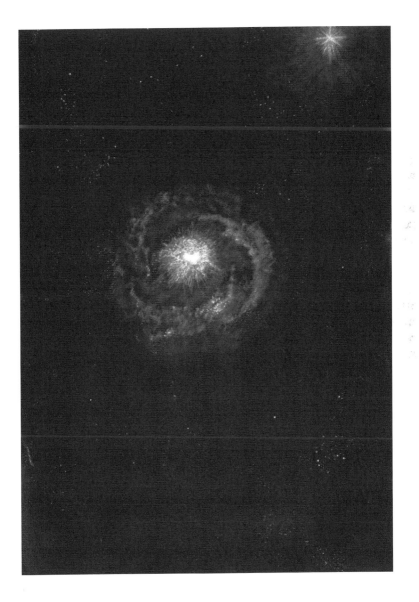

Blick auf etwas richtet, das von besagtem Planeten noch halb verborgen wird: Hinter ihm, also vor ihnen, taucht, in unglaublicher Entfernung, eine schillernde Spiralgalaxie auf. Sie erstrahlt, in allen erdenklichen Weißfarben, rund um ihr goldenes Herz, das im Rhythmus der kosmischen Strömungen pulsierend schlägt.

Wie dem Mittellosen vor einem unermesslichen Schatz der wildesten Diamantenphantasien auf schwarzem Samt, steigt dem Schnuff beim Anblick der Sterne das Fieber zu Kopfe. Verwirrt von dem Strauß tausender, heller Töne, die es auf eine nicht greifbare Weise tief in seinem Inneren berühren und es gleichsam beruhigen, fragt es Sternenhimmel: „Was ist denn das für eine herrliche Galaxie? Und was für ein herrliches Sonnensystem in ihrem Zentrum?"

„Das ist die Capaun Galaxie", beginnt der Aeris leise. Die Gedanken und Gefühle, welche von der Frage seines Begleiters aufgeworfen werden, drohen, die dünne Fassade vor Sternenhimmels Trauer mit einem Schlag einzureißen. Von Neuem erlebt er die bitteren Augenblicke des Abschieds von seinem vertrauten Freund und von Neuem muss er mit seinem Schmerz und seiner Angst ringen, um nicht darin zu ertrinken. „Dieses System ist etwas Besonderes", spricht er zaghaft weiter. „Bis vor kurzem existierte dort noch ein Planet. Er war riesenhaft. Gigantisch. Dann, plötzlich, war er verschwunden und dort, wo er sich einmal befunden hatte, war nichts mehr. Grad so, als wär' da nie etwas anderes als blanker Raum gewesen. Niemand konnte sich das Geschehene erklären. Zumindest nicht zu dem Zeitpunkt. Und dann ist, quasi wie aus dem Nichts, dieses Sonnensystem entstanden. Wodurch die Galaxie, in deren Herzen Capaun war und wieder ist, sich ebenfalls gewandelt hat. Von einer kleinen, formlosen Wolke, bestehend aus tausend Sonnensystemen in ein zusammenhängendes Spiralsystem. Wir haben es nach dem Planeten benannt: Capaun." Der Aeris stockt in seinem ohnehin schon ungewöhnlich langsamen und schüchternen Redefluß und als er weiter spricht, hat das Schnuff den Eindruck, dass dem neu gewonnen Freund jede Silbe der gesprochenen Wörter unsagbare Qualen bereitet. „Ach Kleiner! Das ist eine lange, sehr traurige Geschichte und dies nicht der richtige Moment, sie zu erzählen. Wir sollten ein andern Mal darüber sprechen. Vielleicht haben wir auf Ai'Kohn Gelegenheit dazu. Lass' uns nach Hause fliegen. Lass' uns gucken, ob die anderen da sind. Lass' sie deine Bekanntschaft machen, ja?"

Das Schnuff erwidert nichts. So zaghaft und in sich gekehrt hat es den Aeris noch nicht erlebt. Selbst dessen Stimme verrät, dass etwas Trauriges geschehen sein muss. Was mag seinen bisher gut gelaunten Freund so sehr bedrücken? Das Schnuff kann sich beim besten Willen nichts ausmalen, was die überquellende Fröhlichkeit Sternenhimmels überschatten könnte. Es findet keine Antwort, doch es bleibt still und beschließt, das Thema ruhen zu lassen.

'Wahrscheinlich ist hier tatsächlich nicht der Ort und die Zeit für traurige Geschichten.' Außerdem sind sie am Ziel ihrer Reise angelangt: Ai'Kohn.

Mit einer gedehnten Flugrolle beginnt der Landeanflug.

Sternenhimmel schließt die Flügel behutsam um das Schnuff. Er versucht, der Luft den geringst möglichen Widerstand zu bieten, um den Eintritt in die Atmosphäre so glatt wie möglich zu gestalten. Er versteift seine stromlinienförmige Körperhaltung und bohrt sich vehement in die schützende Lufthülle des Planeten.

Die zwei werden kurz aber kräftig durchgeschüttelt. Feuer hüllt sie ein. Flüssiges Plasma bildet sich rund um den Aeris und spritzt fauchend an ihnen vorbei. Dem kleinen Schnuff wird dabei sehr warm und es muss blinzeln, weil ihm die Augen brennen. Doch das ist schnell vorüber, und die kühle Luft vertreibt die letzten unangenehmen Gedanken.

Es dauert nicht lange und Sternenhimmel breitet seine Schwingen wieder aus, um auf einer milden Luftschicht zu gleiten. Sie sind angekommen.

Die beiden Reisenden segeln bald über das dichte Dach eines urwüchsigen Dschungels hinweg, und am Horizont sieht das Schnuff ein Bergmassiv auftauchen. Der Urwald lichtet sich stellenweise. Der Lauf eines Flusses leistet ihnen für einige Zeit Gesellschaft.

Dieser Fluss ist dem klaren Bach, in dem das Schnuff vor noch nicht allzu langer Zeit geschwommen ist, gar nicht ähnlich. Im Gegensatz zu dem quicklebendigen, sprudelnden Gewässer, ziehen sich die Fluten dieses Flusses zäh, als eine dickflüssige Masse durch das Land. Breit und träge führt das schmutzig-grüne Wasser unzählige Bäume und anderes Treibgut mit sich. Der Strom erweckt im Schnuff nicht gerade die Vorstellung, dass furchtbar nette Lebewesen darin wohnen. Besonders, seit es bemerkt hat, dass hin und wieder die breiten Rücken mächtiger, greller Leiber aus dem schlammigen Wasser auftauchen. 'Wenn man diese Riesen selbst aus unserer Höhe so deutlich beobachten kann, müssen sie wahre Flussungetüme sein', denkt das Schnuff. 'Und wer weiß, wie viel ihres Körpers sich noch unter der Wasseroberfläche verbirgt. In der Brühe kann man ja so gut wie nichts erkennen.' Aufgeregt berichtet es Sternenhimmel von seiner Entdeckung: „Hoffentlich gibt es hier noch ein paar freundlichere Bewohner, als die Dinger da unten."

„Langsam, langsam, Kleiner. Können ja nicht alle so charmant daherkommen, wie ich. Die dicken Dinger heißen Muhls und sind alles andere als unfreundlich. Man kann sich wunderbar mit ihnen unterhalten. Sie haben immer Zeit. Ihr Fluss fließt so langsam, dass sie nie das Gefühl haben, etwas zu verpassen. Ich werde sie dir vorstellen. Ihr versteht euch bestimmt. Vielleicht besuchen wir sie gleich morgen, oder zumindest innerhalb der nächsten Zyklen. Auf jeden Fall sollten wir vormittags herkommen, jetzt im Herbst ist der Fluss zu dieser Zeit fast orange, wegen der Sonnenstände, und man kann die Muster auf den Körpern der Muhls deutlich erkennen. Das ist ein herrlicher Anblick, und jeder Muhl erzählt zu gern die Geschichte seines Körpermusters. Nur Schade, dass wir nicht so viel Zeit haben. Wir wollen weiter. Und du, hör' endlich auf, dich zu verrenken, Schnuffling, sonst lernst du die Muhls doch jetzt schon kennen, weil du runter in den Fluss plumpst!" Und damit beschleunigt Sternenhimmel merklich ihren Flug.

Das Schnuff, welches die Sache mit dem 'Verrenken' anscheinend nicht verstanden hat, sich jedenfalls wieder unbekümmert den Hals verdreht, um die Muhlrücken auch weiterhin betrachten zu können, ist noch immer beeindruckt, wie rasant so ein Aeris durch die Luft fliegen kann. Schnell sind die eigentümlichen Flußtaucher verschwunden, und die Vegetation wird lichter, bald spärlich, und schon ist außer vereinzelten Buschformationen, nur noch niedriges Gras zu bestaunen. Auch der Fluss beschließt, sie nach einer weiteren, kurzen Weile zu verlassen und seinen Strom in eine andere Richtung zu lenken. Bald gibt es nur noch Gras unter ihnen. Ein riesiger, langweiliger, grüner Teppich, der kein Ende zu nehmen scheint.

„Wer seid ihr?", fragt das Schnuff, von einem unterforderten Geist getrieben, der sich daran erinnert, dass der Aeris über seine Verwandtschaft gesprochen hatte. „Ich meine, du und 'die anderen', was ... *tut* ihr?"

Sternenhimmel lacht tief in sich hinein. Er strahlt förmlich, als er antwortet: „Wir sind eine wirklich kleine Gemeinschaft, die ein Auge darauf hat, dass das Multiversum nicht aus der Balance gerät. So wild, wie es sich manchmal dreht."

„A-ha", gibt das Schnuff sein Unverständnis nachdrücklich zu verstehen. „Das Multiversum ..."

„Ja. Alle Ebenen, Dimensionen und Winkel der Realität, die du dir nur vorstellen kannst."

„..."

„Oder auch nicht vorstellen kannst. Wirst schon sehen."

Ob es das möchte? Natürlich! Prinzipiell ist es genau deshalb hier. Weil es alles erkunden will. Zumindest, soweit es sich erinnern kann. „Und wodurch könnte das Ganze die Balance verlieren?"

Sternenhimmels Antwort kommt zaghaft, als müsse er über ihre Formulierung nachdenken. „Das ... ist eine ... längere Geschichte, die viele Seiten hat. Am besten, wir erzählen sie dir alle gemeinsam ..."

Das klingt ziemlich orakelhaft. Zudem hat es den Anschein, als wolle Sternenhimmel wirklich nicht so recht mit der Sprache herausrücken, bis sie die anderen angetroffen haben. Weder, warum das Multiversum ihres Schutzes bedürftig sein sollte, noch, was es mit dieser geheimnisvollen Galaxie auf sich hat, welche Sternenhimmels Gedanken mit Schwermut erfüllt. Also widmet sich das Schnuff wieder seiner unmittelbaren Umgebung.

Gras und immer mehr Gras, das ist wenig aufregend, und so denkt das Schnuff zurück an die dicken Muhls aus dem zähen Strom. 'Sternenhimmel wird schon recht haben, dass sie ganz nett sind.' Das Schnuff freut sich jetzt doch darauf, einen von denen kennen zu lernen. 'Möchte bloß wissen, worüber welche reden, die nur in so einer Grütze tauchen, und davon mal ab, *wie* soll man sich mit denen unterhalten?' Es beginnt, sich auszumalen, wie sich ihre Muhlstimmen wohl anhören werden. Sicher lustig. Eben will es Sternenhimmel an seiner Erkenntnis teilhaben lassen, da entdeckt es etwas anderes. Eine Herde seltsam ausgelassener Vierbeiner. Es müssen drei oder vier Dutzend von ihnen sein. Aus der Ferne kann man sie kaum als Schemen erkennen.

„Können wir mal über die da hinten hinweg fliegen? So etwas habe ich ja noch nie gesehen."

'Welch Wunder', denkt Sternenhimmel, 'du bist ja auch kaum einen halben Tageszyklus alt. Wenn's danach ginge, müßten wir jeden Grashalm einzeln bestaunen.' Doch er kann das Schnuff natürlich verstehen: Das Leben ist zu aufregend, um daran vorbei zu fliegen. Deshalb dreht er bei, und sein Körper beschreibt eine Schleife über den Wildspringern, damit das kleine Schnuff in Ruhe einen Blick auf sie werfen kann.

„Das ist ja drollig!", ruft es begeistert. „Wenn die nicht gerade damit beschäftigt sind, Gras in sich hinein zu stopfen, springen sie in der Gegend herum. Guck mal. Die haben ganz lustig lange Hälse. Und die schütteln immer den Kopf, wenn sie springen."

„Vermutlich nennt man sie deswegen Wildspringer. Äußerst verschrobene Gesellen im übrigen, auch wenn man ihnen das *so* besser nicht sagt. Und sie lieben Gras in jeglicher Form. Sie haben es buchstäblich zum Fressen gern. Sie genießen so viel davon, so oft sie es können. Hähä."

„A-ha. Und, besuchen wir die auch?"

„Das könnten wir schon, Kleiner. Es gibt nur ein Problem: Sie lieben ihr Gras wirklich über alles, verstehst du?" – 'Nö, wie auch!', kichert Sternenhimmel in sich hinein. „Also, das heißt: Sie mögen es gar nicht gern, wenn andere darauf herumtrampeln. Da können sie regelrecht rabiat werden und dann sollte man sich vor ihnen in Acht nehmen. Über ihren Rasen zu ihnen laufen und 'Hallo!' sagen, ist daher nicht drin. Und leider bleiben sie nie lange am Rande ihrer geliebten Wiesen, wo man gemütlich ein Pläuschchen mit ihnen halten könnte. Die Wildspringer bleiben nämlich überhaupt nie lange an einem Fleck. Sie haben viel zu viele Bedenken, dass irgendwo, irgendjemand, irgendetwas mit ihrem schönen Gras anstellen könnte. Außerdem halten sie auch gar nicht viel davon, sich mit anderen Lebewesen zu beschäftigen."

„Warum denn das?"

„Ach ... Wildspringer. Sie sind halt gern unter sich. Also mal sehen, ob wir sie trotzdem abpassen können, wir haben später ja noch genug Zeit."

„Ich glaube, ich könnte mich trotzdem gut mit den Wildspringern verstehen", findet das Schnuff, „aber du hast sicher Recht. Später."

Sternenhimmel muss bei dem Gedanken daran, was das Schnuff gemeinsam mit den Wildspringern alles anstellen würde, unwillkürlich schadenfroh schmunzeln: „Ja, Kleiner, ich werde euch zu gern bekannt machen."

„Oder wollen wir sie doch kurz begrüßen." Das Schnuff ist hin- und hergerissen. Einerseits würde es Sternenhimmels Vorschlag nur zu gern folgen und zunächst dessen Gefährten kennenlernen. Andererseits würde es die Wildspringer, die mittlerweile sehr interessiert zu ihnen heraufsehen (das Schnuff interpretiert deren wilde Blicke als interessiert), auch gern ein wenig ausfragen. „Ich meine, das geht doch sicher schnell, oder?"

„Ein andern Mal." Und bevor das Schnuff noch weiter bohren kann, und die Wildspringer sich noch ein wenig mehr für sie *interessieren*, lässt Sternenhimmel die Herde unter ihnen lieber schnell hinter sich zurück. Sie fliegen wieder auf das Gebirge zu. Bei ihrer Geschwindigkeit kommt es rasch näher und türmt sich bald beängstigend schnell vor ihnen auf.

Sternenhimmel muss gewaltig an Höhe gewinnen. Er schießt jetzt fast senkrecht empor. Wie ein Pfeil fliegen sie schnurgerade in den wolkigen Himmel; der Berg, graubraun und schartig, weil Wetter und Wind über die Zeit ihre Spuren hinterlassen haben, direkt unter ihnen. Einen kurzen Moment lang erblickt das Schnuff eine mit Schnee bedeckte, steinerne Gams, die auf einem Felsvorsprung steht. Gespannt bohren sich die Blicke der beiden ineinander. Dabei verspürt das Schnuff ein angenehmes Kribbeln im Bauch.

Dann sind die Felswand und die Gams unter ihnen verschwunden. Dem Schnuff ist, als würde es von einer Klippe springen, bis Sternenhimmel, die Flügel weit ausgebreitet, einen warmen Aufwind zu fassen bekommt, der ihn beinahe zärtlich mit sich trägt. Das Schnuff erhascht einen kurzen Blick auf ein einladendes, grünes Tal, abgesteckt von einer rohen Berglandschaft unglaublich weiten Ausmaßes, bevor es geblendet wird. Bis an den Horizont stehen Berge. Ihre Kuppen voll kristallener Schneemassen, die, wie ein riesiger Spiegel wirkend, gleißendes Licht grell reflektieren. Die Strahlen finden den weiten Weg von fernen Sonnen, über die schneebedeckten Berghänge in die Augen der zwei Reisenden. Es ist so hell, es schmerzt. Das Schnuff kneift überrascht die großen Augen zusammen und zieht heftig Luft ein. Die ist ebenfalls eine Überraschung. Sie schmeckt ganz anders, als die Luft auf Wort. Klar und scharf, statt mild und voll süßer, rundlicher Düfte. Neugierig saugt es einen weiteren, tiefen Zug in sich ein, nachdem es den ersten entlassen hat. Mit halb geöffneten, noch immer tränenden Augen, genießt es die kristallklare Frische der reinen Bergluft dieses ihn ungemein ansprechenden Ortes.

„Das ist das Tal der Freien", erklärt Sternenhimmel mit überraschend feierlicher Stimme in den Moment hinein. „Meine Heimat. Unsere Heimat. Und wenn du willst, auch deine Heimat. Das kannst du entscheiden, wann du willst, wie du willst."

Bei sich denkt das Schnuff, wie gemütlich das Tal aussieht. 'Hier würde ich mich auch wohl fühlen. So ein herrlicher Fleck. Ich weiß schon, warum Sternenhimmel und seine anderen sich das Tal zu ihrer Heimat erkoren haben. Was ist denn das?'

In der Mitte des verborgenen Bergeinschnitts ragt, an einem See gelegen, dessen Wasser so tief blau sind, dass sie schwarz wirken, ein hoher Turm, wie ein schlanker Finger empor. In seine Zinnen eingebettet, thront eine Kuppel aus purem Gold. Sie schimmert im Sonnenlicht, als sei sie selbst ein Stern. Ihre Oberfläche ist, wie durch wogendes, flüssiges Licht, kaum zu erkennen.

Der Turm ist der Mittelpunkt des Tals und das Ziel mehrerer schmaler Wege, die, von oben betrachtet, an ein stilisiertes Spinnennetz erinnern. Die Sohle des Tals ist üppig mit kräftig grünem Gras bewachsen, und vereinzelt zieren Mischhaine die Umgebung. Ein Flußlauf entspringt an einer Stelle dem Massiv und sein Wasser teilt das Tal in zwei ungleich große Hälften. Der kleine Strom speist den dunklen See und rahmt, unter anderem, den schlanken Turm weiträumig ein. Sein durchsichtiger Schleier umfließt ebenfalls einen Eingang in den Berg. Vor dieser Höhle setzt Sternenhimmel das kleine Schnuff auf dem weichen Boden ab und gleitet selbst ins hohe Gras. Bald ist er wieder so klein, wie das Schnuff ihn kennengelernt hat. Er hüpft herüber und piepst: „Ist ja merkwürdig. Ich hab' doch angesagt, dass wir kommen. Wo sind denn alle? Ist was passiert? Warten bringt's nich', lass uns gleich hinein gehen und schauen, was geht."

Sie durchschreiten den geräumigen Eingang der Höhle. Dabei wundert sich das Schnuff, wie dieser Eingang, unbearbeitet, wie er wirkt, oder nicht, von einem ebenen Boden abgesehen, kreisrund geschnitten in die Tiefe des Berges führen kann. Die Oberfläche des Gesteins ist ohne Makel und sieht glatt und anschmiegsam aus. Sie glänzt, als sei sie glasiert worden. Als wäre etwas unter großem Druck und nicht geringerer Hitze in den Berg eingedrungen und hätte ihn schmelzen lassen. Ein Meteorit vielleicht. Die fallen aber von oben nach unten, wie es heute schon eindrucksvoll bewiesen bekommen hat und nicht parallel zur Erdoberfläche. Vor allem aber neigen sie nicht dazu, Höhlen zu erschaffen. Doch das Schnuff fragt nicht, denn es ist viel zu gespannt darauf, was folgen wird.

Zunächst gibt es allerdings nur jenen großzügig angelegten Gang zu bestaunen. Schön groß, ja, breit und hoch genug für einen 'ausgewachsenen' Aeris, aber so langweilig wie perfekt. 'Wenn das der Eingang zu meiner Wohnung wäre, würde ich gleich hier vorne eine paar tolle Sachen hinstellen, Bilder an die Wände malen oder etwas hineinarbeiten. Vielleicht Motive von Orten und Lebewesen, die ich schon gesehen habe, damit ein Besucher gleich einen Eindruck von mir bekommt und wir uns über etwas unterhalten können, falls er keine Neuigkeiten weiß.' Plötzlich erinnert sich das Schnuff an das steinerne Geschöpf aus den Bergen. 'Oder war das eben eine Täuschung?' So ganz sicher ist es sich nicht mehr. 'Vielleicht hat Sternenhimmel es auch gesehen.'

„Sag mal, hast du vorhin in den Bergen eigentlich auch dieses Wesen gesehen? Ein Widder? Ganz aus Stein und mit Schnee bedeckt und es hatte schwarze, glänzende Hörner. Das Gesicht war hell, wie Jaspis und gesprenkelt mit dunklem Braun." Es schaut verträumt in sich hinein, während es im Gehen spricht.

„Bitte?!?" Sternenhimmel bleibt stehen. Er hört seinen Freund eine recht detaillierte Beschreibung der steinernen Gams von Tristwend abgeben. Aber das kann nicht sein, oder?

„Hm?" Wie erwachend bleibt auch das Schnuff stehen und schaut sich um. „Ja. Hat mich sehr neugierig angeschaut, der verschneite Freund. Fast hab' ich gedacht, ich hätte mich getäuscht, weil ich das alles ja nur kurz gesehen habe, so schnell, wie wir vorbei waren ... Aber wo ich jetzt darüber spreche und es wieder vor meinem inneren Auge sehe, bin ich mir doch *sehr* sicher."

Sternenhimmel schaut das kleine Schnuff eindringlich an. Dann nickt er: „Der Geist der Berge!" Er schließt auf: „Junge, Junge. Die weisesten der Weisen pilgern auf allen Planeten, ihn zu suchen, um nach Rat zu fragen. Aber er erscheint nur selten jemandem und dich kommt er begrüßen. Tzs." Dann lacht er auf: „Darauf kannst du dir was einbilden, ehrlich. Du weißt, ich weiß Bescheid, hehe. Hat er was gesagt?"

„Nein", antwortet das Schnuff etwas verschüchtert. „Er schien nur neugierig."

„So wie du, was?" Sternenhimmel grinst tief in sich hinein, als er den Weg wieder aufnimmt. Das Schnuff folgt dem Aeris, tief in Gedanken und die noch immer deutlich vor ihm schwebenden Augen des Berggeistes versunken. Hatte er etwas gesagt? Einen Austausch hatte es erfahren, da ist das Schnuff sicher, aber welcher Art? Das kann es im Nachhinein nicht mehr sagen. Zurück bleibt lediglich jenes angenehme Gefühl des willkommen geheißen werdens. Ein Stück gehen sie schweigend nebeneinander her, bis durch einen hohen Torbogen, eine weite Höhle sie empfängt. In der Entfernung kann das Schnuff zwei Aeris erkennen, obwohl es ziemlich dunkel ist.

„Silberschatten und Morgenrot", wird es von Sternenhimmel eingeweiht. Mehr an sich selbst gewandt murmelt er: „Ich möchte wissen, wo Flamm und Itzi sind. Ich frage mich, was hier vor sich geht. Irgendetwas stimmt nicht. Na ja, gleich werden wir klüger sein."

Als Silberschatten Sternenhimmel in Begleitung des Neuen erblickt, fällt ihm ein Stein vom Herzen. Er denkt an Capaun, der ihnen das Versprechen abgenommen hatte, dass sie, die Aeris, sich um das Wohl des Neugeborenen sorgen werden. Noch immer kann Silberschatten nicht verstehen, will nicht verstehen, warum der große Planet sich, auch zum Wohle dieses ihnen allen fremden Wesens, aufgegeben hat. Diese Welt verlassen mußte, um in einer anderen, die der Aeris ebenfalls nicht versteht, neu zu erblühen. 'Meine Seele drängt es auf Reisen', hatte der graue Engel zu ihnen gesagt. Wieder drohen die viel zu nahen, übermächtigen Schatten, den Aeris zu verschlingen und hinab zu reißen in eine ewige Nacht voll dunkler Trauer und hoffnungslosem Sehnen. Doch bevor die Erinnerungen ihn endgültig zu packen bekommen, entrinnt er ihnen. Er schafft es, sich auf den Neuen zu konzentrieren. Auf den, dessen Wohlergehen Capaun so sehr am Herzen gelegen hatte, dass er nicht ohne jenes Wissen, nämlich, dass die Aeris sich des Neuen annehmen würden, aus diesem Leben scheiden wollte, was aber, zumindest nach seinen Worten, unumgänglich geworden war.

„Herzlich willkommen! Gut, dass Sternenhimmel dich bereits gefunden hat, und ihr jetzt hier seid ...", beginnt Silberschatten, die beiden zu begrüßen, bevor Sternenhimmel ihm ins Wort fällt.

„Ja, gerade noch rechtzeitig, wir ..."

„Bitte entschuldigt, dass ich gleich zur Sache kommen muss", erobert Silberschatten den Gesprächsfaden zurück. „Es tut uns sehr Leid, was sich auf deinem Heimatplaneten zugetragen hat. Das ist ein großes Unglück. Wir würden dir gern helfen, diese schwierige und unangenehme Erfahrung zu verarbeiten, doch im Augenblick ist das leider nicht möglich. Auch hier sind Dinge geschehen. Unglückliche Dinge, deren Ausgang wir aber eventuell noch beeinflussen können." Sein unergründlicher, die Welt widerspiegelnder Blick ruht auf dem Neuankömmling. Als dieser, den Anschein erweckend, dass er mit der Situation umgehen kann, nickt, wendet sich der Aeris an Sternenhimmel, bevor der ihn abermals unterbrechen kann: „Flamm und Itzi sind auf Toth ..."

„Auf Toth?", schafft Sternenhimmel es trotzdem. „Hat Xsiau-Ming etwa schon wieder ..."

Dieses Mal ist es Morgenrot, der das Wort ergreift. Sein Federkleid ist erfüllt von beruhigenden, tief blauen und grünen Farben, obwohl vereinzelt auch sehr helle Federn sein Kleid schmücken. Er wendet sich an das Schnuff. „Es ist schön, dich zu sehen. Wir waren uns nicht sicher, wann und wo du nun auftauchen würdest. Wir waren uns nur sehr sicher, dass wir dich finden müssen. Aber das werden wir dir alles später erklären, du musst ja unendlich viele Fragen haben. Wichtig ist im Moment, dass Flamm und Itzi, die Inkarnation der goldenen Sonne, sich auf den Weg gen Toth gemacht haben, ..." Das Schnuff hört nicht richtig hin. Was ihm erzählt wird, gerät zur Nebensache. Es wird von Morgenrots Gefieder gefangen genommen. Das verändert seine Farbe ständig ein bisschen, oder mehr. Das Grün im Federkleid des Aeris ist heller geworden, es verblasst, und das Blau wird kräftiger. Hin- und hergerissen zwischen den Bildern, welche von Silberschattens chromfarbenem Gefieder ziemlich getreu reflektiert werden und jenen Farbstrudeln, die das Schnuff in Morgenrot hinein saugen wollen, kann es seine Augen nun endgültig nicht mehr von letzteren lösen.

Mit offenem Mund versinkt es bereits in den wirbelnden Fluten zarter und kräftiger Nuancen. Bald werden die Kontraste weich. Die meisten Federn färben sich violett, welches aber schließlich einem kräftigen Rot weicht, während Morgenrot fortfährt: „... heimtückischen Wesen ein für alle Mal klar zu machen, in welchen Grenzen es sich zu bewegen hat. Schon oft hat sie uns bewiesen, dass sie ein zu Boshaftigkeit und grausamer Härte neigendes Wesen besitzt. Diesmal ist sie allerdings zu weit gegangen. Sie verlässt ihren Planeten. Sie kommt sogar hier her. Anscheinend glaubt sie, sich alles erlauben zu können!" Ohne eine Frage abzuwarten, fährt der Aeris, nach kurzem Blick in die kleine Runde, sichtlich erregt, fort. "Ganz hier in der Nähe wohnte ein Stamm hoch entwickelter und friedliebender Wesen. Die Balik ..."

"Die Balik!!" Sternenhimmel will eigentlich noch mehr sagen, aber seine Kehle schnürt sich zu. 'Wohnten? Vergangenheit?' "Das ist nicht wahr, oder?! Was ... was ist denn passiert?", krächzt er. "Xsiau-Ming!? Diese kleine ... Warum?! Wie??" Seine Stimme versagt vollends und nur sein verschreckter Blick fragt noch umher. Er hat ein ganz schlechtes Gefühl bei dieser Sache.

Nickend fährt Morgenrot fort: "Xsiau-Ming muss es irgendwie gelungen sein, das reine Wesen der Balik zu vergiften. Sie muss einen dunklen Weg in ihre Herzen gefunden haben. Urplötzlich fingen die Balik an, sich untereinander zu zerstreiten. Sie haben kleine Gruppen gebildet und damit begonnen, sich gegenseitig anzugreifen. Mitleidlos verletzen sie ihre eigenen Leute. Sie haben keinerlei Hemmungen und versuchen sogar, einander zu töten. Damit aber noch nicht genug: Sie greifen wahllos jedes Lebewesen an, das ihnen über den Weg läuft. Sie sind brutal und rücksichtslos; gegen andere, wie gegen ihre eigene Art. Einfach so! Grundlos!" Mittlerweile scheint Morgenrot lichterloh in wütenden Flammen zu stehen. Das Schnuff ist nicht sicher, aber es meint einen Zusammenhang zwischen seinen eigenen Gefühlen und der Farbe von Morgenrots Gefieder zu bemerken. Der Aeris scheint die Stimmungen seiner Umwelt wie ein Spiegel zu reflektieren. Bei dieser Erkenntnis erschrickt das Schnuff ertappt. Eine tiefschwarze Blase bildet sich über Morgenrots Bauchgefieder. Als das Schnuff seine Gefühle auf Morgenrot dargestellt bekommt, erschrickt es erneut, nur heftiger, und folgerichtig quellen mehr dunkle Farbblasen im Federkleid des Aeris auf. Doch keiner der Anwesenden hat Augen für den Kleinen. Zumindest kommt *dem* das so vor.

„Die Balik!", stammelt Sternenhimmel tonlos. Er kann kaum mehr tun, als immer wieder diesen Namen zu wiederholen, den Kopf zu schütteln und entgeistert zu starren.

„Die Balik?" Das Entsetzen in Sternenhimmels Stimme lässt das Schnuff seine Aufmerksamkeit wieder den anderen zuwenden. Vorsichtig fragt es: „Wer ist das?"

Die Aeris wechseln kurze Blicke miteinander. Schließlich beginnt Silberschatten, dem Schnuff über die Balik zu erzählen. Über die, welche mit allem um sich herum in bewußter Verbindung stehen. Die, welche sogar mit manchen Steinen 'sprechen'. Eine Gemeinschaft, die sich schon vor langer Zeit über das Gros der Grenzen dieser Welt hinweggesetzt hatte. Über Neid und Haß, über Trauer und Schmerz, ausgelassene Freude und bange Hoffnung, über das Alter und über Grenzen, die von den wenigsten überhaupt schon als Grenzen erkannt werden. Seit ihrer Ankunft auf Ai'Kohn, niemand außer ihnen selbst (und Itzi) kann sagen, wann das war, haben sie sich mit den Pflanzen und Bäumen, mit der Erde und dem Wasser und sogar mit den Steinen beraten und vieles besprochen. Sie haben zusammen mit der Natur einen Plan entworfen, wie alles wachsen soll, damit das Ganze durch ständigen Wandel in der richtigen Weise Perfektion erreicht. Perfektion hat, ihrer, wie der Meinung der Aeris nach, nicht viel mit Stillstand gemein.

Sie erklärten ihrer Umwelt, was es mit dem 'großen Kunstwerk' auf sich hätte, und wer welchen Teil erfüllen müßte, damit es zustande käme. Alle wurden sich einig, und es dauerte nicht lange, bis etwas unwahrscheinlich Wunderbares entstand. Das Gebiet, welches sie sich zur Heimat erwählt hatten, war nicht groß, bot ihrer geringen Zahl aber reichlich Platz, außerdem entstand durch die Verwirklichung des großen Plans eine Art räumlich-zeitliche Verzerrung, welche es größer erscheinen ließ, als es wirklich war. 'Wirklich' war dabei ein nicht genau einzuordnender Begriff, weil man sich immer traumhaft gefühlt hat bei ihnen. Es stellte sich ein erhebendes Gefühl ein, sobald man bei ihnen verweilte. Man wurde dann selbst Teil des Plans. In ihn eingewoben, und ein Hauch von zufriedener Wahrhaftigkeit durchflutete einen. Wer einmal dort war, bekam schnell ein konkretes Gefühl, weshalb er eigentlich lebt. Es fühlte sich wichtig und richtig an, genau in diesem Moment dort zu sein, in dem man dort war. Die Balik vermochten es, den guten, den reinen und unverfälschten, den kindlichen Teil in einem anzusprechen.

Als langsam durch des Schnuffs Geist hindurch sickert, dass all das, wovon er gerade erfahren hat, zerstört worden ist, beginnt er, die allgemeine, ohnmächtige Wut zu akzeptieren. Mitzuempfinden. Wut kennt das Schnuff bisher noch nicht, hat sie noch nicht in den eigenen Adern brennen gespürt. Dennoch versteht es sehr gut, wie Ohnmacht, Unverständnis und Furcht sich wandeln können und diesmal erschrickt es auch nicht, als es sich in Morgenrot erkennt.

Dieser führt den Gedanken Silberschattens fort: „Wir wissen es nicht genau, aber es könnte sein, dass es bereits andere Opfer auf anderen Planeten gibt. Was wir wissen, ist, dass es Xsiau-Ming irgendwie gelungen ist, ihren Planeten aus dessen Umlaufbahn zu zerren. Vermutlich will sie ihn mit Ai'Kohn kollidieren lassen. Und das schlimmste ist, wir können nichts dagegen tun."

„Fast nichts", schließt Silberschatten grimmig. „Wir können Xsiau-Ming dazu bringen, etwas zu tun. Sie ist sozusagen das Gegenmittel für die vergifteten Seelen. Sie hat die Balik infiziert, also wird sie die Balik auch wieder heilen können. Und sie wird auch ihren Planeten von seinem jetzigen Kurs abbringen können. Ob es ihr gefällt oder nicht."

„Es muss schnell geschehen", nickt Morgenrot. „Flamm und Itzi sind vor kurzem aufgebrochen, um die Ming im Guten davon zu überzeugen, dass sie sich irrt und besser von dem ablassen sollte, was sie plant. Itzi hat gesagt, wir sollten dich liegen lassen, als hier zuvor alles drunter und drüber ging und wir gen Capaun geflogen sind. Du würdest schon wissen, was du zu tun hast, wenn du wieder zu dir kommst und anscheinend hast du dich ja aufgemacht, unseren Gast zu suchen."

„Ihr wart bei Capaun?!" Sternenhimmel wird von seinen Gefühlen beinahe überrannt. Zwar fragt er sich, warum seine Brüder ohne ihn geflogen sind, doch kennt er die Antwort bereits. Dennoch: „Wie geht es ihm? Ihr hättet mich wecken sollen!"

Etwas betreten blicken Morgenrot und Silberschatten einander an, dann richten sie ihren Blick auf Sternenhimmel. Der schaut das Schnuff an, dann sagt er: „Und? Konntet ihr mit ihm in Kontakt treten?"

„Nein."

„Itzi. Aber du weißt, wie sie ist."

„Hmm", brummt Sternenhimmel.

„Als wir zurückkamen, waren die Balik schon durchgedreht, und du warst fort."

„Ja." Silberschatten nickt. „Itzi ist zwar der Meinung, dass Xsiau-Ming nur bedingt in der Lage sein sollte, derart hochentwickelte Geschöpfe geistig zu beeinflussen, sie hat sich aber dennoch kurz nach unserer Ankunft auf den Weg gen Toth gemacht und Flamm hat sie mitgenommen."

„Die beiden müssten eigentlich schon wieder da sein, aber wir haben seither nichts von ihnen gehört. Sehr ungewöhnlich, weil sie auch nicht auf unseren Ruf reagieren." Morgenrot verliert an Farbe. Er hat sich ein wenig beruhigt. Oder alle Beteiligten. Je nachdem. Es leuchten nur noch vereinzelt Rot und Orange unter zerlaufenden, bleichen Farbnuancen. Alles zerfließt träge in ein vages Pastell. Die Resignation, die einer starken Erregung folgt, lässt ihn blass werden. Es ist ruhig in der Halle. Plötzlich sprenkeln freche Tupfen sein Gefieder.

„Sie reagieren nicht?! Äußerst bedenklich. Vielleicht sollte ich mich auf den Weg machen, um nach ihnen zu suchen." Sternenhimmel schüttelt das Haupt. „Ahch, alles muss man selber machen, wenn man will, dass es läuft. Siehst du, Kleiner, kaum drehst du den Küken den Rücken zu, geht alles durcheinander. Ich glaub', ich werd' dann mal, was meist du, Sil..."

„Ja. Bitte tu das", entgegnet Silberschatten, der wie häufig nicht sicher ist, ob Sternhimmel die Meinung eines Zweiten sucht, oder ob er sich lediglich selbst bei seinem eigenen Meinungsfindungsprozeß unterstützt. Nachdenklich, aber gelassen fährt er fort: „Wir würden mitfliegen, doch wir werden uns weiterhin darum kümmern, dass die Balik nicht noch weiteres Unheil über sich und andere bringen. Eil' dich bitte, denn sie beginnen bereits damit, sich derart zu zerstreiten und zu entzweien, sie versuchen, immer mehr Raum zwischen sich und ihresgleichen zu bringen. Finde Itzi. Überzeugt Xsiau-Ming! Je länger ihr braucht, umso größer ist das Gebiet, welches wir möglichst kampflos verteidigen müssen und selbst wir können uns nicht zerteilen, wie du weißt. Es bleibt keine Zeit zu verlieren." Und mit diesem bedeutungsschweren, im Raum stehen gelassenen Satz wendet er sich dem Schnuff zu: „Und was ist mit dir? Möchtest du hier auf unsere Wiederkehr warten? Wir sind sicher bald zurück."

Unsicher schüttelt das Schnuff den Kopf.

„Du könntest auch Sternenhimmel, oder einen von uns begleiten, wenn du möchtest."

„Glaubst du nicht, dass es dafür ein bisschen früh ist? – Ich meine, ..." Sternenhimmel stockt, „... der Kleine ..."

„Im Prinzip glaube ich, dass ihr Flamm und Itzi irgendwo unterwegs antrefft, mit Xsiau-Ming im Schlepptau. Natürlich musst du trotz allem sehr vorsichtig sein. Schließlich verwendet sie all ihre Energie darauf, uns in bedrohliche Situationen zu bringen und irgendwann hat sie vielleicht Erfolg damit." Silberschatten sieht Sternenhimmel eindringlich an. 'Zeit für dich, Verantwortung zu übernehmen, mein Bruder.'

Sternenhimmel ist sich sicher, dass außer ihm niemand das scharfe Flüstern vernommen hat.

„Ich komme mit!" Das Schnuff ist von der Eindringlichkeit seiner Antwort selbst ein wenig überrascht. Ist es seine unbändige Neugier, seine Abenteuerlust, oder steckt mehr dahinter? Das weiß es selbst nicht. Da gibt es eine Art Ziehen, etwas kaum Faßbares in ihm, was Dringlichkeit verbreitet. Es mag eine Ahnung von aufziehender Gefahr sein oder doch nur die Aussicht auf einen langweiligen Nachmittag in einer langweiligen Höhle. Eines indes steht fest: „Ich würde sehr gern mitkommen. Aber nur, wenn Sternenhimmel auch nichts dagegen hat."

Sehr schüchtern blickt das Schnuff zu Sternenhimmel auf. Der lächelt: „Wegen mir kannste gerne mitkommen, Kleiner. Ich würd' mich freuen. So schlimm wird es auf Toth bei der Ming schon nicht werden, sie ist mehr ein schlechter Witz als ein gefährlicher Gegner. Die Balik kann man nicht einschätzen. Die sind zwar groß und kräftig, aber niemals zuvor sind sie gewalttätig geworden. Ach ja. Und bei mir bist du sowieso am besten aufgehoben."

Auch wenn Sternenhimmel etwas beunruhigt darüber ist, dass Xsiau-Ming ihren Planeten bewegen kann, wie einige Gat-Marianer ihre Raumschiffe und sie eine Gruppe beeinflußt, deren Individuen ihr geistig ebenbürtig sind, so spricht er doch in diesem Moment aus, was er denkt. Ihm scheint Xsiau-Ming trotz allem keine große Gefahr und das kleine Schnuff ein sehr angenehmer Gesellschafter, den er gerne mitnimmt. Und wie er sich freut. Morgenrots Gefieder verrät mal wieder alles.

„Sehr gut", sagt Silberschatten. „Aber jetzt ist wirklich keine Zeit mehr. Wir haben schon sehr lange gewartet. Ihr müßt los, und ich fürchte, auch wir haben hier einiges nachzuholen."

Sternenhimmel ist derselben Meinung, schon wendet er sich zum Gehen. Und von der Unruhe angesteckt, will auch das Schnuff schnell hinterher, doch stockt es mitten in der Bewegung. Erst jetzt bemerkt es einige hohe, in die Wand eingelassene Skulpturen. Wie elektrisiert steht es da und erkennt sich selbst, wie es in gigantischen, steinernen Ausmaßen auf sich herabblickt. Riesige Schnuffaugen gukken, unwiderstehlich fest, neugierig-wissend in seine eigenen. Der Blick ist so durchdringend, nichts könnte man vor ihm verbergen. Unwillkürlich und vor sich selbst erschrocken, tritt das Schnuff einen Schritt vor dem Kunstwerk zurück. „Ihr ... ihr habt ein Bild von mir?!" Es ist eingebettet in andere Darstellungen. Eine davon zeigt Sternenhimmel. „Auch darüber werden wir sprechen. Es gibt noch viel zu erklären ...", verhallt Silberschattens Flüstern in den Gehörgängen des kleinen Schnuff. „Doch nun geht."

So gehen sie, das Schnuff, wie an einer Schnur gezogen, auf den Ausgang zu. Die zwei Aeris tuschelnd und ihrer aller steinernen Abbilder stumm hinter ihm, Sternenhimmel, bald wieder frech und gut gelaunt, an seiner Seite, hängt das Schnuff verträumt seinen Gedanken nach.

'Wie ist das? Brauche ich Zeit, um alle Eindrücke ordnen zu können? Später! Lieber das Leben weiter leben. Ich brauche keine Ruhe, um über alles nachzudenken. Lieber will ich mehr erleben, weiter gehen, denn vielleicht verpasse ich etwas, bleibe ich stehen. Lieber will ich zusehen, wie die Welten sich drehen.' Und da hat das Schnuff etwas über sich gelernt. Es mag viel geschehen sein, und in seinem Kopf wirbeln all die neuen Eindrücke durcheinander, bemüht, ihn schwindelig zu machen, doch seine vier Pfoten finden ihren Weg. Ein Bein folgt dem anderen, es geht weiter. Das Schnuff hat noch lange nicht genug gesehen von der Welt, so viel ist sicher. Draußen vor der Höhle angekommen, fühlt es sich schon wieder bereit, für was auch immer da kommen mag.

Sternenhimmel hat das Schnuff die ganze Zeit über genau beobachtet. Er hat gesehen, wie es von allem überwältigt wurde, sich aber wieder gefangen hat. Er bewundert die Anpassungsfähigkeit seines Begleiters. Zu was selbst ein so junges Schnuff fähig ist, kann man noch gar nicht absehen. Capaun muss das gespürt haben. Der Schnuffling ist einer, der was vertragen kann, und bei diesem Gedanken tritt der Schalk in seine Mundwinkel. 'Kinder jeden Geschlechtes und ich und bestimmt auch junge Schnuff finden doch nichts unerträglicher, als Langeweile.' Er erhebt sich ansatzlos in die Luft. Noch auf dem Sprung, während des Starts, beginnt er, sich in seine Urform, den riesigen, sternreisenden Aeris zu verwandeln. Eine weite Drehung und er greift das, die Transformation noch immer nicht recht nachvollziehen könnende Schnuff auf und ruft: „Hoppla, Kleiner, ab geht's. Auf gen Toth! Wir haben keine Zeit zu verlieren!", imitiert er Silberschattens große Worte und freut sich über sich selbst: „Hähäh."

Kapitel 3

Der Traum des Silberschatten

Als Sternenhimmel und der Neue den Ausgang der Ratshöhle durchschreiten, wendet sich Morgenrot an Silberschatten. „Das also ist das Schnuff. Was hältst du von ihm?
Glaubst du auch daran, dass sie angegriffen wurden?"
„Tja. Schwer zu sagen, aber da Sternenhimmel nicht spüren konnte, wie der Komet sich angenähert hat und er auch
jetzt nicht sagen kann, woraus genau er bestand, sollten
wir von einem Angriff ausgehen. Zumindest solange, bis
die Umstände sich klären. Der Kleine scheint mir ein netter
Kerl. Ich darf nur nicht daran denken, worauf Capaun für
ihn verzichtet. Und worauf wir für ihn verzichten. Ich
kann nicht in Worte fassen, wie sehr der Eremit mir fehlt,
seit wir ihn verlassen mussten." Wieder türmen sich die Erinnerungen zu Bergen auf, die eine gewaltige Lawine nach
der anderen auf den angegriffenen Aeris niederrasen lassen. Jedes Bild, jedes Erlebnis, dessen er sich mit Freude erinnert, alles ist mit ihrem Mentor verknüpft. Und mit seinem Verlust. Auch, wenn er auf seine Weise weiter zu
existieren scheint, aus dem Leben der Aeris wurde der
Graue herausgerissen. Sie werden nie wieder ein Wort mit
dem wechseln können, der alles für die vier bedeutet.
Als Silberschatten spürt, wie sich die Verließtür hinter ihm
schließt und ihn zusammen mit den Bildern einer schrek-
klichen, schrecklich nahen Vergangenheit einkerkert, ist es
bereits zu spät.
Von neuem durchlebt er die Nacht, welche den schlimmsten aller Alpträume barg, der kein Traum war, sondern die
unerträgliche Wirklichkeit ist.

Es war dunkel. Die Luft war klar, der Himmel wolkenlos. Auf dem Planeten gab es nur eine Wesenheit, welche die vier Lichtpunkte hätte beobachten können, die sich sternschnuppengleich am Firmament entlang bewegten. Jene Wesenheit betrachtete den Nachthimmel zu diesem Zeitpunkt jedoch nicht. Sie meditierte, tief in Trance versunken, um sich auf die unweigerlich bevorstehenden Ereignisse einzustimmen. Bald würde es soweit sein. Alle Vorbereitungen bis auf wenige waren getroffen, und nun begann die letzte Phase dieser Pläne. Der Kreis würde sich in unmittelbarer Zukunft, in wenigen Zyklen, schließen.

Die Sternschnuppen waren schnell vergangen. Sie hatten sich gewandelt. Nach dem Wiedereintritt in die Atmosphäre fielen sie dem Planeten im Sturzflug entgegen. Schnell kamen sie ihrem Ziel näher. Früher einmal war dieser Planet für eine lange, sehr glückliche Zeit ihre Heimat gewesen. Seit diesen Tagen kannten sie Capaun auf eine sehr spezielle Art und Weise. Die Vier waren mit dem großen Planeten vertraut, befreundet und mehr. Es gab eine Verbindung zwischen ihnen, eine Art Brücke, über die sie jederzeit zu ihrem Mentor hatten finden können, waren sie in seiner Nähe, oder nicht. Nun würde etwas geschehen, oder war bereits geschehen. Die Brücke war ins Wanken geraten, und ihre Intuition drängte sie, unverzüglich, ohne Aufschub zu Capaun zu kommen.

Die Wesenheit, der Eremit des Planeten, öffnete die Augen. Natürlich hatte er, tief zufrieden, die Sternschnuppen am Firmament bemerkt und wie immer erfüllte es ihn mit Stolz, ihre Nähe zu spüren. Gleich würde er aufstehen, die vier begrüßen und ihnen schließlich offenbaren, was geschehen würde.

Bei dieser letzten Begrüßung wollte er gefasst wirken und Zuversicht ausstrahlen, denn er wusste, dass sein Entschluß für seine Schützlinge beinahe unmöglich zu tragen sein würde. So wollte er, bis zu letzt, der helle, unwiderstehliche Mentor bleiben, der er immer für sie gewesen war. Er brauchte noch einen Moment, den Weg vom Dunkel ins Licht zu finden. Tief atmend entspannte er sich und ließ seine Gedanken vor der Zukunft fliehen. Sein Geist schwebte noch einmal zu allen Seiten fort, sammelte sich um ihn. Versank. Tauchte ein in die Natur dieses Ortes, wo er nichts Bestimmtes suchte. Er sickerte in das satte, dichte Gras, welches überall wuchs und er vergaß sich in den gedrängt stehenden Halmen, wie in den Fasern der vereinzelt aufragenden Hochwald-Giganten. Die Borke dieser Bäume war dick und wies tiefe Risse auf. Ein Zeichen endlosen Wachstums. Den massiven Stämmen folgte sein diffuser Geist verträumt bis hoch in die ausladenden Kronen des grünen Blätterdachs. Dort erfreute er sich am schwachen Glanz der Sterne. Um den Schrein, in dem er sich befand, hatte er vor langer Zeit ein Felsmassiv wachsen lassen. Es schloss ihn nahezu vollkommen ein und gab diesem Ort eine Form und Halt. Capaun streichelte auch diese geliebten, glatten Felsen mit seinen Gedanken.

Der Eremit nahm die Schönheit des Ortes in all ihren Facetten in sich auf. Wie ein wallender Morgennebel breitete sich sein in Trance versetzter Geist immer weiter aus und umschmeichelte bald jede Kontur, jede Unebenheit, jedes noch so kleine Detail seines Refugiums. Und wie ein Morgennebel wollte er nicht weichen, sondern wünschte, der Übergang von Nacht zu Tag würde nie vollendet. Doch trotz aller Furcht vor diesem nun anbrechenden Tag, vermochte er, sich an seinem Zustand über alle Maßen zu erfreuen. Er ließ die Furcht zu und begriff sie als richtig. Nahm die bitteren Empfindungen der Angst ebenso an, wie die anderen Gefühle. All seine Emotionen vermengten sich zu einer gelassenen, gutmütigen und verständnisvollen Freude, in etwa vergleichbar mit der eines Vaters, der seinem Kind die Koffer für dessen erste lange Reise packt. Stolz und gleichermaßen verunsichert und voll gespannter Erwartung.

Leider würde er seine Schützlinge nicht ankommen sehen, am Ziel ihrer Reise und sie auch nicht wieder in der Heimat begrüßen können. Wie sollte er all das verkraften. Er wollte auflachen, ob seiner Verzweiflung, wusste nichts anderes, nichts besseres, hätte gleichermaßen tausend Tränen vergießen können.

Er war ein mächtiges Wesen. Viel mehr als ein gewöhnlicher Einsiedler. Er war Capaun, gleichzeitig der Planet und doch auch der unergründliche Eremit, der in Gestalt eines dunklen, grau verhüllten Engels, seiner Erscheinung in dieser Welt, in der Mitte jenes Schreins saß. Eremit und Planet waren eins. Zu jeder Zeit. Doch half ihm diese Macht in seiner Situation nicht.

Er hätte den heutigen Tag noch hinauszögern können, das wusste er. Er würde es nicht tun. Es würde mehr schaden, als nutzen. Capaun bereitete sich, das wurde ihm nun bewusst, seit langem schon auf diesen unausweichlichen Augenblick vor. Seine tiefschwarzen, vielfarbigen Augen hatten schon so vieles gesehen, beinahe alles. Nun wollten sie sein Ende sehen. Wollten sehen, was danach kommen würde.

Seine Macht einzusetzen, um diesen bedeutenden Moment hinauszuschieben, ergab für ihn keinen Sinn, wollte er doch seine ganze Kraft in diesen Zyklen für einen bestimmten Zweck einsetzen. Bei allem, was er vermissen würde, und das war viel, viel zu viel, musste es so sein. Er wollte sich auch im Abschied treu bleiben und sich um das Wohl dieser Welt kümmern. Sein Ende würde dem Leben einen weiteren Dienst erweisen. Sein Entschluss war so lange gereift, wie die Zeit es zugelassen hatte, und wenn es nun, zum Schluss, doch schneller und überstürzter zuging,

als er es sich gewünscht hatte - ihn hätte es eher überrascht, wäre es anders gekommen.

Der Eremit erhob sich entschlossen. Kaum stand er, hörte
er die vier Aeris. Sternenhimmels Stimme klang deutlich
bis zu ihm, und Capaun dachte darüber nach, ob es wohl
jemals etwas geben würde, was dem Aeris die Sprache ver-
schlagen könnte. Flamm brachte wie immer das Licht mit
sich. Sein fortwährend brennender Körper spiegelte seine
Gefühlslage wider und erhellte die hohen Felsen, durch
welche die vier zu Capaun schritten, mit wildem, flackern-
dem Schein. Flamm war umhüllt von kräftig hellgelb- und
orangefarbenem Flimmern, welches sich von Zeit zu Zeit
Bahn brach und donnernd in die ihn umwehende Luft ent-
lud. Fauchende Anzeichen inneren Aufruhrs. Er war wenig
entspannt, wobei der Begriff Entspannung einen Rahmen
festlegt, den Flamm von vornherein sprengt.

Der Anblick der sich nähernden Aeris erfüllte Capaun mit
unbeschreiblichem Stolz, und er war glücklich, wie nie zuvor (bis auf einmal vielleicht, da wurde er von Itzi gebissen;
doch das entspringt einer anderen Geschichte). Wenn er
die vier nun verlassen musste, tröstete ihn die Gewissheit,
dass sie sein Erbe antreten und über das 'Sein' wachen
konnten und würden.

„Sternenhimmel.“ Der Eremit wandte sich mit seiner alles
durchfließenden Stimme dem aus Erfahrung vorlautesten
der vier zu, um dessen unaufhörlichen Redefluß schon im
Vorhinein einzudämmen. Capaun sprach nicht laut oder
mit aufdringlicher Stimme, er war nur nicht zu überhören.
Er ließ es sich nicht nehmen, dieses letzte Zusammentref-
fen auf seine Art zu begehen. Mit feierlicher Miene fuhr er
fort und begrüßte Flamm, Morgenrot und Silberschatten
ebenso knapp.

Die Aeris waren allesamt überrumpelt von dieser Art des
Empfangs, und tatsächlich blieb sogar Sternenhimmel vor-

erst stumm. Viele Schrullen Capauns hatten sie erlebt, doch auf Förmlichkeit und Etikette hatte der eigenwillige Eremit bisher nie wert gelegt.

„Ihr seid gekommen", fuhr Capaun getragen fort, „weil ich euch etwas sehr Wichtiges zu sagen habe." Wieder blickte er allen beunruhigend gefaßt in die Augen. „Ich werde den Gang alles Seienden gehen und die Barriere in die nächste Welt durchschreiten."

Lodernde Stichflammen stoben, ob der Erkenntnis, was die Worte ihres Mentors bedeuteten, unvermittelt aus Flamm, und Morgenrot, Spiegel aller Emotionen, wurde grau. Aschfahl. Ihrer aller Herzen zuckten entsetzt zusammen, als stäche man mit einer langen Nadel hinein. Sogar der Boden bebte einen Moment lang unter den Klauen der vier, durch ihre plötzliche, innere Aufruhr erschüttert.

„Du stirbst?!" Sternenhimmel bemerkte zu spät, dass er gesprochen und nicht gedacht hatte. Er wollte Capaun nicht unterbrechen, aber ...

„Nun, Sternenhimmel", kam die mit unverändert ruhiger Stimme gesprochene Antwort, „wenn du es so ausdrücken willst. Es ist Zeit. Ich spüre es. Meine Seele drängt es auf Reisen. Ich werde wiedereingehen in die Urmasse und alles von neuem durchlaufen. Ich werde geben und nehmen. Mich vergessen und mich hinter mir lassen, um schließlich neu zu erwachen."

„Nein!", widersprach Flamm in seiner typisch trotzigen Art. „Wir ...! Wir brauchen dich ..."

„Flamm, du wirst nie lernen, die Dinge einfach zu akzeptieren, so viel steht fest. Und das ist gut so." Der Graue nikkte. „Doch ich muss gehen. Eines Tages werdet ihr es verstehen, vertraut mir. Und was euch betrifft:" Er breitete die Arme andeutungsweise aus, wodurch die Flügel auf seinem Rücken sanft aneinandergerieten und leise raschelten. „Ihr könnt schon seit geraumer Zeit sehr gut auf euch selber aufpassen."

Silberschatten war in sich zusammengesunken. Er wollte nie wahrhaben, dass auch Capaun in gewissem Sinne sterblich war. Jedoch wurde ihm sofort klar, dass es war, wie Capaun sagte. Der Eremit hatte einen Entschluss gefasst und dem würde er folgen. „Wir ... werden dich vermissen." Capaun sah Silberschatten an, während dieser mit gesenktem Haupt, kaum hörbar, weitersprach: „Du hast nach uns gesucht und du hast uns gefunden und die Möglichkeit gegeben, uns zu entwickeln. Du hast uns alles beigebracht, was ... und ..." Seine Stimme versagte gänzlich. Er brachte keinen Ton mehr hervor. Ihm blieb nur, seinen Kopf zu heben, von tiefer Verzweiflung zerrüttet in Capauns Gesicht zu blicken und wider besseres Wissen stumm zu bitten, der Graue würde nicht meinen, was er gesagt hatte.

Behutsam entgegnete der Eremit: „Ich werde schwächer, Silberschatten. Selbst ich kann nicht ewig an diesem Ort verweilen. Früher oder später muss auch ich weiter gehen und wenn ich jetzt die Reise in meine Bestimmung antrete, bleibt mir die Freiheit, auch den Zeitpunkt selbst zu wählen. Denn ich habe den heutigen Tag dafür, Abschied zu nehmen, nicht ausgesucht, ohne weitere Gründe zu besitzen. Es wird etwas geschehen, Silberschatten." Erneut sah Capaun die vier Aeris der Reihe nach an: „Etwas Wunderbares, etwas, von dem ihr alle unmittelbar betroffen sein werdet ..." Er ließ die Worte wirken.

„Ein Wesen wird geboren werden. Wir haben es gesehen. Es hat sich bereits vor langer Zeit auf die Reise ins Leben gemacht. Es geht den dem meinen entgegengesetzten Weg, oder es befindet sich an einer anderen Stelle der Spirale, die unser aller Sein darstellt, wie ihr wollt. Bald jedenfalls wird es die Schwelle in unsere Welt überschreiten. Und obwohl, oder gerade weil es sich um eines der außergewöhnlichsten Lebewesen überhaupt handelt, möchte ich euch bitten, es zu suchen und ihm alle Unterstützung zu geben, die zu geben ihr in der Lage seid. Ich werde das gleiche tun."

„Du?" Sternenhimmel war hellhörig geworden.

Doch bevor sich der Aeris weiter einer nicht existierenden Hoffnung hingeben konnte, fuhr Capaun fort: „Anders, als du es dir gerade wünschst. Es ist an euch, diesem Schnuff *hier* beizustehen. Verwendet all euer Wissen, all eure Weisheit und euer Verständnis, setzt euer Herzblut daran, dass diesem, zudem wahrscheinlich ziemlich unbedarften, vielleicht sogar naiven Wesen nichts passiert."

Capaun machte eine Pause, bevor er fortfuhr. Er sah den vier tief in die Augen. In Silberschattens Gefieder spiegelte sich die Stimmung aller durch das des Morgenrot wider. Sie waren zerstört. Begriffen noch nicht den vollen Umfang seiner Worte. Fielen, alle gemeinsam und doch getrennt, tief. Stürzten in die See der absoluten Verzweiflung und drohten, darin zu ertrinken. Capaun starb bereits jetzt schlimmere Tode, als seinen eigenen.

'Die Flamme der Wahrheit muss brennen!', dachte er. Dann riss er sich endgültig von seinen Gefühlen los. „Niemand kann sagen, wie es aussehen wird, was daran liegt, dass es bisher kein solches Wesen gab. Nur Itzi scheint bereits mehr zu wissen als ich. Wie immer. Sie hat das Wesen 'Schnuff' genannt und sich dabei königlich amüsiert. Weiß der Eine, warum. Ihr müsst finden, was wir entdeckt haben. Ich bin sicher, dass ihr es erkennen werdet, wenn ihr ihm begegnet. Dennoch werde ich versuchen, euch noch ein Bild von dem Neuankömmling zu vermitteln, sobald ich mehr über ihn weiß."

Dieses Mal war es Morgenrot, der seine brüchige Stimme in Worte zwang. Er war erfüllt von chaotischen Farbwirbeln. Sie überschlugen sich, wie das Seelenleben aller Anwesenden: „Warum gibst du dein Leben für so ein Wesen? Das verstehe ich nicht. Deinen Tod kann es niemals aufwiegen.

Und du sagst selbst, dass du noch nicht sterben müsstest."
„Ja, Morgenrot. Ein wenig Zeit könnte ich mir ganz bestimmt noch stehlen, doch ich sagte es bereits: Letztlich stellt sich für meine Existenz in dieser Welt nur noch die Frage des exakten Zeitpunkts meines Aufgehens in einer anderen. Und diesen zu bestimmen ist eine sehr große Freiheit. Ich entschied mich schon vor einer Ewigkeit dafür, diese Freiheit für mich in Anspruch zu nehmen, auch, wenn ich nie geahnt hätte, warum genau ich das einmal tun würde. Doch ich möchte euch sagen, dass auch ich euch vermissen werde. Es ist schwer, euch zurückzulassen. Wir erlebten für mich unaufwiegbare Zeiten miteinander. Ihr wart mein großes Glück in dieser Welt. Ohne euch ... Ich hoffe, ihr könnt meine Entscheidung akzeptieren. Ihr kennt mich, und ich glaube, ihr wisst, dass ihr mir vertrauen könnt. Was das Schnuff angeht, wird es wohl länger dauern, bis ihr alle Gründe herausgefunden habt, aus denen ich euch um all das hier bitte. Auch ich weiß nicht viel mehr, als ich euch bereits gesagt habe. Was ich spüre, ist, dass eine sehr mächtige Figur das Spielbrett der Gezeiten betreten wird. Und ich spüre eine große, dunkle Gefahr. Diese zu meistern und das Schnuff zu schützen, scheint eure Bestimmung zu sein. Doch ich bin sicher, es hängt noch sehr viel mehr als das an den bevorstehenden Ereignissen."
Capaun sah Flamm, während er weitersprach, an. „Das Geschöpf, von dem wir sprechen, wird von euch allen am wenigsten in der Lage sein, sich zu verbergen." Der Aeris schenkte dem Engel einen skeptisch-glühenden Blick, den der Graue in seiner unergründlichen Milde aufnahm. „Es ist nicht sein Äußeres, seine Erscheinung. Es ist sein Wesen, seine Art, die es ihm erschweren, sich zu verhüllen, ihm verbieten, sich zu verstellen. Es wird kaum in der Lage sein, mit der Wahrheit, wie es sie wahrnimmt, hinter dem Berg zu halten. Dennoch wird es zunächst orientie-

rungslos sein und kaum wissen, über welch' enorme Fähigkeiten es verfügt. Geschweige denn, wie es sie nutzen kann."

„Warum hilfst du uns dann nicht? Warum bleibst du nicht noch so lange es geht hier? Du könntest es unterweisen, wie du uns auf den Weg gebracht hast."

„Sternenhimmel, das ist eine Aufgabe, die ich nicht mehr zu Ende führen könnte. Meine Zeit ist zu kurz. Indem ich jetzt gehe, kann ich weit mehr bewirken, als wenn ich bliebe."

„Was meinst du damit? Und ... was wird ... aus ... dir?", fragte Silberschatten kraftlos.

Und da Capaun nicht wollte, dass der Aeris weitersprechen musste, beantwortete der Eremit die Frage, ohne auf ihre etwaige Vertiefung zu warten. „Viele. Während meine Seele übergeht ins Alles, werde ich grenzenlose Energien freisetzen und manipulieren. Teile dieser Energien werden, wenn alles nach Plan verläuft, kanalisiert und zu einem bestimmten Zeitpunkt auf einen bestimmten Vorgang wirken."

„Das ist mir zu hoch", platzte es aus Sternenhimmel heraus. Etwas zu laut, etwas zu schnell, etwas zu aufgeregt, noch nicht ganz hysterisch, fragte er, um sich blickend: „Energie? Vorgang? Wirken? Was?"

„Sieh mal", sagte Capaun wie zu einem sehr jungen Schüler. „Ich bin müde. Meine Aufgabe betrachte ich als erfüllt: Ihr seid bereit, euren Weg bis zum Ende zu beschreiten. Meine Stärke dagegen schwindet zusehends; ich spüre es an jedem Tag!" Tag. Er musste bei diesem Wort beinahe lachen. Heute. Jetzt. Das waren gute Begriffe. Äonen, Ewigkeiten lagen hinter ihm. Nun blieb ihm noch dieser Tag. „Alles, was ich jetzt noch an Kraft in mir habe, werde ich in unmittelbarer Zukunft weitergeben. Ihr wisst, manche Ereignisse haben den Charakter einer Fügung. Und dass die

Ankunft dieses Schnuff auf mein 'Ende' trifft, hat sicher seine Gründe, doch: So gern ich die Bekanntschaft jenes zweifellos interessanten Wesens machen würde, ich kann es nicht. Die wirkungsvollste Möglichkeit, diesem Geschöpf zu helfen, besteht für mich darin, es mit meiner Energie und meiner Kraft zu versorgen. Und zwar genau in den Momenten, da es im Übergehen in unser Jetzt begriffen ist. Das sollte gewährleisten, dass es die erste Zeit sicher übersteht und sich stark genug fühlt, das Leben anzugehen. Trotzdem müsst ihr es so schnell wie möglich in eure Obhut bringen. Es braucht euren Schutz."

Nachdenklich blickte er in die Runde. „Und damit meine ich nicht nur seine körperliche Gesundheit. Wenn ein so reines und sensibles Geschöpf, wie euer zukünftiger Mitstreiter, auf den harten Boden der Wirklichkeit fällt, sollte jemand da sein, der ihm hilft, auf die Beine zu kommen. Wir wissen, wie schwer es *die* reinen Herzens haben, bei all den Lügen und der Ungerechtigkeit in der Welt, ihren Glauben nicht zu verlieren und den Mordgruben der eigenen Seele zu entgehen. Dabei solltet ihr ihm zur Seite stehen. Ihm Halt bieten. Meinen Teil werde ich tun, dann ist es an euch. Das Schnuff wird euch brauchen. Und ihr müsst wachsam sein, denn da ist noch mehr, was ich euch bisher nicht eröffnet habe: Es fühlt sich an, als wäre mit seinem Erscheinen auch gleichzeitig der Zeitpunkt seiner 'Abreise' festgelegt. Versteht ihr, was ich meine?"

„Sein Tod ist vorherbestimmt?"

„Ja, Flamm. Etwas in der Art, aber doch auch ganz anders. Ich kann es nicht beschreiben, alles ist noch so unwirklich weit entfernt. Ich sehe nur Schemen und mit Sicherheit kann ich nichts sagen. Mir ist, als trage dieses Wesen nicht nur die Bürde der Gerechtigkeit, sondern, als lebe es einer ungewissen, aber mit anderen geteilten Prophezeiung entgegen. Ich hoffe, das Schnuff wird dieses Rätsel eines Tages selbst lösen können. Doch habt Geduld. Lasst ihm ein bisschen Zeit, sich einzuleben, bevor ihr es fragt. Wenn ihr es findet, vergesst nicht, dass es, trotz seiner zweifellos enormen Fähigkeiten, auf eine gewisse Art sehr jung sein wird. Außerdem, und das ist sehr wichtig, sind wir nicht die einzigen, die fühlen, was sich anbahnt. Wir sind auch nicht die einzigen, die nach dem Wesen suchen. Doch wer oder was auch immer ebenfalls nach dem Neuen sichtet, es ist ihm gelungen, sich meinen und den Blicken der Ur-Sonne zu entziehen und im Verborgenen zu bleiben."

„Eine dunkle Prophezeiung, fremde Mächte und ein Wesen über das man so gut wie nichts weiß." Morgenrot betrachtete nachdenklich die Sterne und in ihnen sah er eine Zukunft, die wenig erstrebenswerter erschien, als die Gegenwart erträglich.

Capaun musste sich sehr zusammennehmen, damit seine eigentliche Befürchtung nicht an die Oberfläche seines Bewußtseins gespült wurde. Morgenrot würde es sofort bemerken und Capaun wollte seine Schützlinge nicht noch weiter verunsichern. Er hatte gesagt, was gesagt werden musste und er wollte sie nicht auch noch darauf hinweisen, dass er ebenfalls bald auf ihren Schutz angewiesen sein würde. Und was sein Tod noch alles nach sich ziehen konnte, stand in den Sternen.

Für alles weitere trug Itzi Sorge. Er wusste, wenn überhaupt eine Möglichkeit bestand, alles zu einem Guten zu wenden, würde sie diesen Weg finden. Er hatte sich verausgabt. Hatte sein Leben für andere gegeben. Geopfert, wie die meisten sagten. Er würde in das letzte, große Ereignis nicht mehr eingreifen können. Das hatte sich bereits vor Urzeiten abgezeichnet. Die Vier waren der Grund. Es gab auch einen fünften und einen sechsten Grund. Letzterer war der Neuankömmling.

Capaun wusste auch, dass durch seinen Rückzug aus dem

kosmischen Gefüge mehr, als nur dieser eine Stein ins Rollen gebracht wurde. Aber er war wirklich müde und so gern er dem Vorschlag der vier gefolgt wäre, er hatte nicht gelogen. Er konnte nicht länger. Es war wertvoll für ihn, zu fühlen, dass so gut wie alles, was er getan hatte, einen Sinn ergab.

Das schenkte ihm das Vertauen und die Zuversicht, die er so dringend benötigte, wollte er sich lossagen und in die nächste Phase seiner Existenz begeben. Und nun war es soweit. Er konnte sich nur noch verabschieden. Für die Aeris blieb er stark, doch in ihm tobte bereits das Feuer, und er merkte, dass er sein Schauspiel nicht mehr lange würde aufrecht halten können.

Man kann sich auf den Tod vorbereiten und ihn für sich selbst entscheiden, doch wenn man den Schmerz in den Augen derer, die einen lieben, sieht, weiß man ein schreckliches Verbrechen an ihnen zu begehen. An denen, die man noch immer beschützen will. Denen, die am wenigsten Leid verdient haben. So schickte er sie fort. Keiner wollte gehen. Keiner verstand sein abweisendes Verhalten, das doch nur Standhaftigkeit war. Capaun hatte keine Wahl mehr. Was ihn anging, war alles entschieden. Die vier in dieser Situation abzuweisen und fortzuschicken, war für ihn schwerer, als das eigene Ende für sich zu akzeptieren. Gegen jegliche Vernunft nagte das beißende Gefühl, die Aeris im Stich zu lassen, an seiner Seele. Er nahm endgültig Abschied.

Silberschatten betrachtete die Sterne. Er war allein. Der Tag verging zäh. Silberschatten war am Ende seiner Kräfte. Den Blick unentwegt in den Himmel, gen Capaun erhoben, lag er auf dem Rücken im Gras. So oft schon hatte man den Planeten in weiter Ferne am Nachthimmel beobachten können, und jetzt war er fort.

Nachdem Capaun sie weg geschickt hatte, weil er, wie Silberschatten jetzt wusste, das Abschied nehmen nicht länger ertragen hatte können, waren die Aeris unter tausend Tränen gen Ai'Kohn geflogen. Hatten die Eindrücke der abermillion Lichtjahre an sich vorbei ziehen lassen, ohne an etwas anderes denken zu können, als den Freitod ihres Mentors und Freundes. Ihre Welt hatte sich gewandelt. In Sekunden, für immer. Capaun würde sterben.

Als sie, in der Heimat angekommen, bemerken mussten, dass der große Planet verschwunden war, ertrug Silberschatten die Situation nicht mehr und zog sich in die Weite der Ebenen zurück. Voller Trauer und Wehmut kam es ihm vor, als hätte die Realität einen Bruch bekommen. Die ganze Nacht lang suchte er, sich den ehemaligen Lauf des Planeten Capaun vorzustellen. Ihn vor sein inneres Auge zu zwingen. Das machte alles nur schlimmer, und doch, eigentlich hatte Silberschatten nichts dagegen, seinem Leid freien Lauf zu lassen. Er sah keinen Sinn darin, sich zusammenzunehmen. Zu hart hatte ihn Capauns Entscheidung getroffen.

Bei Tagesanbruch fiel er in einen schweren Dämmerzustand, in dem er nichts vergessen, sich an nichts erinnern konnte. Er fühlte sich noch immer elend. Er wusste noch immer nicht, wohin. Es wurde hell, es wurde dunkel und noch immer gab es am Firmament keinen Hinweis auf Capauns Verbleib. Er weinte leise in die Nacht …

'Silberschatten.'

'…'

'Silberschatten. Wach auf.'

'Capaun?' Silberschatten schreckt hoch, doch eine sanfte Woge des Wohlwollens durchfährt ihn und beruhigt ihn zutiefst.

Dort, wo Capaun früher war, explodierte der Himmel. Alle starrten, entsetzt, aber zugleich auch gebannt von dem Na-

turereignis, zu den Sternen empor. 'Wir hätten wissen müssen, dass er nicht heimlich verschwindet', Morgenrot war zu Tränen gerührt. 'Nicht, ohne ein letztes Zeichen zu setzen.' Das gleißende Licht verblasste so schnell, wie es aufgeflackert war, dann folgte die eigentliche Explosion.

Sich selbst gebärende Flammen zeichneten sich weithin ab. Planetenteile und Feuer füllten auf einen Schlag den vielfachen Raum aus. Der scheinbar lebendige Flammenkörper wuchs schnell weiter an. Drehte und wand sich in sich selbst, umschlang die Monde Capauns und riss sie mit sich. Griff nach den Sternen in seiner Umgebung und zerrte auch sie und ihre Trabanten aus ihren Bahnen. Eine gewaltige Druckwelle löste und breitete sich mit unermesslicher Kraft in alle Richtungen aus und ließ alles um sich herum vergehen.

Der Planet wurde in einem flammenden Inferno auseinander gesprengt, wodurch, im Zentrum des Armageddons, etwas sichtbar wurde: Eine unbeschreibliche, sich mit großer Sehnsucht nach allem in ihrer Umgebung verzehrende Lohe. Das pulsierende, goldene Herz des Planeten.

Es entstand ein enormer, kosmischer Sog, der vieles, was noch kurz zuvor versprengt wurde, plötzlich wieder zu sich heran zog. Nur die größeren und massereichen Teile konnten dem Ziehen widerstehen. Wie in Zeitlupe kamen sie, von einer bereits einsetzenden Abdrift abgesehen, beinahe zum Stillstand; begannen, neuen Bahnen zu folgen, während alles andere auf Capauns ehemaliges Zentrum zuraste. Bald darauf kollidierten dort die ersten glühenden Planetenteile mit dem kosmischen Organ, zu dem sich auch die Überreste der nahen Sonnen hingezogen fühlten. Durch Druck, Hitze, stoßartig modulierte, kinetische Energie, eine entsprechende, molekulare Zusammensetzung der Materie, sowie andere Umstände entstand an genau jener Stelle ein prächtiger Stern; und schon bald hatten auch die großen Überbleibsel Capauns den Lauf der Dinge akzeptiert und folgten hörig mehr oder minder festen Bahnen um ihre noch zündende Sonne, wie auch die Galaxie, in welcher der große Planet ehemals verankert war, sich in die neue Ordnung fügte und zu einem neuen Zentrum hin ausrichtete. Es war eine Frage der Zeit, bis sich alles auf eine bestimmte Art beruhigt haben würde.

Ein neues Sonnensystem war entstanden. Capaun war tot und wurde gleichzeitig wiedergeboren. Die Aeris konnten es kaum glauben. Es war wie eine Auferstehung. Jetzt war klar, was Capaun mit seiner Antwort auf die Frage, was aus ihm werden würde, meinte: Viele.

Bald lagen sich seine Schützlinge lachend und weinend in den Armen. Noch immer geschockt, doch auf eine beruhigende Weise auch befreit. Wie lange sie das Schauspiel betrachteten, konnte im nachhinein niemand von ihnen sagen. Einen Zyklus? Einen kosmischen Zyklus? Eine Ewigkeit, oder zwei?

Als Sternenhimmel sich nach ewiger, kurzer Zeit aus der Gruppe, die gen Capaun blickte, löste, nahm er den ihn anspringenden Schatten kaum wahr. Schon drangen Itzis Giftzähne in seinen Hals. Dann war es, als würde er aus seinem Körper heraus und direkt in eine andere Wirklichkeit und zugleich hinaus ins Weltall gerissen. Mit ihm auch Silberschatten, der die Szene bis jetzt beobachtet hat, als habe er Teil daran, doch Sternenhimmel scheint ihn trotz mehrerer Rufe nicht zu bemerken. Dann geht dem Chromenen auf, dass er die Erinnerung seines Bruders nacherlebt, wie er eben noch Capauns Erinnerungen geteilt hat. Sternenhimmel hatte nahe Itzis Turm gelegen und die Inkarnation der Ur-Sonne hatte sie gebeten, ihn in Ruhe zu lassen. Jetzt bleibt Silberschatten einmal mehr nichts, als zuzusehen.

Ehe Sternenhimmel realisieren konnte, was da mit ihm geschah, näherte er sich unversehens einer Art Komet, der mit irrsinniger Geschwindigkeit auf die Heimatgalaxie des Aeris zuraste. Er tauchte ein in dessen Schweif und als er eintaucht in den tatsächlichen Himmelskörper, weiß er, was gerade mit ihm geschieht. Er befindet sich in der immateriellen 'Sphäre', die bald eine Gestalt annehmen wird, um das Leben des Schnuff zu leben. Sternenhimmel widerfährt mit dem Eintritt in den Himmelskörper etwas Unfassbares: Er erlebt die ansteckendste Art Neugier, die er je gefühlt hat. ·

Und noch etwas bemerkt er. Diese unglaublich starke Präsenz, an der er gerade teilhat, bestreitet ihre Reise in die Realität bei vollem Bewußtsein. Es scheint, als sei sie dermaßen aufgekratzt, dass sie ihre lange Fahrt einfach nicht 'schlafend' hinter sich bringen kann. Auch scheint diese Reise schon sehr lange anzudauern.

Vielleicht ist das Wesen bereits seit Äonen unterwegs, denn als Sternenhimmels Geist in Kontakt mit dem Verstand des Schnuff gerät, wird er von den unzähligen Eindrücken, die dieses Wesen bis dato gesammelt hat, beinahe wieder aus besagtem Verstand hinausgespült. Sternenhimmel ist versucht, sich zu fragen, was es denn hier will, wenn es alles schon weiß. Das erübrigt sich, als der Aeris dahinterkommt, aus welchem Antrieb sich das Wesen eigentlich auf den Weg gemacht hat, geboren zu werden. Es möchte die sogenannte Wirklichkeit erleben. Mit den eigenen Augen sehen, mit der eigenen Nase riechen, mit der eigenen Haut fühlen und mit dem eigenen Herzen fiebern und leiden und sich freuen. Diesem Geschöpf reicht es einfach nicht aus, zu wissen! Nicht, zu wissen, wie etwa Bücher wissen, oder Zuschauer. Trocken und die Wahrheit höchstens zur Hälfte erfassen und greifen könnend. Es will erfahren. Und zwar alles! Bei seinen Entdeckungen möchte es klein anfangen, denn es weiß, dass alle großen Dinge im Kleinen beginnen. Es weiß diese Kleinigkeit und daher wird es all dieses große Wissen Preis geben und vergessen, denn es möchte seine Erfahrungen im, am und durch das Leben machen. Nicht wie ein Baby, aber wie ein Neugeborenes. Es hat dem Leben einen Handel angeboten, und das Leben hat eingeschlagen. Sternenhimmel ist begeistert. Er kann es nicht erwarten, dem Schnuff zu begegnen ...

„Sternenhimmel?" Die Frage materialisiert überraschend in Sternenhimmels Geist. „Kommst du wegen mir, neuer, kosmischer Wächter?" Sie durchzuckt ihn jäh, kribbelt, wie reine, zielgerichtete Energie.

Bevor Sternenhimmel antworten kann, wenn er auch nicht wüsste was, wird sein aufgewühlter Geist wie von einem Katapult in den allumfassenden Raum, zurück in Richtung Ai'Kohn geschleudert. Das letzte, was er neben der 'Frage' noch mitbekommt, ist, dass das Schnuff augenscheinlich kein festes Ziel vor Augen hat. Ihm ist, als würde es ins Blaue fliegen, mit dem quasi fast schon in die Tat umgesetzten Vorsatz, ein geeignetes Plätzchen für einen herrlichen Tag im Grünen zu finden. Warum auch nicht? Der Weltraum ist voll davon.

„Silberschatten..."

„..."

„Silberschatten. Wach auf."

„Capaun?" Als der Aeris hochschreckt, blickt er in die sanften Augen Morgenrots. Die Sonnen ihres Systems stehen darin, hinter einem nahen Planeten.

„Nein. Ich bin's. Ist alles in Ordnung?"

„Ja. Danke. Ich ... hatte einen Traum. Von Capaun. Von unserer letzten Nacht. Und ich habe mehr gesehen, als wir damals." Nachdenklich blickt er auf die Darstellung des Schnuff, welche mit Sicherheit von ihrem Ziehvater stammt. „Ich glaube, es geht ihm gut. Besser, als bei unserer letzten Begegnung."

Kapitel 4

Toth

Und wieder beginnt eine Reise für das junge Schnuff. Hinaus aus der Atmosphäre Ai'Kohns, hinein in den Weltraum. Eine andere Richtung und weitere Myriaden neuer Eindrücke, die auf das aus dem Staunen gar nicht mehr herauskommende Schnuff einprasseln. Das Licht Millionen sichtbarer Sterne leuchtet in seinen großen, tropfenförmigen Augen. Über ihm, drohend und schützend, die Schwingen weit ausgebreitet, Sternenhimmel.

Auf dessen Vorschlag hin klettert das Schnuff an dem Aeris herum, bis es den so einladend wirkenden Kragen erreicht hat, in dem man es sich, wie es schnell bemerkt, herrlich bequem machen kann.

Sie reisen eine kurze Weile, die das Schnuff nicht ermessen kann, weil es zu viel zu bestaunen gibt. Sie verlassen das System und tauchen in ein anderes ein. Dann macht der Aeris das Schnuff auf einen unscheinbaren, schmutzigen Fleck auf der ansonsten prachtvollen, galaktischen Leinwand aufmerksam. „Das ist unser Ziel. Toth. Dunkel und unansehnlich wie eh und je. Von hier oben ungefähr so aufsehenerregend, wie ein Schatten im Zwielicht, was?"

Toth ist im mehr oder weniger lichtlosen All kaum zu erkennen. Er bildet keinen Kontrast zu seinem Hintergrund. Das Schnuff kneift seine Augen angestrengt zusammen, aber wenn Sternenhimmel ihm nicht gesagt hätte, dass der Fleck wirklich ein Planet ist, hätte das Schnuff Toth vermutlich übersehen. Auch, als sie allmählich näher kommen, ist wenig von der Oberfläche zu erkennen. Ganz anders als die anderen, farbenprächtigen Planeten, oder gar das Capaun-System, das weithin strahlt, scheint Toth jegli-

ches Licht aufzusaugen, wie ein schmutziger, ausgetrocknetter Schwamm, der sich wie gierig nach Wasser verzehrt.
„Das ist Toth? Warum ist es dort so dunkel?"
„Gute Frage! Die Antwort darauf kennt nur die Herrin des Planeten selbst. Wir konnten es zumindest nie herausfinden, und das ist schon ein wenig beunruhigend, denn das bedeutet, sie weiß Dinge, die Itzi nicht weiß, und Itzi weiß eigentlich alles. Tja, und was von hier oben seltsam wirkt, ist dort unten richtig unheimlich. Den Sonnenstrahlen, die auf Toth treffen, wird auf mysteriöse Weise die Brillanz entzogen. Schwer zu beschreiben, du musst es selbst sehen; dieses fahle Licht. Es verbreitet eine unwirkliche Atmosphäre. Wir sind gleich dort, du wirst es erleben." Abwärts.

Dieser Landeanflug ist ganz und gar nicht, wie der letzte. Das Schnuff bekommt unmittelbar die brachialen Kräfte zu spüren, die auf Sternenhimmel einwirken. Der Luftwiderstand ist immens. Die beiden werden durchgeschüttelt, als seien sie nicht rechtzeitig von Wort entkommen, und das Schnuff wird zum ersten Mal im Leben raumkrank. Für einen kurzen, aber erschreckend langen Augenblick bekommt es keine Luft und auch, wenn es die eigentlich nicht braucht, flimmert es plötzlich grell vor seinen Augen. Dann scheint ein Schalter umgelegt.
Die Farben sind ausgeknipst. Sowohl die vor seinem inneren Auge, als auch die in der Welt um ihn herum. Wie Sternenhimmel prophezeite, fehlt dem Licht auf diesem Planeten die Kraft. Er schluckt es förmlich. Die Wolken, der Himmel, selbst die Mittagssonne, alles wirkt stumpf, wie durch einen Filter betrachtet. Und genauso verhält es sich mit der Oberfläche des Planeten. Stumpf. Ganz Toth ist eine farblose Öde. Eine fade Stein- und Schuttwüste, und wenn es nach dem Schnuff ginge, haben sie vom ersten Anblick an genug gesehen und könnten sich nun ebenso gut

wieder auf den Heimweg machen. Natürlich ist ihm klar, dass sie nicht hier verweilen, um den Planeten zu besichtigen, und da sie noch bleiben werden, will es etwas ändern. Es verspürt eine sonderbare Eintönigkeit in seinen Gedanken, die es gern vertreiben würde. „Gibt es hier denn außer Steinen nichts zu sehen?"

„Wenig."

Das Schnuff kann sich nur vorstellen, warum Sternenhimmel entgegen seiner sonstigen Art plötzlich nichts mehr sagt. 'Wenig.' So kennt es ihn gar nicht. Der einsilbige Planet scheint auch auf seinen Freund rasch abzufärben. In der Hoffnung, dass nicht ihr gesamter Aufenthalt von Wortkargheit geprägt sein wird, wagt das Schnuff einen erneuten Versuch, dem Aeris ein paar mehr Worte zu entlocken. Deswegen fragt es Sternenhimmel nach der Person, über die die Aeris auf Ai'Kohn gesprochen haben: „Und diese Xsiang-Lao ..."

„Xsiau-Ming."

„Oh. Diese Xsiau-Ming, wer oder was ist das? Und was in einem Namen ist hier auf diesem Planeten los? Es ist sehr dunkel für einen Tag, wie du es versprochen hast. Aber wie kann man ein Interesse daran entwickeln, den Tag in eine halbe Nacht zu verwandeln?" Und dabei denkt das Schnuff: 'Wie kann es sein, dass ich mehr rede, als er?', fährt aber fort: „Außerdem stinkt es. Nach ... ich weiß nicht mehr was."

„Ammoniak und Schwefel."

„... Ammoniak. Schwefel. M-hm. Wir sehen nur Steine. Seit wir hier sind. Bergeweise. Mit nicht mal Schnee darauf ..."

„Ich weiß. Ja." Während Sternenhimmel antwortet, entdeckt das Schnuff in einiger Entfernung ein Felsplateau, auf dem augenscheinlich ein Steingarten angelegt wurde. Wofür der wohl aufgestellt worden ist? Denn sicher dient

er einem Zweck. Es wird danach fragen, sobald Sternenhimmel ausgeredet hat. Hier auf Toth spricht er ja nicht so viel wie sonst: „Toth hat eine lebensfeindliche Oberfläche. Viele können hier draußen nicht atmen. Im Berg gibt es Leben. Gab es zumindest, als wir das letzte Mal hier zu tun hatten. Xsiau-Ming hat ihre Behausung sehr wahrscheinlich dort unten. Da drinnen gibt es auch Wasser. Angeblich sogar riesige Seen. Mal sehen. Hähä." Er lacht freudlos. „Und da wir jetzt schon mal hier sind, sollten wir sie auch finden und zwar besser schnell. Die Ming, meine ich. Ich würde nämlich gerne bald wieder von hier verschwinden. Warte einen Augenblick. Ich muss mich konzentrieren."

„Xsiau-Ming, Xsiau-Ming! Wer ist denn nun diese Xsiau-Ming? Da wir jetzt hier sind, könntest du mir langsam mal ein bisschen über sie verraten!"

„Später, Kleiner. Du weißt doch: Wir haben keine Zeit zu verlieren. Ich werde dir nachher von ihr erzählen. Jetzt müssen wir uns schnell entscheiden, welchen Weg wir einschlagen." Dabei guckt der Aeris unschlüssig in die nichtssagende Landschaft. Hier sieht ein Stein wie der andere aus. Dann nickt Sternenhimmel bestimmt auf den Fuß eines Berges direkt voraus. „Hier sind wir richtig!"

Warum Sternenhimmel glaubt, hier richtig zu sein, ist dem Schnuff schleierhaft, aber wenigstens redet der Aeris wieder mehr und wie immer schnell und vermutlich auch eine Menge, von der er 'wenig' ernst meint. Für das Schnuff jedenfalls ähneln sich die Berge hier wie ein Wildspringer dem anderen und über seine Verwunderung vergisst es, nachzufragen, ob Sternenhimmel etwas über diesen steinernen Garten auf der erhöhten Ebene weiß, als der Aeris bereits zur Landung ansetzt. Das Schnuff lässt sich den für ihn gemachten Buckel herunterrutschen und landet eher sanft auf dem unebenen Boden. Binnen weniger Herzschläge ist Sternenhimmel wieder so groß wie sein Kamerad.

Der Aeris deutet auf jenen Spalt im Fels, der den guten Eindruck auf ihn gemacht hatte.

„Ich denke, hier sollten wir es versuchen." Sternenhimmel betrachtet mit abschätzendem Blick den Höhleneingang.

Leicht verdutzt sieht das Schnuff den Aeris an. „Also, ähm: Bist du *sehr* sicher?"

Eine rhetorische Pause später hebt Sternenhimmel einen Deut den Schnabel, 'stellt' seine Augen auf Weitsicht, so dass es scheint, als schaue er tief in den Berg hinein und verkündet: „Sagen wir", er atmet demonstrativ ein, seine Brust hebt sich und seine Stimme zittert leicht, aber bedeutungsvoll: „Ich *spüre* da etwas."

Das Schnuff senkt den Kopf und erwidert ähnlich dramatisch, aber mit einem extrem trockenen Grinsen unter dem lauernden Blick: „Sagen wir: du *rätst*!?"

Ertappt lacht Sternenhimmel hell auf und knufft dabei dem Schnuff spielerisch in die Seite: „Na gut Kleiner, erwischt! Hast 'ne Nase für so was, oder? Hähä. Aber im Ernst. Was spricht dagegen, es hier zu versuchen?"

Natürlich spricht nichts dagegen. Genau, wie nichts dafür spricht. Also, was soll's?! Wenn man nicht weiß, wo es lang geht, kann man genausogut seiner Nase folgen und die ist beim Schnuff ja besonders groß und schön, wie es selbst findet. So betreten sie gutgelaunt die Höhle und sind damit wahrscheinlich die einzigen Eindringlinge, die dieses lichtleere Reich jemals freudigen Fußes begangen haben.

Vor ihnen verschwindet ein grob in den Berg gehauener Gang ins ungewisse Dunkel des hellen, sandigen Fels. Wohin dieser Gang auch führen mag, seine Erbauer hielten nicht viel von handwerklicher Präzision. Der Boden ist uneben, genau wie die Wände und die tief hängende Decke. Querrillen ziehen sich durch den Stein und eigentümliche Wesen haben viele unübersichtliche Nischen und kleine Röhren entstehen lassen, in denen sie vermutlich leben, so dass die Wände porös wirken. Der Boden ist mit kleinen Steinen übersät. Ihr Knirschen begleitet das Eindringen der zwei ins Dunkel.

Das Schnuff fragt: „Hast du eine Idee, wo sich die zwei anderen Aeris befinden?"

„Du meinst Flamm? Itzi ist kein Aeris. Sie ... Wo sie sind, weiß ich nicht genau. Eine Vermutung habe ich." Sternenhimmel sieht das Schnuff an. „Damit warten wir aber, bis sie zutrifft. Im Moment sieht es ja so aus: Geradeaus ... oder raus."

Kichern.

Ein Ende des Gangs ist nicht abzusehen, vorsichtig schleichen die zwei ins Ungewisse. Das heißt, nachdem eine ganze Weile nichts geschieht, wird aus dem vorsichtigen Schleichen ins Ungewisse immer mehr ein vorsichtiges Gehen ins Ungewisse. Dann wird's ein Marschieren ins Ungewisse und nicht lange, dann fällt das Schnuff in einen leichten, bald zügigen Trab, und Sternenhimmel erhebt sich in die niedrige Luft des Stollens, um den Anschluss ins Ungewisse nicht zu verpassen. Schließlich gibt es, wie bereits mehrfach festgestellt, keine Zeit zu verlieren.

Während ihres Einbruchs in den Berg, berichtet Sternenhimmel dem Schnuff endlich von Xsiau-Ming: „Sie ist in gewissem Sinne die leibliche Tochter Capauns. Capaun war unser Mentor, fast wie ein Vater, der uns das Leben beigebracht hat, und sie ist seine Tochter."

„Seine ... Tochter?" Wenn die schrecklichen Dinge, von denen es erfahren hat, von der Tochter ihres Mentors initiiert wurden, muss das eine Tragödie für die Aeris sein ...

Sternenhimmel nickt. „Anfangs war sie reine Energie. Ein Strom, der ständig durch das Herz des großen Planeten Capaun verlief und durch den Kontakt zu seinem Innersten, zu einem eigenen Bewusstsein gelangt war. Dieses Bewusstsein drängte ins Leben. Sie hatte Capaun von Innen heraus zu überzeugen versucht, ihr in dieses Leben zu helfen und irgendwann hat sie es geschafft. Itzi hat eine Theorie darüber, wie Xsiau-Ming später den Verstand verloren hat. Capauns Tochter tauschte, vermutlich aus dem Wunsch nach Nähe, die Unendlichkeit des Raums gegen die Begrenzung eines Körpers. Als sie sich einmal entschieden hatte, konnte sie nicht wieder zurückkehren in ihre ursprüngliche 'Gestaltlosigkeit'. Sie saß gewissermaßen in der Falle. Und bald erfüllte Furcht ihr Inneres."

Das Schnuff fühlt sich an seine eigene Situation erinnert, kann daran aber kein Problem entdecken. Trotzdem lauscht es weiter den Ausführungen Sternenhimmels, für den es sicher nicht leicht ist, über diese Ereignisse zu sprechen.

„Zwar hat Xsiau-Ming es nie offen zugegeben, aber Itzi meint, dass sie insgeheim Capaun für ihre Misere, nicht mehr 'ins All' zurückkehren zu können, verantwortlich macht. Der Graue Engel hatte sie eindringlich vor den Konsequenzen ihrer Entscheidung gewarnt und als er mit seiner Warnung Recht behielt, argwöhnte die Ming, dass Capaun sie für ihren Ungehorsam zurechtweisen wollte. Doch mit der Entscheidung für einen Körper und gegen die Freiheit, schienen sich auch ihre Wünsche zu verwirklichen. Sie war immer in der Nähe von Capauns weltlichem Erscheinungsbild."

„Was ist dann geschehen?" Denn anscheinend ist Xsiau-Ming nicht bei ihrem Vater geblieben, sondern hat sich von ihm abgewandt. Sonst wären er und der Aeris jetzt wohl nicht hier.

„Anfangs war alles einigermaßen im Lot gewesen, obwohl Xsiau-Ming schon als 'Kind' sehr eifersüchtig war, wenn ihr Vater seine Aufmerksamkeit anderen Dingen zuwandte. Capaun hatte sich keine übermäßigen Sorgen darum gemacht, weil solch ein Verhalten bei Geschöpfen, die frisch ins Leben eintauchen, nun mal nachzuvollziehen ist. Vielleicht musste sie sich erst orientieren." Er hebt andeutungsweise die Schultern. „Schließlich ging mit ihrer 'Verkörperlichung' auch eine immense Bewußtseinskonzentration einher. Sie war zwar hier, aber sie war *nur* hier." Sternenhimmel schüttelt den Kopf und seufzt: „Hach: Obwohl sich Capaun viel Zeit für lange Gespräche mit seiner Tochter genommen hatte, änderte Xsiau-Ming ihre Haltung auch *mit der Zeit* nicht. Capaun war außerstande, etwas dagegen zu unternehmen. Im Gegenteil: Je älter sie wurde, desto ausgeprägter wurde auch ihr Verhalten."

„Schlimmer?"

„Na ja, für Itzi war es ziemlich aufreibend geworden, ein vertrauliches Gespräch mit Capaun zu führen, da Xsiau-Ming ihn nicht aus den Augen ließ. Ihr scharfer, mißtrauischer Geist kontrollierte selbst die telepathische Kommunikation Dritter mit dem Grauen, so weit sie es eben vermochte. Nichts gefährliches, weil er sie aus diesen Gesprächen 'aussperren' konnte, allerdings war das nicht, was er wollte. Sie sollte aus ihrem Inneren heraus dahinterkommen, was Respekt und aufrichtige Zuneigung bedeuten. Sie verzehrte sich aber regelrecht nach ihrem Vater und sie wollte ihn nicht teilen. Capaun kümmerte sich trotz Allem rührend um seine Tochter. Im Nachhinein hat er sich manchmal Vorwürfe gemacht, ihr zu viel gegeben zu haben. Vielleicht wäre alles anders gekommen, hätte Capaun sie früh damit konfrontiert, wie es ist, einige Zeit allein zu sein. Aber sie war seine Tochter und er ihr Vater: Er wollte sie mit seiner Liebe überzeugen und nicht mit Härte erziehen. Schließlich war sie sein Kind! Und im Grunde hatte sie ein gutes Herz. Sie wollte niemandem etwas schlechtes, sie wollte nur immer Capauns Aufmerksamkeit."

„Zu jeder Zeit?", das klingt zumindest anstrengend.

„Immer. Ja. Und letztendlich wurde es doch zum Problem.

Es war der Zeitpunkt, zu dem Capaun sich aufgemacht hatte, seine Welt zu verlassen, um nach einem Geschöpf zu suchen, welches zwar von ungeheurer Macht, aber fremden Mächten hilf- und haltlos ausgeliefert war." Sternenhimmel lächelt dünn. „Dieses Wesen war ein Aeris und hieß Silberschatten. Xsiau-Ming ist fast rasend vor Eifersucht geworden."

„Aber ... warum? Er wollte doch helfen. Wie er auch ihr geholfen hatte." Das Schnuff kann nicht nachvollziehen, wie man derlei Einwände erheben kann.

„Tja. In ihren Augen hatte Capaun sie verraten und Itzi sie im Stich gelassen. Daraufhin hat sie sich völlig abgekapselt. Tief in ihr drinnen hatte sich etwas verändert. Nicht einmal Capaun konnte jetzt noch mit ihr reden. Er konnte ihr nicht klar machen, dass wir Aeris ohne seine Hilfe, ohne seine Liebe, ohnmächtig und ohne Wissen um unser selbst gestorben wären." Die Augen des Aeris beginnen zu schimmern, doch kämpft er sich tapfer durch den erdrückenden Wust viel zu frischer Erinnerungen. „Oder es war ihr schlicht und ergreifend egal. Ich denke, sie hätte uns lieber sterben lassen, als auch nur eine Minute seiner Aufmerksamkeit zu teilen, aber das ist meine persönliche Meinung."

„Was ... war denn mit euch?", fragt das Schnuff schüchtern. Ein unangenehmes Gefühl breitet sich in ihm aus.

„Ich lebte als einziger in Freiheit. Schon immer; doch ohne Capaun hätte auch ich meinen Platz nie gefunden. Von den anderen ganz zu schweigen. Die befanden sich in hoffnungslosen Situationen. Er hat uns alle gerettet ..." Eine Weile denkt er nach, wobei ihn das Schnuff wohl nicht stören will, denn es schweigt ebenfalls. „... Später kam heraus, dass Xsiau-Ming die Suche nach Flamm und Morgenrot 'sabotiert' hatte." Wieder schüttelt der Aeris den Kopf, dabei lächelt er freudlos. „Da war es aus mit Capauns Nachsicht.

Die Rettungsmissionen waren sehr gefährlich für alle Beteiligten gewesen, und Xsiau-Mings Eingreifen hätte um ein Haar dazu geführt, dass Flamm auf ewig in die feurigen Kerker Dam'nars gebannt geblieben wäre. Und Morgenrots Bewusstsein war dank ihrer Eifersucht auf dem besten Wege, von einigen sehr mächtigen Magiern, auf eine quasi 'semipermeable Ebene der Realität' transferiert zu werden. Eine Hinreise ohne Möglichkeit zur Rückkehr. Das war auch der Zeitpunkt, zu dem Xsiau-Ming sich verraten hatte."

„Wie das?"

„Itzi hatte eine verschlüsselte, telepathische Botschaft aufgefangen. Sie stammte von den P'tuori Magikern, welche Xsiau-Ming mitteilten, dass 'der Abend dämmere'. Zum Glück war Itzi sofort in der Lage gewesen, den Ursprung dieser Botschaft auszumachen und an uns weiterzuleiten, so dass wir anderen unverzüglich mit der Rettungsaktion beginnen konnten. Xsiau-Ming kann von Glück reden, dass sie nicht mehr da war, als Capaun mit uns zurückkehrte. Sie war wirklich ihren eigenen Weg gegangen. Aber es war ein sehr düsterer, einsamer Weg." Es braucht noch einen Augenblick, dann ist Sternenhimmel zurück aus seinen Gedanken, die ihn einmal mehr an den Rand der eigenen Belastbarkeit geführt hatten. Das Leben ist einfach ungerecht. Während die Göre weiter unter ihnen weilt und die Welt mit Geistlosigkeiten überzieht, ist der, der sich für sie aufgeopfert hatte, für immer fort. Für alle Zeiten verloren.

„Capaun? So, wie das Sonnensystem?" Das Schnuff bleibt erstaunt stehen und auch Sternenhimmel landet. Seine Augen verlieren ihren Glanz vollends. Er atmet hörbar aus und guckt an seinem Freund vorbei ins Leere. Als das Schnuff den traurigen Ausdruck in Sternenhimmels Blick erkennt, tut es ihm Leid, seine Gedanken laut ausgesprochen zu haben. Ein wenig betroffen, es kann sich ja mittlerweile so einiges zusammenreimen, schaut es zu Boden. „Es tut mir Leid. Ich wollte deine Wunden nicht aufreißen. Du musst nicht darüber sprechen."

„Ist schon gut, Kleiner. Meine Wunden sind so frisch, die braucht niemand aufreißen, damit sie schmerzen. Dich trifft keine Schuld." Damit sein Freund merkt, dass er es ernst meint, legt Sternenhimmel eine Schwinge auf die Schulter des Schnuff. „Auch, wenn es weh tut, das ist nicht der einzige Grund, warum ich nicht einfach so über Capaun sprechen möchte. Er war wirklich großartig und er bedeutet uns Aeris mehr, als alles andere, musst du wissen. Es würde ihm einfach nicht gerecht werden, wenn man mit etwas anderem im Kopf über ihn spräche."

„Das muss alles sehr schwer für euch sein." Das Schnuff weiß nicht, wie es ist, jemanden für immer zu verlieren, aber bei dem Gedanken daran, dass Sternenhimmel vielleicht ernsthaft etwas zustößt, wird ihm schwindelig, ja regelrecht schlecht. Das ist etwas, was es unter keinen Umständen erleben möchte. Sehr kleinlaut fährt es fort: „Ich bin ... ich meine ... das ist ... ich ...."

„Ist schon in Ordnung. Wirklich. Wir werden dir alles über ihn erzählen. Sobald die Zeit dafür gekommen ist. Mach dir keine zu schweren Gedanken darüber. Dies sind Augenblicke, wie sie nur selten vorkommen, selbst in den Maßstäben der Gezeiten. Trauer, Hoffnung Unverständnis, Freude und Furcht sind so dicht bei einander, wie in ihren Ausprägungen extrem, und bei allem, was auch geschehen mag, dürfen wir den Mut nie verlieren." Er schaut seinem vierbeinigen Begleiter tief in die Augen: „Alles wäre sonst verloren."

Bei diesen Worten realisiert Sternenhimmel, wie schwer seine Ansprache auf das junge Schnuff wirken muss. „Aber heh", rappelt er sich, „ich bin schließlich Sternenhimmel, und wir sind die Aeris. Und ein Schnuff. Jetzt." Sein Gesichtsausdruck erhellt sich: „Das wär' nicht das erste Mal, dass wir 'ne Welt zu retten hätten. Hähä, na komm', Kleiner; ich zeig dir, wie so was geht. Pass nur gut auf, wie *ich* das regle. Da kannst du einiges lernen."

Während Sternenhimmel spricht, beobachtet ihn das Schnuff fasziniert. So jung es ist, bemerkt es doch, dass Sternenhimmel viel mehr als nur der Spaßvogel ist, mit dem es rumalbern kann. Ihm geht auf, dass, auch wenn der Aeris extrem gut darin ist, einen glauben zu machen, er würde nicht viel weiter als bis zum nächsten Baumstamm, beziehungsweise bis zur nächsten Biegung denken, viel mehr in diesem Geschöpf steckt.

Sternenhimmel spricht genauso seine ernsthafte Seite an. Den noch zarten Teil in ihm, der Wissen erlangen will, um Verantwortung tragen zu können. Der Aeris scheint ihm eine Art Verbindungsglied zwischen der Welt seines Traums, bevor es in seiner Höhle erwacht ist und seinem jungen Leben zu sein. Sie werden viel zu bereden haben, wenn sie erst die Zeit dafür finden.

Es wird eine gute Zeit werden. Mit Sternenhimmel an seiner Seite kann es gar nicht anders kommen, daran glaubt das Schnuff nun umso fester. Und weil es Sternenhimmel zeigen möchte, dass sein Optimismus gar keinen Dämpfer bekommen hat, lächelt es zuversichtlich.

Sternenhimmel erwidert das Lächeln, breit, und damit nehmen sie wortlos ihren Weg in das Innere des Berges wieder auf.

Es dauert eine Weile, bis sie eine andere Wahl bekommen, als geradeaus oder in Kurven zu gehen. Bis hierher waren sie den wirren Windungen des Gangs gefolgt. Jetzt nähern sie sich einem vor ihnen liegenden Abgrund. Sie werden langsamer, schleichen vorsichtig zum Rand des Felsens. Dahinter ist irgendetwas.

Der schwache Schein einiger entfernter, verborgen liegender Lichtquellen flackert verloren an den matten Felsen. Stimmen dringen undeutlich an ihr Ohr. Als sie über den Abgrund in die Tiefe spähen, sehen sie ein paar zweibeinige, vielleicht schnuffgroße Gestalten im faden Schein des fahlen Lichts. Sie können die Fremden nicht genau erkennen. Es mögen sechs bis acht von ihnen sein, dort unten. Sie sind zu weit weg, und die diffuse Beleuchtung spendet zu wenig Licht, um ganz sicher zu sein.

Das bedeutet andererseits aber auch: Es ist höchst unwahrscheinlich, dass die Fremden Sternenhimmel und das Schnuff entdecken werden. Deren Gang befindet sich weit über den Köpfen der schemenhaften Gestalten. Ein schwaches Echo trägt den Hall der Stimmen hoch, bis an ihre empfindlichen Ohren. Die zwei sind ganz leise. Sie lauschen.

„Kannst du etwas verstehen?", flüstert der Aeris.

Durch das Echo sind die Stimmen mulmig und verzerrt. „Ich weiß nicht. Der Name Xsiau-Ming fällt recht häufig. Ich glaub', die tratschen nur: Hast du gehört, dass die Gebieterin hier und dass die Meisterin dort, dieses oder jenes oder was vollbracht hat. Hng. Hast du gehört, dass die Gebieterin letzte Woche *mich* angesprochen hat? Aber *ich* habe ihre Hörner auf Hochglanz poliert ... So 'n Günstling", freut sich das Schnuff, als es wieder aufblickt. „Diese Xsiau-Ming muss ja eine ganz wundertolle sein. Aber irgendwas stimmt mit denen da unten nicht. Ich weiß nicht, die sind, wie soll ich sagen ... fad. Hohl. Die sind seltsam."

„Hmmhm. Das dürfte daran liegen, dass es sich um Untote handelt."

„Un...", das Schnuff stockt.

„...tot", nickt Sternenhimmel. „Ihre 'Herrin und Meisterin', Möchtegern-im-Hause-Tod, das-Leben-tut-nicht-was-sie-will, zeichnet dafür verantwortlich", spottet er.

Da schluckt das Schnuff. So etwas hat es nicht erwartet.

Untot!

Der Aeris nickt: „Sie 'spricht' so lange auf die schwachen Geister ein, bis sich ihre müden Seelen nicht mehr gegen diese Halbwahrheiten und Hasstiraden auf alles Leben aufbäumen können. Dann versiegen sie. Sie verkümmern und verlieren sich. Was übrig bleibt, treibt die alten Körper an, fragt sich aber nicht weiter, was es selbst will, oder ob irgendetwas richtig oder falsch sein könnte. Dieser traurige Rest eines ehemaligen Lebens leidet nur noch Hass und verzweifelte Ehrfurcht. Sollte bereits kein Leben mehr in den Knochen stecken, wird es für Xsiau-Ming ein wenig einfacher. Dann braucht sie nichts von dem alten Wesen in den Gebeinen zu verändern, oder zu erhalten, sondern nur etwas Energie, um sie, äh ... 'zu betreiben'. All diese Wesen können nicht sterben. Nicht, so lange Xsiau-Ming lebt, was wohl noch geraume Zeit der Fall sein dürfte. Gefangen in sich, gebunden an das Schicksal ihrer Meisterin."

Das hat gesessen. „Wo ist sie?!", fragt das Schnuff empört.

„Ich denke, wir finden sie weiter unten. Tiefer im Berg."

„Gut. Hmpf - bleibt die Frage: Wie sollen wir an denen dort vorbei?"

„Keine Ahnung. Wie viele sind es? Wir könnten sie platt machen."

„Was?!" Das Schnuff traut seinen Ohren nicht!

„Na ja, tot sind sie ja eh schon. Irgendwie. Und ernst zunehmende Gegner sind's auch nicht. Skelette = Spielzeug; zum Aufwärmen bestens geeignet."

„Plattmachen. Du willst sie einfach so PLATT MACHEN!"

„Warum nicht?"

„Na! DIE können ja auch nichts dafür ...", das Schnuff schaut auf: „... lass uns doch lieber versuchen, an ihnen vorbei zu schleichen. Vielleicht auf diesem Sims dort." Es deutet auf einen Vorsprung, der an der Felswand entlang führt. „Meinst du, wir finden auf der anderen Seite einen

Weg, der uns Xsiau-Ming näher bringt?"

„Da müssten wir schon nachsehen. Denn *ich spüre* nichts", dabei schickt er aus den Augenwinkeln einen neckischen Blick gegen das Schnuff.

„Hmhmhm!", ist die gekünstelt beleidigte Antwort.

Auf Höhe der Eindringlinge wird die gesamte Höhle von einem schmalen Sims umrahmt. Als das Schnuff nach oben schaut, kann es mehrere Ebenen ausmachen, die wie jene wirken, auf welcher sie sich befinden. Auch unter ihnen gibt es noch eine solche Etage. Vermutlich ist das hier ein Entlüftungstunnel. Vorsichtig, ganz vorsichtig schleichen die beiden nah an der Wand in Richtung Sims.

Kurz bevor sie den Vorsprung betreten, schaut das Schnuff noch einmal hinab und denkt laut: „Hoffentlich werden wir nicht entdeckt."

„Glaub' ich nicht", flüstert ihm Sternenhimmels Stimme von der Seite entgegen. „Untote gucken nicht nach oben. Es sei denn, natürlich, man befiehlt es ihnen."

„A-ha", sagt der Vierbeiner, als *spüre er* jetzt etwas. Wie nämlich der Boden unter ihm gefriert. Soll er aufs Glatteis geführt werden? Schon wird es rutschig unter seinen Pfoten. Dann erhellt sich seine Miene, das Eis taut, und er steht wieder sicher: „Und wieso unterhalten sie sich dann? Befehl von oben?"

„Da wirst du jetzt sicher lachen, aber es handelt sich vielleicht wirklich um eine Order Xsiau-Mings. Schließlich will sie *unterhalten werden*, damit ihr hier auf Toth nicht zu langweilig wird, während sie ihre tollen Pläne aushecht. Und das wiederum funktioniert nur, wenn ihre Kreaturen zumindest ein wenig lernfähig sind. Also sorgt Xsiau-Ming kurzerhand für einen artbedingt arg begrenzten Informationsaustausch zwischen ihren Schergen. Streng kontrolliert, versteht sich."

„Das glaub' ich dir nicht. Du flunkerst wieder!", womit

sich seine Miene verdunkelt. Sie nimmt einen extrem skeptischen, sogar zerknitterten Ausdruck an. Das Schnuff ist ein begabter Schauspieler!

„Im Prinzip kannst du glauben, was du willst, Kleiner", erwidert Sternenhimmel schmunzelnd. „Wie sonderlich sie wirklich ist, wirst du vielleicht noch feststellen können. Doch nun lass uns mal weiter. Ich weiß, dass du es weißt, trotzdem sage ich es noch mal: Es gibt keine Zeit zu verlieren. So! Und nun mach mal hübsch Männchen an der Wand entlang, ich fliege lieber." Und damit schwebt Sternenhimmel nahe der Felswand geräuschlos über den Abgrund und wartet bald auf der anderen Seite.

'Mach Männchen! Was bildet sich der Federfreund ein?! Das werde ich ihm bei Gelegenheit heimzahlen!', grummelt es in stiller Vorfreude in sich hinein. Aber ach, was bleibt dem Schnuff anderes übrig, es stellt sich fein auf die Hinterbeine und setzt den ersten Schritt auf den Sims. 'Untote gucken nicht nach oben ...' Sehr sonderbar.

Eine Pfote schiebt es vor, die andere zieht es heran, wobei sich seine Vorderbeine an der Wand entlang tasten. Es dauert nicht lange, bald ist das Schnuff auf der anderen Seite angelangt. Es ist recht geschickt im 'Männchen machen', trotzdem passiert etwas Ungewolltes:

Das Schnuff dreht sich, noch auf dem Sims stehend zum Aeris, um eine Bemerkung bezüglich besagter Geschicklichkeit zu machen, und prompt bricht ein Stück Fels unter einer Pfote aus dem Stieg. Einen Moment lang halten beide den Atem an. Der Stein zischt zu Boden. Er fällt, schier endlos, dann fällt er in den losen, zur Höhlenwand hin sich auftürmenden Sand. Nicht lautlos, aber auch nicht laut. Das Geräusch ist ungefähr, bis ganz genau so gut zu vernehmen, als würde ein Stein aus einiger Höhe in tiefen Sand fallen, der einen Höhlenboden bedeckt.

Einen endlosen Moment wird noch gelauscht, dann aufgeatmet. Niemand hat etwas bemerkt. Das Schnuff verlässt den gemeißelten Vorsprung, und die beiden schleichen von dannen. Sie schleichen. Einige Schnuffsprünge unter ihnen schleicht auch etwas. Es huscht. Es krabbelt. Es hat sie bemerkt. Es hat sie gesehen. Es wird der Gebieterin Bescheid geben. Es wird den Weg finden. Den Weg zu ihr und dann wird es der Gebieterin alles sagen. Und die Gebieterin wird Vorbereitungen treffen, und dann werden diese ekelhaften *Lebenden* machtlos sein. Dann wird die Gebieterin sie zu guten Kreaturen machen. Zu Freunden ...

Kapitel 5

Erkundungen

Den Entlüftungsschacht lassen sie hinter sich. Immer weiter folgen sie ihrem Weg in das Innere dieser kargen Welt, ohne, dass der ihnen die Wahl ließe, wohin sie sich wenden wollen. Die beiden Eindringlinge können nur hoffen, sich nicht in einer Sackgasse zu befinden, die am Ende spitz zuläuft, statt sie irgendwohin zu führen. Das wäre fatal. Sie müssten den ganzen Weg zurückgehen und nach einem anderen Zugang zu Xsiau-Mings Reich suchen.
Zwar ist keine Zeit zu verlieren, doch es ist schon eine ganze Menge davon verronnen. Was haben sie bisher erreicht? Noch ist kein Licht am Ende des Tunnels zu sehen und dabei muss mittlerweile bereits eine kleine Ewigkeit vergangen sein. Zu lange schon irren sie in den engen Weiten der unterirdischen, beklemmenden Einöde umher. Sie laufen und fliegen, fliegen und laufen. Je weiter sie ins Gestein eindringen, desto schwerer und dichter wird der Berg. War der Fels am Eingang noch porös und von Rillen und Rinnen durchsetzt, nun schließen glatte, massive Wände sie ein. Verändert hat sich damit trotzdem wenig, was das Schnuff nach einiger Zeit dazu verleitet, durch eine Lücke seiner Zähne vor sich hin zu pfeifen.
Eine schöne Melodie, wie Sternenhimmel findet, und bald wird sie begleitet durch ein leises Summen. „Obwohl ich Funkstille vorschlagen würde - schließlich wollen wir allein bleiben, bis wir die anderen gefunden haben."
„Wenn wir Gesellschaft kriegen, also lebendige, freue ich mich; würde ich, denn es gibt niemanden hier in diesem Gang. Es ist so öde! Da fände ich es ja spannender, einem

Muhl beim Schlafen zuzusehen." Natürlich hat es noch nie einen schlafenden Muhl zu Gesicht bekommen. Es kann sich jedoch vorstellen, dass die von der Szenerie ausgehende Faszination ebenso schnell verblassen würde, wie die des Tunnels.

„Du würdest dich wundern", erwidert der Aeris und denkt bei sich, wie sehr 'Jungschnuff' der Kleine ist. 'Hoffentlich war es kein Fehler, ihn mitzunehmen.' Auch, wenn sie Xsiau-Ming bisher immer Einhalt gebieten konnten, ist es nie wirklich ungefährlich gewesen und außerdem denkt sie sich jedes Mal etwas Neues aus, um die vier zu besiegen. Er muss sich zudem eingestehen, dass er sich kaum Gedanken darum gemacht hat, was 'gefährlich' aus der Sicht eines Schnuff heraus bedeutet. Wenn dem Kleinen nun doch etwas zustieße, er könnte es sich nicht verzeihen.

Während das Schnuff noch über Sternenhimmels Kommentar nachdenkt, werden die Windungen des Weges zakkiger. Bald schlägt er fast nur noch spitze Winkel. Dem Aeris behagt das gar nicht. Man kann nicht sehen, was einen nach der nächsten Ecke erwartet. Dieser Tunnel ist geradezu perfekt für einen Hinterhalt, zumindest soviel steht fest. Sternenhimmel bedeutet dem Schnuff, aufmerksam zu sein, was er aber gar nicht hätte tun müssen. An der ganzen Körperhaltung seines vierbeinigen Begleiters, ist dessen Spannung abzulesen.

So hat Sternenhimmel den pelzigen Freund noch nicht erlebt. Der Körper seines kleinen Gefährten wirkt alles andere als wehrlos. Straff und sehnig und bestückt mit ausdefinierten, wenngleich noch zarten Muskeln. Sternenhimmel gibt sich irritierter Freude hin. Das Schnuff ist schnell zu Kräften gekommen.

So kämpfen sie sich zäh gegen unsichtbare Gegner voran. Sie besiegen eine Biegung nach der nächsten, doch geschieht nichts, außer, dass sie nach jedem Knick in einen weiteren, hohlen Gang mit einer weiteren Biegung am Ende gucken.

Hier ist niemand; oder gehört die Ermüdungstaktik doch zu einer Falle? Soll ihre Wachsamkeit zerstreut werden? Zugegeben, ihre Konzentration und ihre Aufmerksamkeit lassen merklich nach. Schließlich folgen sie dem Weg nun bereits eine lange Weile, und nichts ist bisher passiert, geschweige denn, dass ersichtlich würde, wohin er sie führen mag. Sollten sie tatsächlich in eine Sackgasse geraten sein, müssen sie das so schnell wie möglich herausfinden.

Sie können sich nicht an jede Biegung langsam und umsichtig heranschleichen, das hält sie zu sehr auf. Es ist das selbe Dilemma, in dem sie sich seit Betreten des Berges befinden. Sie sollten sich beeilen. Und selbst wenn sie sich dadurch in Gefahr begeben, müssen sie diese eingehen.

Bisher ist alles gutgegangen. Das heißt zwar nicht viel, trotzdem beschließen sie in stiller Übereinkunft, nicht mehr so viel Zeit mit allzu umsichtiger Vorsicht zu verlieren und nehmen bald eine Biegung nach der anderen mit wachsender Rasanz. Ihrer beider Manöver werden waghalsig und der Blick des Schnuff wird verwegen. Sie lassen sich von keinem noch so spitzen Winkel mehr schrecken. Wer hätte gedacht, dass dieses doch eher putzig anmutende Geschöpf, einen so furchtlosen Draufgänger in sich birgt? Nichts kann sie aufhalten.

Bis sie plötzlich in ein riesiges, fremdartiges Gesicht gucken. Runde Wangen, runde, verzerrt grinsende Lippen, ein rundes Kinn, runde, ausgeprägte Jochbeine, eine hohe, runde Stirn und tief liegende, lauernde Augen. Runde Pupillen unter zu Schlitzen zusammengedrückten Lidern, in unheimlich dunklen Höhlen. Kalt starren sie die zwei an.

Das Schnuff schreit erschreckt auf. Auch Sternenhimmel starrt ihr Gegenüber perplex an. Dann löst sich die Spannung. Das Gesicht gehört zu einem ausgetrockneten Wasserspeier, der einen guten Teil des Raumes einnimmt, in dessen torlosem Durchgang sie gerade eben noch zum Stehen, respektive zur Landung gekommen sind. Erleichtert atmen die zwei Helden auf.

Trotzdem! Sie haben es mit einem ziemlich großen und gefährlich dreinschauenden Wasserspeier zu tun, der obendrein und im Gegensatz zur übrigen Anlage äußerst fein gearbeitet ist und auch deswegen überaus lebensnah wirkt. Er steht zwischen zwei Becken, die er ursprünglich über seine Arme mit Wasser gespeist haben muss; sie sind leer. 'Schade', denkt sich das Schnuff, als es seine Schritte in den kleinen Raum, der sich vor ihnen aufgetan hat, hineinlenkt. Der ist bis auf die eindrucksvolle Statue verlassen. Am anderen Ende des Raums befinden sich zwei Öffnungen, die Gänge dahinter liegen im Dunkel. Endlich steht eine Entscheidung bevor. Doch welcher Gang ist zu wählen? Wie sollen sie sagen, welcher der für sie richtige ist? Bevor sich das Schnuff damit beschäftigt, betrachtet es die feiste Fratze genauer.

Ihr Anblick stimmt es nachdenklich. Warum steht dieser Speier hier? Warum führt er kein Wasser? Ob es ein so schreckliches Wesen wirklich gibt? Vorsichtig nähert es sich der Skulptur.

„Das ist das Abbild eines Grogul", ertönt Sternenhimmels Stimme aus dem Hintergrund.

Große Augen nicken.

Dann, als er näher ist, sagt er: „Über diese Grogul gibt es viele Geschichten. Sie können sehr gefährliche Wesen sein und häufig sind sie das auch. Einzelgänger. Treffen sie auf einen zweiten ihrer Art, kommt es mit hoher Wahrscheinlichkeit zu einem Kampf mit meist tödlichem Ausgang. Nicht selten für beide. Andere Wesen fürchten sie nicht. Sie denken nicht. Also fürchten sie auch keine Konsequenzen. Ein hoher Preis, wenn du mich fragst."

„Sie denken nicht? Gar nicht?" Das kann das Schnuff nicht glauben, weil sich seine Gedanken ständig überschlagen.

„Nein." Sternenhimmel blickt auf. „Sie denken nicht. Nicht in konstruktivem Sinne. Was nicht bedeutet, dass sie das nicht könnten."

„Aber?"

„Aber sie reflektieren sich und ihre Umwelt nur bis zu einem bestimmten Grad; ungefähr bis ganz genau so weit, dass sie ihre grausamen Triebe und Instinkte erkennen und ihnen folgen und sie genießen können."

„Das sind wohl ziemlich wilde Kerle, was?"

„Hehe. Schon, wenn sie aber einen Meister gefunden haben, an den sie sich gebunden fühlen, folgen sie nur noch dessen Befehl." Der Aeris macht eine kurze Pause, als würde er etwas bedenken. „Es kommt selten vor, aber wenn ein solches Wesen einem anderen, aus welchen Gründen auch immer, die Treue geschworen hat, weicht es nicht mehr von dessen Seite. Wenigstens ist das hier nur eine Statue. Glaub mir, darüber bin ich wirklich froh."

„Nicht denken ..." Das Schnuff ist skeptisch. Es fällt ihm schwer, seine ständig kreisenden Gedanken zu beruhigen, und die meisten von ihnen will es auch nicht ausschalten. Die sind nämlich sehr schön und erinnern das Schnuff an Orte, an denen es wesentlich lieber wäre als hier und sie erfüllen es in der kühlen Dunkelheit mit Wärme.

„Wie die Untoten", stimmt Sternenhimmel zu. „Das hat, wie alles, seine guten und seine schlechten Seiten, weißt Du? Sie kümmern sich eigentlich nicht um den Lauf der Welt, was auch bedeutet, sie mischen sich nicht oft in die Angelegenheiten anderer. Und hat ein Grogul einen Meister erwählt, ist er so, wie dieser Meister ihn haben möchte. Was bedeutet, dass er in den Händen eines übellaunigen, boshaften Führers überaus gefährlich ist. Andererseits könnte derselbe Grogul an einen anderen Gebieter gebunden, viel Gutes bewirken."

„Sie unterwerfen sich? Obwohl sie so wild sind?"

„Ein Grogul schließt sich natürlich nicht einfach so irgend-einem Dahergelaufenen an. Dazu muss einiges geschehen. Vielleicht hat sein neuer Herr ihm das Leben gerettet, oder ihn aus einer ähnlich prägnanten Situation befreit. Manch-mal ...", er zuckt die Schultern, „... fügen sich die Dinge auf nur schwer nachvollziehbare Weise. Es gibt wirklich faszi-nierende Geschichten über die Grogul. Zum Beispiel über einen, der einem Kreo-Kind seine Treue geschenkt hat. Durch die Hilfe des Grogul und dessen Fähigkeiten war dieses Kind bald in der Lage, zum Regenten aufzusteigen und ist heute der weiseste König, den Ragan auf Zypar je hatte."

„Frei von Schuld. Frei von Gewissen. Getrieben von In-stinkten und *so groß*", kommentiert das Schnuff seinen Ge-dankengang. „Dann will ich hoffen, dass Xsiau-Ming kei-nen Grogul unter ihrer Gefolgschaft hat?" *Die* ist mit *Sicherheit* eine eher übellaunige Person, wie es vermutet.

„Ja, das wäre in der Tat ein Problem. Aber bevor wir uns darüber den Kopf zerbrechen, müssen wir die Ming erst mal finden." Dabei guckt er in einen der Gänge. Dann in den anderen. Unsicher schaut er das Schnuff an. „Hast du das auch gehört?"

„Nein. Was denn?" Es spitzt seine langen Ohren, kann aber kein außergewöhnliches Geräusch vernehmen.

Es glaubt schon, Sternenhimmel habe von den vielen en-gen Stollen und der stickigen Luft einen Tiefenkoller be-kommen, oder ähnliches, da hört es ein Schaben. Dann nichts mehr; dann einen dumpfen Schlag.

„Also, *das* kam aus dem rechten Gang."

Sternenhimmel nickt. Er hat sich so flink bewegt, das Schnuff hatte es kaum mitbekommen. Jetzt steht er vor be-sagter Höhle und horcht konzentriert hinein. Da! Noch einmal das Schaben. Das Schlagen. So, als würde etwas Großes über den blanken Fels schleifen und kurz darauf dagegenstoßen. Der Fels ächzt hörbar unter einer großen Last.

Stille.

Das Schnuff blinzelt. Es hofft, dass, was auch immer da seines Weges geht, diesen an den beiden vorbei findet. Unweigerlich muss es an der Grogulstatue hinaufschauen, kann es doch gut und gerne darauf verzichten, heute einen lebendigen Vertreter dieser Spezies kennenzulernen. Selbst wenn es noch so neugierig ist. Vielleicht ein anderes Mal. Seine großen Augen fangen Sternenhimmels Blick auf, welcher wirkt, als habe der Freund ähnliche Gedanken. Dazu noch folgende, laut ausgesprochene: „Mist! Verdammt!"

Nun, es kommt wie es kommen muss. Es kommt näher. Leise, sehr leise und schnell, sehr schnell, huschen die zwei in den linken der beiden Tunnel.

'Das', hallt es ohne ein gesprochenes Wort durch des Schnuffs Gehör, 'ist ein Krchk. Wir sollten, wenn möglich, nicht bei ihm vorstellig werden, wie Silberschatten sicher sagen würde.' Jetzt piepst er wieder. „Krchks sind doof wie Stroh, wenn ich das mal so sagen darf. Eigentlich bräuchte man sich keine Sorgen machen, einem zu begegnen, aber leider sind sie groß und stark. Ich meine, kein Problem für mich, brauchst keine Angst zu bekommen, nur haben sie eben nichts anderes im Kopf, als etwas kaputt zu machen und sich mit anderen anzulegen. Für sie ist alles ein großes Spiel. Dabei kennen sie keine Grenzen. Wenn sie dich einmal entdeckt haben, lassen sie einfach nicht mehr ab, bis sie dich in die Finger kriegen, um dann zu versuchen, dich kaputt zu spielen. Jeden, dem ich bisher begegnet bin, musste ich entweder töten, oder ich floh. In diesen engen Gängen wäre eine Flucht nicht so einfach, deshalb sollten wir ihm aus dem Weg gehen. Ein Kampf würde uns nur unnötig aufhalten. Kannst du schneller, Kleiner?"

'Schneller?!' Fragen stellt der! Lediglich ein Aufblitzen in den Augen seines Begleiters verrät, dass Sternenhimmel gerade einen ganz bestimmten Schnuffstolz geweckt hat. Einen Schritt lässt sich der Herausgeforderte zurückfallen, dann hebelt er den verdutzten, eben noch auf seiner Höhe neben ihm her fliegenden Aeris über den Hals und die Schultern auf seinen Rücken.

Zu überrascht, um die sprichwörtlichen Zügel an sich zu reißen, lässt der unwissentliche Herausforderer wortlos alles geschehen, was gerade mit ihm angestellt wird. Nur das sich Senken des Schnuffkopfes animiert Sternenhimmel instinktiv dazu, sich festzuhalten. Was folgt, ist aber nicht abzusehen gewesen.

Sternenhimmel gelingt es im letzten Augenblick, seine Flügel fest um den Hals des Schnuff zu schlingen und seine Beine genauso fest in dessen Flanken zu pressen, als sich das Schnuff in ungeahnter Geschwindigkeit vorwärts katapultiert. In die schummrige Ungewissheit des Tunnels hinein. Bereits nach zwei, drei, Schnuffsprüngen fühlt Sternenhimmel, wie sein Magen sich in Richtung seiner Beine verdrückt. Er bekommt keine Luft. Genauer gesagt, sieht er sich einen Moment lang außerstande, zu atmen und auch, wenn er darauf eigentlich nicht angewiesen ist, wird ihm schwindelig. Zu überwältigend ist das Gefühl der Beschleunigung. Schwerelosigkeit. Der freie Fall. Hier ist es viel zu eng für so was. Diese und andere, unflätige Gefühle schießen dem Aeris durch den Kopf, den Bauch und sofern sie nicht aufpassen, rutschen sie bis in die von Krallen bewehrten Zehen hinab. Farben verwischen, und das 'Licht' ist nicht mehr da, wo er es erwartet. Plötzlich klappt der Weg unter ihnen weg. Sie rennen senkrecht nach unten, vielleicht, denn die Eindrücke von Raum und Geschwindigkeit vermengen sich zu etwas, das selbst dem Aeris un-

bekannt ist. Sternenhimmel verflucht sich selbst. „Eines Tages", so hatte Silberschatten mal gesagt, „wirst du an den richtigen geraten. An einen, der dir den Zynismus aus dem Gebälk pusten wird ..." 'Nicht schneller ... Bitte!'

Das Schnuff ist begeistert. Was es erlebt, ist phänomenal. Es ist erst schnell und kurze Zeit später ist es schon noch viel schneller. Es beschleunigt wie nichts Zweites und wie es den Überblick behält, in dem mit zunehmender Geschwindigkeit doch recht eng werdenden Tunnel, der sich auch weiterhin windet und Kurven beschreibt, weiß es nicht. Alles geschieht wie von selbst, verbreitet ein Gefühl von: 'So muss es sein' in ihm, und so gibt sich das lebendige Projektil seiner Freude an der rasanten Hatz hin. Doch je schneller es wird, umso stärker wird auch ein bestimmtes Gefühl in ihm. Ein Gefühl, welches ihm keine Ruhe lässt. Da existiert eine Art Grenze. Eine Grenze, die sich dagegen wehrt, durchbrochen zu werden.

So eine innere Barriere ist etwas, das ein Schnuff bestenfalls dazu motivieren kann, noch einmal alle Kräfte zu mobilisieren, die irgendwo in ihm schlummern, um diese vorerst letzte, kaum zu erreichende Schwelle, zu überwinden. Je schwieriger die Aufgabe, desto berauschender ist schließlich auch das Gefühl, es gegen die hartnäckigsten Widerstände geschafft zu haben. Also, ab geht's!

Begeistert treibt es seine Beine an. Es ist dabei, sich über die hier wirkenden Widrigkeiten und naturwissenschaftlichen Gesetze hinweg zu heben, das spürt es genau. Eine letzte, brutale Kraftanstrengung und dann taucht es ein in den Rausch der Geschwindigkeit. Plötzlich ist alles völlig anders. Kein Widerstand mehr. Das Schnuff braucht keine weitere Energie aufzuwenden, um seine Geschwindigkeit zu halten. Vielmehr ist es so, dass jeder Sprung es auflädt. Mit mehr Energie versorgt, als es für ihn aufwenden muss. Geradezu in Zeitlupe scheint der Boden unter ihm dahin zu wischen. Dieser Boden, er könnte vermutlich auch eine Wand oder die ehemalige Decke des Tunnels sein. Das Schnuff ist nicht sicher. Sicher ist nur eins: Es ist frei, und das fühlt sich gut an. Alles ist klar. Alles ist wahr und wie selbstverständlich. Zwar besitzt es immer noch nicht mehr Antworten, aber es hat kaum noch Fragen. Hier ist es richtig. Hier will es sein.

Dann wird es doch von etwas abgelenkt. Das Schnuff spürt, wie fest sich Sternenhimmel an es krallt. Trotz dieses überwältigenden Geschwindigkeitserlebnisses, beschließt das Schnuff, die Sache erst einmal auf sich beruhen zu lassen und langsamer zu werden. Später wird es erkunden, was es noch aus sich herauszuholen gibt. Darauf freut sich das Schnuff sehr. Aber es will erst einmal anhalten, damit der 'kleine' Aeris durchatmen und sich die dünnen Beinchen vertreten kann.

Sternenhimmel rollt vom Rücken des Schnuff herunter und lehnt sich atemlos gegen die Wand. Dann plustert er sich auf. „Das kannst du nicht bringen, Kleiner! Ich hätt' beinahe 'ne Herzattacke bekommen!! Mahnn! Kleiner! Das war Wahnsinn! Echt! Toll!" Es blitzt schelmisch in seinen Augen. „Was in dir nicht alles steckt! Man-o-man! Du wärst sogar für einen Aeris, der es eilig hat, mehr als rasant unterwegs. Und dieser Aeris müßte es schon *ziemlich sehr* eilig haben. Und du machst das an Land, du fliegst nicht. Nicht so. Du ... du bist, du ... bist ..., ... ach ich weiß nicht, was du bist!" Er winkt ab. Schüttelt den Kopf. „Phuh." Noch einmal atmet ein ganz schön zerzauster und sichtlich irritierter Sternenhimmel durch: „Wahnsinn! Unglaublich!" Wieder lacht er auf, seine Blicke verraten mehr, als seine Worte wollen: „Wenn ich das verdaut habe, können wir's gerne wiederholen."

Er kann's nicht fassen. Der Schnuffling hat ihn eiskalt auf dem falschen Fuß erwischt, doch jetzt heißt es: Fassung zurückerobern, sonst muss er sich kaputtlachen und dann steigt dem Kleinen dessen 'schneller' Sieg noch zu Kopf. Erneut empfindet Sternenhimmel jene eigentümliche Art von Stolz auf den Kleinen, doch er schlägt, noch immer amüsiert-verblüfft vor, die Aufmerksamkeit wieder der Sache zuzuwenden: „Na gut, aber wir müssen wohl weiter. Wer weiß, wie weit wir den Krchk, der die seltsamen Geräusche verursacht hat, hinter uns gelassen haben", er blickt sich um, „... oder wo wir sind."

„Ja, und außerdem hatten wir heute noch nie Zeit zu verlieren." Das Schnuff wendet sich um und fragt: „Willst du wieder aufsteigen?" Schmunzeln. Ein Zwinkern.

Sternenhimmels Antwort lässt ungewohnt lange auf sich

warten: „Ich würde, ähm, vorschlagen, wir, äh, bewegen uns ein bisschen vorsichtiger, damit wir eventuellen Gefahren frühzeitig aus dem Weg gehen können. Schließlich hilft es nicht, schnell zu sein, wenn der Weg ins Verderben führt. Außerdem begleitest du mich, Kleiner, und da muss ich auf dich aufpassen. Du bist noch sehr jung und ... Morgenrot würde es mir nie verzeihen, wenn dir etwas zustieße. Mal davon ab, ich selbst könnte es mir auch niemals nachsehen, wenn dir unter meinem Schutz auch nur ein Haar gekrümmt würde." Die Worte des Aeris klingen anfangs nach seiner scheinbar allgegenwärtigen Ironie, doch übertrifft er sich noch selbst.

Das Schnuff freut sich über Sternenhimmels Reaktion und lacht. Es weiß, wovon der Aeris ablenken möchte. Vergnügt trottet es los und spürt bald Sternenhimmels Gewicht auf seinem Rücken. Noch vergnügter trottet es ein bisschen schneller.

Es dauert nicht lange, da kommen sie in einen Raum, der ganz ähnlich aussieht, wie der, den sie zuletzt betreten haben. Er ist ein wenig größer, dafür gibt es keinen Brunnen; nur wieder zwei Ausgänge befinden sich in der von den Betrachtern aus linken Wand. Ein Ausgang in etwa mittig, einer in der oberen Ecke des kargen Raumes. Ansonsten ist der rechteckig und kahl. Die Wände glatt und grau und gelblich braun, wie überall. Nicht schön, aber zweckmäßig. Für die Ewigkeit gegraben.

Der Boden ist mit feinem Sand bedeckt, in dem allerlei Spuren zu entdecken sind, die bei weitem nicht alle einen beruhigenden Eindruck hinterlassen. Als das Schnuff mit dem Aeris auf seinem Rücken mitten im Raum steht, sehen die beiden, dass die Gänge steil abwärts führen. Auch sind sie geräumiger, als der, durch welchen sie hergelangt sind. In Breite und Höhe erreichen sie bestimmt Sternenhimmels Spannweite, wenn dieser sich nicht zu weit ausdehnt. In der Mitte sind die Gänge etwas höher, weil sie nach oben hin spitz zulaufen. Als die beiden meinen, aus dem anderen Geräusche zu vernehmen, entscheiden sie sich für den rechten Tunnel. Und gerade als sie raus sind, huscht etwas krabbelnd zurück in den anderen Gang, an dessen Rand es gelauert hat.

Anfangs kitzelt der Sand noch immer angenehm unter seinen Pfoten, doch verringert er auch den Halt, den sie finden. Zudem erspäht das Schnuff von Zeit zu Zeit immer neue, ihm unbekannte Fußspuren, und die zu ihnen passenden Geschöpfe schleichen durch seine Phantasie. Unheimliche, beängstigende Geschöpfe, die, so ist es sicher, man besser nicht in engen, dunklen Tunneln antreffen sollte. Vor jeder Biegung verringert das Schnuff seine Geschwindigkeit. Selbst ein noch so furchtloser Draufgänger hört manchmal auf die innere, zur Vorsicht mahnende Stimme. Einmal, zweimal, eine dritte Biegung, eher eine enge Kehre, schließt sich einer langen Geraden an, und darin endet der Tunnel ganz unvermittelt. Hört einfach auf, sie weiterzuführen.

Blitzschnell reagiert das Schnuff auf die neue Situation. Streckt abwechselnd seine Beine nach vorne durch, legt sein ganzes Gewicht in das Bremsmanöver. Es muss sich und Sternenhimmel leicht ausbalancieren, dann ist es überstanden. Gerade rechtzeitig, wie sich herausstellt, denn der blanke Fels stupft dem Schnuff die runde Nase.

Durch das abrupte Abbremsen fällt Sternenhimmel fast vornüber und wäre somit gegen den Fels geschleudert worden. Doch hatte, durch das plötzliche Erschrecken des Schnuff alarmiert, sein ganzer Körper sich ebenfalls ruckhaft gespannt. So war er auch ohne, fest im Sattel geblieben.

„Guuhte Reflexe", lobt das Schnuff.

„Gleichfalls!" Eine kurze Pause entsteht. „Das gefällt mir

nicht. Jetzt müssen wir zurück und den anderen Weg nehmen."

„Aber, was ist mit den Geräuschen aus dem zweiten Tunnel? Wir sollten einen Weg finden, der uns an einer Konfrontation vorbei führt." In der Decke über sich entdeckt das Schnuff einen Riss. Das könnte ein Weg sein. Aber der Riss ist sehr eng. Zu eng. Höchstens, wenn Sternenhimmel sich noch kleiner macht, könnte er vielleicht ...

Plötzlich dringen Geräusche an seine Ohren und zerren es aus seinen Gedanken. An den Bewegungen, die es erst noch auf seinem Rücken spürt, bemerkt es, dass Sternenhimmel herumfährt und von ihm herunterspringt. Er muss es auch gehört haben.

„Das ist nicht weit von hier." Sternenhimmel war vom Rücken des Schnuff und um die letzte Biegung, die sie passiert hatten, gehüpft und lauscht nun angestrengt in den Gang hinein. „Und ich glaub, sie kommen näher."

Das Schnuff hebt den Kopf. „Und jetzt?"

„Keine Ahnung." Sternenhimmel dreht sich wieder um. „Erst einmal sollten wir zusehen, dass wir aus dieser Sackgasse 'rauskommen. Wir stehen hier irgendwie ungünstig." Und kaum sind sie ein Stück weit zurückgegangen, kommen die ersten untoten Kreaturen um die in der Entfernung noch erkennbare Biegung. Da sind Skelette, sie bestehen nur aus blanken Knochen, das Schnuff überlegt, warum sie nicht auseinanderfallen, und einige andere, die eigentlich wie normale Körper aussehen, sich aber seltsam abgehackt und sehr unbeholfen bewegen, wirken wie Marionetten. Als hingen sie an unsichtbaren Fäden, in einer unsichtbaren Hand.

Sternenhimmel und das erstaunliche Geschöpf, das ihn begleitet, sehen sich einer immer größer werdenden Gruppe von Gerippen und lebendigen Leichnamen gegenüber.

Kapitel 6

K! Kr De'Krchk

Das Schnuff schaut verunsichert zwischen dem Aeris und einigen tausend wogenden, kleinen und größeren Gebeinen hin, her und hindurch. 'Wie viele lebende Knochengerüste wollen das denn noch werden? Was machen wir denn jetzt? Was wollen die von uns?' Zumindest auf die letzte Frage gibt es eine überraschende Antwort, nämlich: Nichts. Oder: Noch nichts. Die schaurige Untotenarmee aus verwesten und verwesenden zwei- vier- und noch-mehr-Beinern bleibt ruckhaft stehen. Stocksteif verharren ihre Gebeine, in welcher Position sie sich auch befinden. Es ist ein surreales Bild, das nicht von dieser Welt stammt. Im Schnuff keimt der Vergleich mit einer Welle auf, die kurz davor steht, sich schäumend zu überschlagen, doch mitten in ihrer Bewegung eingefroren wurde. Und statt Meeresrauschen verursacht die trockene Gischt Totenstille.

Aus der stummen Flut erschallt eine Stimme. Sehr hoch, wie ein scharfes, dünnes, geschickt geführtes Schwert, zerschneidet sie die unheilvolle, atemlose Stille. Sie erklärt nüchtern: „Ihr seid in mein Reich eingedrungen. Meinem Gesetz zu Folge, werdet ihr sterben. Das Urteil wird unverzüglich vollstreckt." Dann lacht sie. Ebenso hoch, ebenso schneidend.

Das Schnuff will etwas erwidern, doch bevor es seinen Einwand erheben kann, geraten die Untoten krachend in Bewegung. Von der Wendung der Ereignisse wie gelähmt, sieht das Schnuff diese unheilige Welle aus Knochen auf sich zuwogen. Jetzt ist klar: Sie kommen, um die zwei zu töten. Das soll ihr Ende sein. „Warum?!" Angesichts dieser das Leben verachtenden Willkür, fühlt das Schnuff eine hinreißende und siedende Wut in sich aufsteigen. 'Was soll das!? Was will die von uns?!' Wut, ja, da sind aber auch Trauer und bodenlose Verwirrung im jungen Herzen des Schnuff. 'Kennt die Ming mich? Hab' ich ihr was getan? Und dann will sie uns sofort töten? Nicht rauswerfen, oder gefangen nehmen. Töten! Und wieso kommt sie nicht selbst? Untote!' Es atmet ein und hebt den Hinterkopf, über den Augen ziehen sich grimmig die Brauen zusammen, wie drohende Gewitterwolken vor einem heftigen Sturm. Im Ausatmen fängt es wie von selbst an, gefährlich zu knurren. Es zittert am ganzen Körper; vor Anspannung. Das Knurren wird zu einem tiefen Grollen, das Schnuff setzt sich in Bewegung.

Es guckt Sternenhimmel nicht mehr an, als es sich losmacht. Realisiert seinen Freund kaum noch. In seinem Kopf ist nur noch Platz für eine Sache: Sie wurden gerade zum Tode verurteilt, und die hohlen Henkersknechte kommen schon, sie zu holen. Denen wird das Schnuff zeigen, was es von leblosem Leben hält. 'Euch werd' ich heimleuchten.' Dann denkt es nicht mehr.

Und Sternenhimmel? Steht da und sieht zu. Nicht, dass er mit einer ähnlichen Reaktion seitens seines Begleiters gerechnet hätte. Das Schnuff geht drohend auf den Feind zu! Drohend, aber langsam. Doch Sternenhimmel ist nicht wirklich entsetzt; eher erstaunt. Wollte sein Kamerad den Schergen der Ming ursprünglich doch lieber aus dem Weg gehen, statt ihnen selbigen zu verstellen. Er wird abwarten und schauen. Er gäbe einiges dafür, wäre Morgenrot in diesem Augenblick hier. Der würde offenbaren, was in dem Schnuff vor sich geht.

Das Schnuff macht zwei, drei halbwegs überlegte Schritte, bevor es sich von seiner wuchernden Wut mitreißen lässt. In diesem Wimpernschlag langen Augenblick ist so ziemlich alles, was es einmal wusste, was es einmal wissen würde, in ihm vorhanden. Das ist eine Menge und es wird noch eine ganze Menge mehr werden. Es weiß, was richtig ist und es wird dieses Richtige tun. Ihm wird ganz plötzlich alles klar und offenbar. Ein allumfassendes Verständnis durchdringt sein Bewusstsein, und dann nimmt dieses Bewusstsein Platz und überläßt der Intuition, jenem tiefen, inneren Wissen um die Wahrheit, wieder das Feld. Es wird Beobachter. Zeuge von allem, was folgt.

Sternenhimmel beobachtet ebenfalls: Wie nämlich das Schnuff nach zwei langsamen Schritten ansatzlos, wie von der Zwille gelassen, losschießt. Sternenhimmels Pupillen weiten sich vor Erstaunen! Ein anerkennendes Pfeifen schneidet sich an seiner Schnabelspitze. 'So also sieht das von außen aus.'

Es sind nur noch wenige Sprünge, dann wird das Schnuff in das spitze Meer der Blutlosen eintauchen. Vielleicht bemerkt es, dass es bereits jetzt etwas geschafft hat, das eigentlich unmöglich ist. Es hat den Untoten der ersten Reihen ein Gefühl geschenkt. Das Gefühl der Verunsicherung. Doch so schnell wie ihnen das Gefühl in die Knochen fährt, so schnell sind die Gebeine der Fühlenden dabei, sich explosionsartig in alle Himmelsrichtungen zu verteilen.

Um den vierbeinigen Eindringling herum hat sich eine Art Energiebarriere gebildet, die alles mit Macht von sich stößt, was dem Schnuff zu nahe kommen will. Oder dieses auch nicht will. Jene zerschmetterten Einzelteile jedenfalls, werden von den Höhlenwänden alsbald zurückgestoßen, und so ergibt sich für die Aeris die Illusion einer endlosen, bleichen Lichterkaskade. Flirrend und klickernd bildet der dichte Vorhang einen tödlichen Schrapnellsturm, so schnell pfeifen scharfe und spitze Knochensplitter umher.

Das Schnuff ist binnen eines Herzschlages tief in das Heer der Gegner eingedrungen, und bald, ohne zu wissen, dass es kurz davor steht, es zu durchbrechen, versucht es, zum

Stehen zu kommen. Im vollen Sprint wirft es dazu sein Hinterteil herum. Des Schnuffs Vorderteil gehorcht seinem Willen, besagtes Hinterteil gehorcht der Fliehkraft, womit dieses sonst so umgängliche Wesen eine Kettenreaktion auslöst und eine noch breitere Schneise in den berstenden Knochenwald schlägt. Es fräst sich buchstäblich durch die Skelette. Das Bremsmanöver wühlt einen Sturm aus Schmutz und Staub und noch mehr Knochenmehl auf, bevor die Muskeln die Oberhand über die Natur erringen und das Schnuff, ohne es wirklich zum Stehen kommen zu lassen, in die Richtung katapultieren, aus der es gekommen ist.

Schnell erreicht es wieder Kampfgeschwindigkeit. Bei solch einem Anblick und dem Ausblick auf die zerbrökkelnde, Unheil versprechende Zukunft, werden sogar grabeskalte Skelette von der Panik ergriffen. Sie versuchen verzweifelt, sich aus der Flugbahn des vierbeinigen Geschosses zu werfen. Doch zwischen Wunsch und Wirklichkeit donnert das Schnuff. Es reißt alles mit sich, schleudert alles von sich, ohne etwas zu berühren. Wie ein kleiner Sandsturm bricht es über die machtlosen herein, dann bricht es durch und heraus aus dem schwer dezimierten Skelettbestand, gefolgt von einem staubigen Schweif aus Knochenmehl und Tod.

Und was macht der Aeris beim Anblick der alles zerfetzenden, lebendigen Kanonenkugel, die nahe der ihr folgenden Schallmauer auf ihn zugeschossen kommt? Er kneift die Augen zusammen und kichert vergnügt los. Kann zum wiederholten Male heute kaum glauben, was er zu sehen bekommt.

Das Schnuff schlittert auf ihn zu. Der Boden gibt nicht den Halt den er geben sollte, will es rechtzeitig vor dem Aeris zum Stehen kommen. So müssen sie zusammenrasseln. Sie werden! – Sternenhimmel macht einen schnellen Schritt zur Seite. Er überläßt, gerade rechtzeitig, seinen Platz dem Schnuff. Ein fliegender Wechsel. Um Haaresbreite, beziehungsweise um Federspitzentiefe, verpassen sie sich. Es ist der Moment, in dem das Schnuff mit einem letzten, unter seinen Pfoten entstehenden, staubigen Knirschen den Platz des sich königlich amüsierenden Aeris einnimmt und blinzelnd aus seinem Kampfrausch erwacht. Noch immer schaut das anscheinend doch sehr wenig wehrlose Schnuff ziemlich grummelig drein.

Es blinzelt erneut. Nur langsam klärt sich sein Blick. Es schaut sich um, dann seinen Freund Sternenhimmel an und atmet durch. Tief. Nach einer kurzen Zeit fragt es, sehr bedächtig: „Wird mir so was noch häufiger passieren? Dass ich Zeuge von Dingen werde, die in meinen Augen so falsch sind, dass ich rot seh'? Dass ich nicht mehr anders

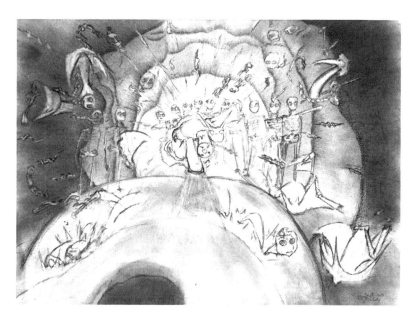

104

kann, als eingreifen, koste es in diesem Augenblick, was es wolle? Ich will nicht grausam sein."

„Was genau", Sternenhimmel ist sehr vorsichtig, „meinst du damit?"

„Ich meine damit, dass ich quasi-unschuldiges Dienerleben ausgelöscht habe. Im Grunde können sie ja nichts dafür, dass ihre Meisterin ihnen befohlen hat, uns zu töten. Sie müssen gehorchen."

Da ist Sternenhimmel baff. Schon mal wieder. Wie kann das Schnuff jetzt an so etwas denken? In diesem Moment wäre Sternenhimmel nie auf solch einen Gedanken gekommen. Die Antwort auf die Frage an sich scheint einfach. Für das Schnuff wird es kaum vermeidbar sein, sich auf seinem Lebensweg in anderer Leute Angelegenheiten zu mischen. Es gibt zu viele Xsiau-Mings und zu viele hohle Skelette, um ihnen allen aus dem Weg zu gehen. Doch des Schnuffs Frage erinnert den Aeris an Capaun. Die Stimme seines Mentors hallt durch Sternenhimmels Kopf, und ihm ist, als säßen sie wieder gemeinsam unter dem Sternenzelt und unterhielten sich. „Bei all eurer Kraft und Macht, vergesst eines nie: Achtet das Leben! Klingt zu banal? Denkt darüber nach. Das Leben aller, auch das der Täter. Selbst sie sind meist nur Opfer. Wenn ihr sie herausnehmt, aus den weiteren Ereignissen, werden sie sich nicht mehr zu einem Bewusstsein wandeln können. Ihnen wird die Möglichkeit genommen, sich der Einflüsse des Grausamen gewahr zu werden, womit sie sich auch nicht mehr gegen ihn auflehnen können." Obwohl Sternenhimmel es bisher nie so gesehen hat, dass Untote 'leben', sogar eher davon ausgeht, dass sie froh und dankbar sind, zumindest zeitweise zurück ins ruhige, dunkle Grab geschickt zu werden, beschließt der Aeris, die zarten Gedanken seines Gefährten nicht zu stören.

Ein, wie Sternenhimmel findet, recht glücklicher Umstand

verschafft ihm vorerst einen Erklärungsaufschub. Die Untoten haben sich neu formiert und scheinbar alles vergessen, was ihnen noch vor wenigen Momenten widerfahren ist.

„Anscheinend wollen sie es nicht anders! Was ist bloß mit denen los?" Unwillkürlich senkt das Schnuff erneut den Kopf. „Hätten sie nur einen Funken Verstand, sie würden die Flucht ergreifen."

„Tja", zuckt Sternenhimmel die schmalen Schultern, „dafür hat wohl ebenfalls Xsiau-Ming gesorgt. Mit einem einzigen Wort vermag sie, das Gedächtnis ihrer untoten Diener auszulöschen. Auf diese Weise hält die Ming die Moral ihrer Untergebenen hoch. Sie kennen keine Niederlage. In ihrer beschränkten Wahrnehmung sind sie aus jeder Konfrontation unbesiegt hervorgegangen und davon überzeugt, unüberwindbare Kämpfer zu sein. Sie kennen Zweifel oder gar Angst nicht einmal im Augenblick des ... äh ... Todes. Sie kämpfen wie die Lemminge und sind ähnlich gefährlich. Sogar in Massen überhaupt nicht. Skelette haben es nicht leicht."

„Aber sie kommen schon wieder auf uns zu. Was sollen wir denn dagegen unternehmen?"

„Platt machen! Die paar. Bevor Verstärkung eintrifft und wir noch mehr Zeit verlieren. Also, jedenfalls, wenn du mich fragst. Oder wir ..."

„Was war das? Hast du es auch gehört?", unterbricht ihn das Schnuff.

Sternenhimmel hält einen Moment inne. Dann hört er es. Ein Stampfen. Kurze Zeit später ein Schaben, noch einmal das Stampfen. Es sind dieselben Geräusche wie vorhin. Eigentlich kann das aber nicht sein, denn Krchks sind nicht nur wenig intelligent, sie sind ebenfalls träge bis schwerfällig, und die beiden waren schließlich eine weite Strecke gelaufen, seit ihrer letzten akustischen Begegnung mit dem offenbar recht imposanten Gesellen. Sie hören das Schaben deutlich. Es muss seinen Ursprung direkt hinter der nächsten Wegbiegung haben. Im selben Moment wischt ein gewaltiger Knochen in ihr Blickfeld, der wuchtig auf den felsigen Boden gerammt wird.

Aus dem Dunkel der entfernten Windung schält sich der muskelbepackte Arm eines buckligen Riesen. Ein Krchk! Auch die Untoten haben sich umgedreht und jubeln ihrem neuen, übergroßen Verbündeten zu.

Dieser nähert sich Schritt für Schritt und Stoß um Stoß. Der Krchk freut sich jedes Mal wie ein Kind, wenn er die Keule neben sich in den Boden rammt. Und als er die ersten Untoten erreicht, schlägt er mit seiner Keule eine lockere Vorhand und wuchtet sich so seinen Weg frei.

Unter wildem Stimmengewirr splittern die Untoten erneut auseinander. Entsetzt darüber, von den eigenen Leuten zerschmettert zu werden, versuchen die Skelette, sich außer Reichweite zu bringen. In Panik laufen sie sich gegenseitig über den Haufen, verhaken und verkanten sich ineinander, fallen hin, werden von dem Knochen eingeholt und fortgewischt. Der Krchk zermalmt sie spielerisch. Es scheint ihm Spaß zu machen. Er grinst gutgelaunt und zufrieden, weil nur wenige es an ihm vorbei schaffen.

Die zwei Sternreisenden betrachten das bizarre Spektakel skeptisch. Seit das Schnuff gesehen hat, wie sich ihr neuer Kontrahent gegenüber dessen Verbündeten verhält, bekommt es den Mund nicht mehr zu. Die Knochensplitter werden jetzt schon bis vor seine und Sternenhimmels Füße geschleudert. Einige der Skelette scheinen zu überlegen, an Sternenhimmel und dem Schnuff vorbei zu fliehen, aber wer zu lange nachdenkt, den bestraft das Leben - oder die Keule, je nachdem. Niemand flieht. Nur die paar Untoten nahe den Tunnelseiten haben Glück. An ihnen geht der Kelch vorüber. So sehr stört den Krchk das nicht, schließlich ist er hauptsächlich wegen der zwei Neuen hier. Mit Skeletten spielen ist ihm auf die Dauer ohnehin langweilig! Das macht er den halben Tag lang. Die zwei voraus sind was anderes! Sie bedeuten Abwechslung!

Der Krchk ist nicht mehr weit entfernt. Er ist so groß, nur in der Mitte des Gangs kann er einigermaßen aufrecht stehen. Das hat den Vorteil, dass sich der fleischige Klotz nicht richtig bewegen und mit seiner Keule nur eingeschränkt ausholen kann. Vermutlich könnte er die Neuen mit seinem knöchernen Mordwerkzeug bereits treffen, würde er es nach ihnen stoßen, da bleibt er unvermittelt stehen.

Rasselnd hört man seinen Atem reiben. Hunderte finsterer Farben glitzern in seinen einfältigen Augen, als er mit tiefer, gurgelnder, fast schon ertrinkender Stimme verkündet: „Krchk euch kaputt machen darf. Dafür Krchk sehr weit musste gehen. Krchk viel hatte Zeit zu denken ..., wie Krchk euch kaputt macht." Er lacht, vermutlich, verschluckt sich daran, zumindest klingt es so, fährt aber gut gelaunt fort: „Das sehr lustig lange. Darum jetzt Krchk rede mit euch. Krchk seine Freude teilt gern."

Damit ist wohl alles verkündet, was sich der Erfinderische auf seinem langen Weg hat einfallen lassen. Immerhin! Jetzt steht er da und guckt die zwei mit einem schiefen Grinsen dümmlich an. ‘Fehlt nur, dass er sich am Kopf kratzt und grunzt’, denkt das Schnuff und muss bei der Vorstellung prompt lachen. Das also ist die Intelligenzbestie, über die Sternenhimmel gelästert hat. Groß und doof: „Du sag mal, Sternenhimmel, glaubst du, dass der sich so schnell bewegt, wie er denkt?"

Einen Moment lang hält der Krchk, sein Name ist, obwohl das eigentlich nicht viel zur Sache tut, K! Kr‘ De-Krchk, inne. Er ist es nicht gewohnt, dass in seiner Gegenwart gesprochen wird. Erst noch mißtrauisch, kommt K! schnell hinter die Essenz der Worte des Vierbeiners, dessen melodiöse Sprache sich sanft um seinen Verstand schmiegt und mit sachtem Nachdruck die von ihr getragene Bedeutung direkt dorthin transportiert, wo sie aufgenommen und verarbeitet wird.

'Das wohl Kompliment', überlegt er. 'Und meine Klugheit er auch lobt. Toll! Der nett ist! Ich werde erst kaputt Federvieh, da wird der mit der großen Nase sehen, wie ich wirklich schnell ...'

Doch erstickt Sternenhimmels Konter alle weiteren Annäherungsversuche seitens des Geistes des Krchk: „Wenn du meinst, ob er so hohl ist, wie lang? Ja. Und wenn du darauf spekulierst, ob sich das auch auf seinen Bewegungsapparat auswirkt? Vermutlich ... Sie werden ganz gern die hohlen Honk genannt. Rate mal, warum?!" Sternenhimmel zieht den Kopf ein, macht einen Buckel, hüpft, ein Bein nachziehend, im Kreis herum und äfft: „Honk; Hoohonk." Dabei lacht er sich halb kaputt.

Weiter kommt der Lästerschnabel allerdings nicht. Seine Theorie erweist sich fatalerweise als völlig falsch. Der Krchk wirft sich mit erschreckender Schnelligkeit nach vorn! Greift unerwartet behende nach Sternenhimmels Hals! Er packt ihn, hebt den für seine Größe überraschend schweren, erregt zeternden Aeris in die Luft und zu sich heran! Immer noch grinst er seiner Beute dümmlich entgegen, während er ihr probehalber die Luft aus dem Leib drückt.

'Uhhf!' Das Geräusch gefällt dem guten, alten, hohlen Honk. Er bekommt seine fröhlichen Mundwinkel gar nicht mehr herunter.

Das Schnuff erschrickt fürchterlich! Sein Freund in der gewaltigen Faust dieser Kreatur! 'Wie kann der Riese so schnell sein?! Hat Sternenhimmel die Situation nicht mehr unter Kontrolle?! Sie von Beginn an falsch eingeschätzt?!

Was ...?!'

Der Aeris wird schlagartig größer. Der Krchk zieht die buschigen Augenbrauen über der fleischigen Nase zusammen, betrachtet beinahe entsetzt das widerspenstige Wesen in seiner Hand und dessen wundersame Verwandlung.

„Hä?!" Erschreckt schmeißt er das größer werdende Getier weg. Fort von sich! Mit voller Kraft gegen die Felswand! So.

Fassungslos steht das Schnuff wie festgewachsen auf der Stelle und sieht Sternenhimmels Körper auf die Steine schlagen. Es hat Angst! Angst um seinen Freund! Der Krchk lacht! Dumm und gefährlich! Er stützt sich mit einer Hand auf der Kehle des Aeris ab, drückt ihn fest zu Boden, die andere holt zum finalen Schlag aus! Die Knochenkeule schwingt, sie wird nach hinten gezerrt und schnellt im selben Moment wieder vor ... auf Sternenhimmel zu!

Die Pupillen des Schnuff weiten sich so sehr, man erkennt fast nichts anderes mehr in seinen Augen. In seinem Herzen entsteht eine Art Vakuum. Dort hinein wird alles gesogen: Ahnungen, Wissen, Gefühle und Gefühl, Kraft der Welt und Dynamik der Zeit; bald sein gesamter Kosmos durchströmt ihn. Wie auf einen Schlag steckt diese Energie in dem Schnuff. Sie brennt in ihm. Will raus. Will fließen! Es findet einen festen, sicheren Stand, richtet all seine gedankliche Kraft auf den Krchk, manifestiert ihn vor seinem inneren Auge und stößt ihn mit aller Macht fort von seinem Freund Sternenhimmel ...

Dunkelheit.

Da hatte sich Sternenhimmel wohl gründlich vertan. Es war diesem hirnlosen Klops gelungen, den Aeris zu Boden zu werfen. 'Peinlicher geht es nun wirklich nicht. Von einem Krchk aufs Kreuz gelegt! Die anderen werden sich köstlich amüsieren, sollte das rauskommen ... Na, du hebst doch gleich die Keule, mein Freund', denkt er noch, 'da wollen wir mal sehen, wie dir *das* ge...' Aus dem Augenwinkel bemerkt der Aeris, wie das Schnuff zitternd dasteht und mit verklärtem Blick ins Leere starrt. Es geht ihm ganz offensichtlich nicht gut. Es dreht die Beine ein wenig ein, als fürchte es, zusammenzubrechen.

Dann überschlagen sich die Ereignisse. Die Luft um das Schnuff herum flimmert knisternd. Es scheint, so eigenartig das auch klingen mag, die Energie seiner Umgebung zu sammeln, in sich aufzunehmen, zu absorbieren.

Gleichzeitig saust die Knochenkeule des Krchk herab. Unheimlich schnell und kraftvoll geführt, will der Irritierte es nun doch schneller beenden, als er zu Beginn so schlagfertig angekündigt hatte. Mit diesem Hieb wird er den komischen Vogel kurz und knapp zerschmettern. Er schlägt mit aller Gewalt seiner zum Bersten gespannten Muskeln zu.

Sternenhimmel drückt sich nach vorn, schiebt schon einen Flügel zwischen Kopf und Oberarm des Krchk, will den Schwung und die Kraft des Angreifers nutzen, sich an seinem Gegner empor wuchten und dabei den Schnabel zum Angriff einsetzen. Er will, aber er kann es nicht.

Er kommt nicht dazu. Ein Strahl reiner Energie brennt dazwischen. Der Krchk wird getroffen. Eingehüllt und fortgefegt. Mit entsetztem Gesicht und hilflos schreiend wird er dem Aeris aus dem Flügel gerissen und den Gang entlang geschleudert. Ein hünenhafter Krchk fliegt davon, als wäre er eine Feder, die von einer starken Windbö erfasst, haltlos durch die Gegend gewirbelt wird. Er ist machtlos.

'Was ist denn jetzt passiert?', fragt sich nicht nur der Aeris, bis er realisiert, woher der Energiestrahl stammt. Es ist das Schnuff! Ein blauer, blitzender Strahl schießt, scheinbar aus dem Nichts vor dem Kleinen, in den Krchk! Umfängt diesen geradezu zärtlich, um ihn 'sanft' zu vernichten. Das Schnuff lässt seinem Gegner keine Chance! Der Energiestrahl ist von verschiedenfarbigen Wellen unterschiedlicher Nebenstrahlungen umgeben, und alle haben einen Effekt auf das Ziel.

Der Krchk ist gefangen. Er versucht instinktiv, sich aus der Woge herauszuwinden. Vergeblich. Es ist zu spät für ihn und seine verkümmerte, schwarze Seele. Er wird zu wehenden Fäden, schwarzer Asche pulverisiert. Dann bricht das Schnuff zusammen.

Stille.

Das Schnuff sagt nichts. Die paar übrig gebliebenen Skelette sagen nichts. Sternenhimmel sagt nichts. Wieder einmal weiß er auch wirklich nicht, was. Sein Schnabel ist wie zugepflastert.

Verunsichert beugt er sich über seinen zusammengekauert auf dem Boden liegenden Freund. Das Schnuff atmet. Und es atmet tief und gleichermaßen ruhig. Ein gutes Zeichen, denkt sich der Aeris, als er sich 'schrumpfen' und neben dem Gefährten auf ein Knie sinken lässt. Behutsam streichelt er dem Schnuff den Kopf und versucht, beruhigend auf es 'einzudenken'. Er fühlt, wie erschöpft es ist. Nichts desto trotz scheint es langsam zu sich zu kommen.

Es schlägt die Augen auf, und weil alles noch verschwommen ist, versucht es, seinen Blick klar zu blinzeln. Es hebt den Kopf. „Da bist du ja", sagt es. „Ich hatte schon Angst ... Wo ist der Krchk? Was ist denn passiert?"

„Da bist *du* ja", kommt die hörbar erleichterte Antwort. Dann etwas verlegen: „Der Krchk war ziemlich zerstreut, irgendwie und da hat er sich zu, äh *aus* dem Staub gemacht, sozusagen."

Und als wäre das ein Stichwort, laufen die Skelette, so schnell ihre Knochen sie tragen, weit, weit weg. Sie werden laufen gelassen. Eine Weile klackern die Fußknochen noch auf dem Fels, dann nicht mehr. Dafür ist ein seltsames Trippeln, von leisem Fauchen begleitet, aus der Sackgasse zu vernehmen.

Das Schnuff sieht, wie Sternenhimmel ruckartig seinen Kopf in Richtung des Geräusches dreht. Es hört sich an, als würden viele kleine Füße durch den Tunnel auf sie zu huschen. Der schwache Hall lässt dem Schnuff schwindeln. Aus den Augenwinkeln sieht es einen Schatten an der Wand, sieht ihn auf sich zuhuschen. Er ist nah, nah und monströs. Zu Tode erschreckt will das Schnuff aufstehen. Will sich so schnell wie möglich hochstemmen, damit es dem, was da kommt, begegnen kann. Nicht mal so groß, wie das Schnuff selbst, besitzt der eigentliche Schatten viele dünne, flirrende Beine. Dem Schnuff bleibt jedoch keine Zeit, mehr zu beobachten. Schon wird es seitlings von der golden brennenden Spinne angesprungen. Sie rollen ein Stück weit über den Boden, bis sie, das Schnuff zu unterst, liegen bleiben. Es hört Sternenhimmel unbeschwert lachen, dann beißt Itzi dem Neuen in den Hals, und für das Schnuff geht die Sonne auf.

Kapitel 7

Ghot

Gold. In allen Tönen Gold. Das Schnuff schwebt. Es besitzt kein Gewicht. Weder körperlich, noch sind Geist oder Seele belastet. Nicht zum ersten mal heute taucht es durch unbekannte Tiefen, doch dieses Mal gelangt es an Orte von unbeschreiblicher Fremdheit. Sie wollen das Wesen in sich aufnehmen, um es an sich Teil haben zu lassen. Dabei verspürt es keine Furcht; ganz im Gegenteil: Es fühlt sich gut; besser, als jemals zuvor. Ist bis an das erträgliche Maß mit Freude angefüllt. Mit Liebe, Licht, Wärme und Geborgenheit. Einer stillen, tiefen Gewissheit, dass es ehrlich und aufrichtig gemocht und angenommen wird.

Geräusche schleichen in seine Ohren. Es sind Töne. Phantastische Melodien über wunderschönen Harmonien. Sie bilden sich aus der alles durchdringenden Strömung kosmischen Seins, für die das Wesen nun noch empfänglicher ist, als es eh schon seiner Natur entspricht. Hoch und tief, gemeinsam und doch gesondert, durchströmen sie ihn, erfüllen ihn spürbar.

Aus zusammenströmenden Farben bilden sich Formen. Es sind lauter Itzis und Sternenhimmel, die fremde, exotische Tänze aufführen. Sie drehen sich um sich selbst und umeinander und um das Schnuff, und es will mittanzen, aber es muss so sehr lachen. Deswegen kann es nicht. Itzi und Sternenhimmel leuchten in den schillerndsten Farben, um sie herum pulsieren Lichterflocken. Ein Kauderwelsch aus Silben, Tönen und Visionen umflort des Schnuffs Geist. Seine Freunde sehen aus wie Seifenblasen. So blähen sie auf und schimmern ölig und ihre Konturen verlaufen. Das sieht mehr als komisch aus. Sie verschmelzen mit dem

'Hintergrund' und es ergeben sich unbeschreibliche Eindrücke geologischer Strukturen. Ganz so, als schaue das Schnuff tief in den Fels hinein, alle Schichten wahrnehmen und gleichzeitig mit seinem Blick durchdringen könnend. Staunend und lachend saugt es das Phänomen in sich auf. Es hebt eines der vorderen Gliedmaße und versucht, sich zu erkennen. Das Bein ist ganz leicht. Auch sein Körper ist seltsam transparent. Es lässt ihn nach dem Fels tasten und erschrickt leicht, als sein Lauf einfach in das Massiv hineinzugleiten scheint.

Das prickelt. Sehr angenehm, zumal das Kribbeln sich ausbreitet und vom ganzen Schnuffkörper Besitz ergreift. Das ist ein schönes Gefühl. Langsam zieht es sein Vorderbein aus dem Stein heraus. Nicht ganz ohne Mühe. Und dann tauchen auch die Gesichter seiner Freunde wieder aus dem Wust aus Farben und Formen auf. Die 'Musik' drängt sich von weit entfernt, sanft und leise, noch einmal in den Vordergrund seiner Wahrnehmung. So sollte es immer sein. Doch schon verblasst der Traum. Ein Traum? 'Wie heute morgen. Muss denn alles Schöne so schnell vergehen?' Dann stößt es das Tor zur 'Wirklichkeit' endgültig auf und kehrt zurück.

Mit geschlossenen Augen bleibt es liegen und lauscht.

„Ich weiß jetzt auf jeden Fall, was Capaun an dem Kleinen gefressen hat", hört das Schnuff Sternenhimmel sagen, während der Aeris es mit Itzi zusammen beobachtet. „Es ist schon fast geplatzt vor Neugier auf das Leben, als ich von dir in seinen Geist geschleudert worden bin. Hast du den Kleinen auch schon einmal besucht, wie ich? Er ist ja so voller Freude! Ein richtiges Herzchen, nicht wahr?! Und DU hast mit deiner Namengebung voll ins Schwarze getroffen: Schnuff!! Hehehe! Wie hast du das sehen können? Neugierig ist er und ein kleiner Naseweis ist er auch, aber ein goldiger. Und nicht zu unterschätzen: Gerade eben noch hat er einen Krchk im Kampf besiegt! Du hättest dabei sein sollen, plötzlich schoss ein Energiestrahl irgendwie aus ihm heraus, durch die Luft, und damit hat er den Krchk geröstet! Ich konnt' kaum zweimal blinzeln, da war der Kerl schon seine eigene Geschichte. Möchte nicht wissen, wie oft der Kleine mich heute schon sprachlos gemacht hat. Du solltest mal auf ihm reiten."

'Reiten!?' Itzi schüttelt blinzelnd den Kopf. Sie war dem Schnuff nicht so nahe gekommen wie Sternenhimmel. Capaun hatte befürchtet, dass eine Präsenz wie seine, oder gar die der Ur-Sonne, das Kleine zu sehr durcheinander gebracht hätte. So hatten die beiden sich damit begnügt, den letzten Teil der Reise des kleinen Schnuff von 'außen' zu betrachten. Itzi ist sehr glücklich, dass Sternenhimmel sofort Feuer und Flamme für den Neuen geworden ist. *Sie* war zunächst skeptisch gewesen, als Capaun ihr seine Pläne offenbart hatte, wonach er so viel für jenes mysteriöse Geschöpf aufgeben wollte. Allein dieses bestimmte Funkeln in den Augen des grauen Engels ließ sie ihre Einwände beiseite schieben. Es war wieder so gewesen wie vor Urzeiten, als er sich gegen alle Widrigkeiten und Warnungen aufgemacht hatte, Silberschatten aus den Minen Iths zu befreien, in denen er gefunden und ohne jegliches Wissen um seine Macht zur Belustigung aller ausgestellt und gequält worden war. Itzi hatte damals zum ersten Mal jemanden erlebt, der bereit gewesen war, sich ohne Wenn und Aber für ein ihm fremdes Wesen aufzuopfern. Auch in Itzi hatte er damit etwas bewegt. Etwas, das bis heute nicht mehr an seine ursprüngliche Stelle zurückgekehrt war. Und wahrscheinlich würde das auch nicht mehr geschehen.

Sie hatte ihre Zurückgezogenheit aufgegeben und später den Vier, genau wie Capaun es zuvor getan hatte, eine Heimat geboten. Sie hatte für sich eingesehen, dass es keine Alternative dazu gibt, zu versuchen, das Unglück immer und überall zurückzuschlagen. Und dazu gehört es, die mit den guten Absichten, in ihrem Ringen, nicht zuletzt mit sich selbst, zu unterstützen; sie sind ohnehin selten genug in der Welt. Das Leben macht es einem nicht immer leicht, doch Capaun hatte nach diesem Prinzip gehandelt und mit seinem Vorbild zumindest bei den Aeris Nachahmung gestiftet.

Seine Bemühungen tragen offensichtlich Früchte, denn wie es aussieht, ist Sternenhimmel bereit, sich dieses kleinen Wesens anzunehmen, wie er auf- und angenommen worden war. Und jetzt, wo Itzi das Schnuff endlich zu Gesicht bekommen und es auch schon gebissen hat, 'in' ihm war, versteht auch sie wieder etwas mehr von Capauns wahrer Macht und Weitsicht. Sie ist angenehm überrascht; ist vor ewig langer Zeit dem Leben das letzte Mal so nahe gewesen, wie in den kurzen Augenblicken dieses Bisses. Sie hatte nicht damit gerechnet, noch einmal in den Genuß dieses ganz bestimmten Gefühls zu kommen. Vielleicht ändern sich die Zeiten ja wirklich. Sie strahlt tief in sich hinein.

Das Schnuff rollt sich herum, es liegt auf dem Rücken und wird erneut geschüttelt von jenem unwiderstehlichen Drang, sich auszuschütten vor Lachen. Ihm ist ein wenig schwindelig vor guter Laune. Es kichert und gluckst naiv, hoch und hell, wie ein Kind, rollt sich erneut herum, springt auf, überfällt Itzi und knufft und kitzelt, bis diese nur noch nach Luft ringend fiepen und mit den Beinen strampeln kann.

Eine Weile schaut Sternenhimmel, dem es heute für seinen Geschmack ein bisschen zu häufig die Sprache verschlägt, dem Spektakel zu, dann beruhigt sich der Tumult. So hat er auch Itzi noch nicht erlebt. Gut. Er ist nicht der einzige, den das Schnuff aus dem Konzept wirft: „Und damit hätte sich Itzi, die Sonne Ghot, auch bei dir vorgestellt. Und? Wie's aussieht ... geht's dir gut? Klasse? Phänomenal? Bist euphorisch? Kriegst dich nicht mehr ein, hm? Hast auch gleich eine Art Test durchlaufen. Ja. Da staunst du."

Das Schnuff staunt wirklich, denn von einem Test hatte es nichts mitbekommen. Im Gegenteil, noch immer könnte es sich kringelig lachen. Auch im Nachhinein wüsste es nicht, wovon hier gesprochen wird. „Als Itzi dich gebissen hat, da hattest du keine Schmerzen. Das beweist, was wir eh schon wußten. Eigentlich. Du hast nichts 'Böses' an dir, oder besser: In dir. Was Itzis Gift im Übrigen sonst ausgemerzt hätte. Aber natürlich war das nicht als Test gemeint. Sie, ähm, kann nicht anders. Sie freut sich, dich endlich kennenzulernen und mit einem Biss ist sie dir am nächsten, wie du sicher gemerkt hast. Euer Inneres hat sich berührt."

„Sonne?", fragt das Schnuff erstaunt, als sich die Bedeutung von Sternenhimmels Worten langsam in seinem Verstand entpackt. Es weiß ja, was eine Sonne ist. Und was es damit verbindet, und was vor ihm sitzt und ihm als solche vorgestellt wird, mag sich in seinem Verstand so recht miteinander nicht verknüpfen lassen. Auch, wenn die kleine schwarze Spinne von einem leise fauchenden, goldenen Flor umwirbelt wird und ihn frech aus großen, golden glühenden Augen anblickt.

„Sie ist die Inkarnation der Ur-Sonne, der Sonne Ghot: Itzi-a-Qua at'A-quol. Phoebe eterna. Sie hat viele Namen. Wir nennen sie Itzi ..."

„Quis, quem? Itzi, was? Na, Einfallsreichtum ist auch eine Tugend, hmmhmm!", presst ein stark um seine Fasson bemühtes Schnuff hervor.

„Recht so, kleiner Schlauschnüffler! Die Witze mache ich hier aber, ne?", funkelt Sternenhimmel freudig. „Sie will jedenfalls ihrer eigentlichen Form so ähnlich wie möglich sein, deswegen wandelt sie fast immer in der Körperform einer Spinne ... Ich sag's lieber gleich: Frag-mich-nicht! Ein runder Körper und flexible, strahlenförmig abgehende

Gliedmaßen scheinen einiges mit der Wahl ihres Erscheinungsbildes zu tun zu haben." Er schickt ihr einen Seitenblick, der allerdings nicht erwidert wird. Sie scheint mental abwesend, was viele Ursachen haben könnte. „Jedenfalls: Sie verkörpert die Wahrheit der Ordnung Ghots, und so hat ihr Gift auf jeden eine andere Wirkung. Einfacher gesagt: Wer gegen die simplen, aber strengen Wahrheiten, welche die Ordnung Ghots ergeben, nicht besteht, besteht auch gegen Itzi nicht."

„Eine Sonne? Eine Spinne? Wahrheit und Ordnung?" Das Schnuff fängt wieder an zu kichern und rollt vielsagend die großen Augen. „Quidam?"

„Halb so wild, Kleiner. Is' noch vertrackter, als es sich anhört. Also ..." Das Schnuff prustet unpassender Weise dazwischen. „So was von gut gelaunt!", gibt Sternenhimmel seine Erklärungsversuche mit einem Schulterzucken auf. Er weiß aus eigener Erfahrung, es macht wenig Sinn, sich nach Itzis Biss über *irgend*etwas ernsthaft zu unterhalten. „Diese Jugend", schüttelt er den Kopf.

Das Schnuff antwortet mit der unbeholfenen Imitation eines bestimmten, jemanden imitierenden Aeris. Es versucht probehalber einen Buckel, schiebt die Oberlippe hoch, was aber eher wirkt, als verbiege es sich die Nase, zieht den Unterkiefer zurück und äfft: „Honk, Honk, Hohoo!" nach, aber das letzte 'Honk' geht im nächsten Prusten unter. Damit ist das Schnuff komplett nicht mehr zu gebrauchen. Es krümmt sich vor Lachen und beginnt, wimmernd Freudentränen zu vergießen. Sternenhimmel wendet sich der erwachenden Itzi zu, lässt 'Honk' lieber gar nicht erst zum Thema werden, sondern fragt: „Und wo ist Flamm? Habt ihr euch getrennt?"

Eine wirkliche Antwort Itzis auf Sternenhimmels Frage, kann das noch immer schwer neben der Spur laufende, aber grenzenlos gutgelaunte Schnuff zwischen seinen

Lachsalven nicht heraushören.

Wenn Sonnenstrahlen Geräusche verursachen, dann liegt hier ein Vergleich mit Itzis Stimme nahe. Nichts Greifbares ist da an den Sätzen, die das Schnuff zu streifen scheinen. Dennoch versteht es etwas von Beobachtern, etwas über Helfer und den Befehl, den Xsiau-Ming gegeben hatte, Sternenhimmel und ihn zu töten. Zu diesem Zeitpunkt hatten sich Itzi und ihr Begleiter getrennt und Itzi hatte sich dann auf die Suche nach Sternenhimmel und dem Schnuff gemacht. Flamm hat seinen Posten ihrer Meinung nach nicht verlassen. Auch entschuldigt sich Itzi für ihr spätes Erscheinen. Es scheint hier mehr als nur einen Krchk zu geben und mehr als nur Krchks. Gut, dass trotzdem alles reibungslos gelaufen war.

„Reibungslo...?! Thihihi, ich glaub', die Spinne spinnt!" Keiner kann das Schnuff verstehen, dessen Kommentar geht im eigenen Gelächter völlig unter. Es versucht daraufhin: „Sagen wir, es ist niemandem von uns etwas ernsthaftes zugestoßen", zu formulieren, aber auch das gelingt nicht. Selbst unter größten Anstrengungen kommt keine klare Artikulation über seine Lippen. Sternenhimmel und Itzi gucken das Schnuff an, haben aber anscheinend nichts hinzuzufügen. Im Gegensatz zum Schnuff selbst: „Lohohos! Keine Zeit zuhu verlie-hi-hi-ren!!"

Itzi setzt sich offensichtlich bereits in Marsch. Wegen ihrer vielen Beine wirken ihre Bewegungen auf das gutgelaunte Schnuff wie ein lustiges Tänzchen, weshalb es eine kleine Melodie vor sich hin zu pfeifen beginnt, die seiner Meinung nach hervorragend in den vermeintlichen Takt passt. Sternenhimmel schwingt sich in die Luft, wo er für einen weiteren, kurzen Augenblick verharrt, während er piepst: „Na komm, mein kleiner, pfeifender Freund. Wir werden erwartet." Er freut sich noch immer sichtlich darüber, dass sie Itzi endlich gefunden haben. Fehlt noch einer. „Weiter

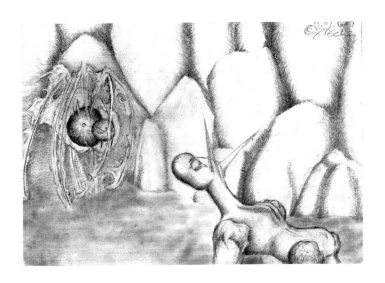

geht's!" Mit beinahe feierlicher Miene fliegt er hinter der Inkarnation der Ur-Sonne her.

Noch einen Augenblick braucht das Schnuff, um die Dinge wenigstens ansatzweise in seinem vor Freude schwindelnden Kopf zu ordnen. Dann setzt es sich in Bewegung und trottet hinter seinen Kameraden her. 'Ui!', die sind viel schneller, als es dachte. Während des nächsten Herzschlags legt es einen Sprint ein, zwei, drei – einhalb, circa, Herzschläge nach der Erkenntnis hat es aufgeschlossen. Der vormals verschmähte Tunnel hat (tatsächlich) auf sie gewartet, dort geht es lang. Der auf sie lauernde Spion, den auch dieses Mal keiner entdeckt, wird unbemerkt zertreten. Keiner weiß, was er wusste. Niemand wird davon erfahren.

Es dauert eine Weile, dann verläuft der Tunnel wieder gerade und fällt nicht mehr weiter ab, bis er sich teilt. Er beschreibt von dieser Stelle an einen weiten Rechtsbogen und führt alternativ geradeaus weiter. Das Schnuff beobachtet genau, ob der Aeris wieder ein Gefühl für den einzuschlagenden Weg hat. Er hat, doch Itzi war, in der ihr eigenen Art, zwei Sätze vorausgehüpft, schnell und leicht, wie Sonnenstrahlen so sind, und sie folgt zielstrebig der Biegung. Sternenhimmel neigt leicht den Kopf, aber nickt in Folge ihrer Entscheidung ergeben, als will er: „Wenn sie meint ..." sagen, folgt jedoch kommentarlos.

Für das Schnuff fällt die weitere Tunnelführung in die Kategorie: Mal wieder eine Kurve, mal wieder geradeaus, links oder rechts, geradeaus, rechts oder links, aber hier gibt es entschieden mehr Gabelungen und Abzweigungen, als zu Anfang des Labyrinths. Itzi scheint jedoch eine erfahrene Führerin zu sein, wobei das Schnuff beschließt, sein ‘Wissen' Sternenhimmel gegenüber für sich zu behalten, und so öffnet sich der Gang bald und geht nahtlos in eine ewig große Höhle über. Und nach der monotonen Abwechslungsarmut des Höhlensystems, wirkt diese noch eindrucksvoller. Hier würde eine Hauptstadt Platz finden. Der fast ebene, sandbedeckte Steinboden geht mit der Zeit gänzlich unter einem feinen Sandstrand verloren, der einen großflächigen, in ungesunden Farben schimmernden See umspielt. Der füllt den Boden der Höhle und erstreckt sich bis in die dunkle, weite Ferne.

In diesem See thront eine mächtige Festung, die, in all ihrer einschüchternden Imposanz dennoch wirkt, wie eine eitrige Wunde im salzigen Brack. Sie verströmt eine kalte, schroffe, abweisende Atmosphäre und sie macht kein Geheimnis daraus, dass sie niemanden Willkommen heißt. Sie ist baulich mit dem viele Schritt aus dem Wasser ragenden Fels unter ihr verflochten. Der Fels gehört ihr. Sie beansprucht ihn und er fügt sich. Der See, ihrer. Die Höhle, sie war einmal das Herz des Planeten, bei aller Weite, bei allem Raum, ein Loch.

„Was ist *das?!*", platzt es aus dem Schnuff heraus, obwohl es sich sehr gut selbst zusammenreimen kann, worum es sich bei dieser Zwingfeste handelt.

„Das ist das vorläufige Ziel unserer Reise. Die Wahlheimat der Ming. Besser gesagt: Der Ort, den sie nach ihren Vorstellungen geformt hat und an dem sie sich verkriecht. Obwohl, sie hat, wie es aussieht, eine ganze Menge dazu gelernt. Die Festung ist tatsächlich riesig geraten. Ihre letzte war viel kleiner. Wenn man bedenkt, dass sie nun auch Planeten derart beeinflussen kann, dass sie sich nach ihrem Willen durchs All bewegen, hoffe ich nicht, dass sie noch mehr derartige Überraschungen parat hält. Ganz wohl ist mir bei der Sache nicht."

Im Antlitz dieser gigantischen Verteidigungsanlage verspürt Sternenhimmel den Drang, auch an Größe zuzulegen und leitet den Wiederausdehnungsprozeß seines Körpers ein.

Von Itzis Seite ist nur ein als Zustimmung zu deutendes Zischen zu vernehmen. Offensichtlich will sie schnell weiter. Sie trippelt kurz auf der Stelle und klettert geschickt auf Sternenhimmels Rücken. Ohne, dass dem Schnuff Worte, oder auch nur Silben in die Gehörgänge dringen, scheint sie dem Aeris trotzdem etwas zu sagen.

„Ja. Ich weiß", erwidert dieser, noch während seiner Verwandlung in seine ursprüngliche, majestätisch anmutende Form, dann sagt er, sich dem Schnuff zuwendend: „Steig auf, Kleiner, es geht weiter. Itzi hat Recht. Wir haben schon zu viel Zeit verloren, weil uns Xsiau-Mings Häscher aufhalten konnten. Manchen Freund sollte man in solchen Zeiten besser nicht allzu lange warten lassen. Es gibt ausgefallene Ideen, auf die man in der Einsamkeit kommen kann."

„Ihr macht mich neugierig." Noch immer fällt es dem Schnuff schwer, seine gute Laune in konstruktive Bahnen zu lenken. 'Was wohl jetzt noch kommen mag? Kchihihi ...'

Kapitel 8

Flamm

Wie ein verwundetes Raubtier lauert die Festung der Gebeinbesprecherin hoch über dem Wasser. Jetzt, da sie nah heran sind, erkennt das Schnuff viele Details an der Zwingfeste. Es glaubt erst, es unterliege einer Täuschung, aber statt Holz wurden neben Steinen ausschließlich Knochen verarbeitet, und vielerorts stecken Schädel in den Mauern und grinsen ausdruckslos in die Gegend. An allen möglichen und unmöglichen Stellen sind spitze und scharfe Gegenstände in die Architektur eingearbeitet, die keinem anderen Zweck dienen, als jedem Eindringling einen Begriff von Furcht und Schmerz zu vermitteln.

Dem Schnuff ist, als würde es hier stumm verhöhnt für alles, wofür es einsteht, und so verfliegt die gute Laune letztlich doch noch. Den anderen ergeht es ähnlich. Besonders Itzi wird immer unruhiger. Noch bevor das Schnuff nach dem Grund fragen kann, rät Sternenhimmel schon, sich festzuhalten und für die Landung bereit zu machen. Das Schnuff befolgt den Rat, Itzi springt kurzer Hand über Bord.

„Keine Sorge", hallt es durch den Kopf des Schnuff. „Sie wird schon wissen, was sie tut. Ich habe es aufgegeben, mir Gedanken um Itzis Vorgehen zu machen. Man steigt ohnehin nicht durch. Vielleicht bemerkst du ja etwas, das uns bis jetzt verborgen geblieben ist. Auf jeden Fall braucht sie nie lange, sich zu entscheiden." Mittlerweile ist Sternenhimmel gewohnt sanft und sicher gelandet. Das Schnuff kann absteigen, der Aeris weiterreden: „Und soweit ich es weiß, bereut sie bis heute nichts von dem, was sie getan hat. Sie hält scheinbar für jedes Problem eine Lösung parat.

Und sie ist ständig in Bewegung. Guck mal, dort, da ist sie wieder."

Itzi kommt gerade aus einem Gebäude vor ihnen geflitzt. Mit ihr verlässt ein heller, goldener Schimmer die Mauern. Frech grinsend eilt sie den beiden ein kurzes Stück entgegen. Dann fiept sie und trippelt, ebenso wie vorhin, auf der Stelle, um sich von ihnen abzuwenden. Dreht sich nach rechts, nach links, orientiert sich. Sucht sie jemanden? Der Rhythmus hat das Schnuff sofort wieder angesteckt, doch der klar denkende Teil in ihm fragt sich, ob sein plötzlicher, überstarker Drang, tanzen zu wollen, nicht auf die Nachwirkungen von Itzis Sonnenbiss zurückzuführen ist. Darüber hinaus scheint es ihm fraglich, ob jetzt überhaupt der richtige Zeitpunkt zum Tanzen ist. Der nicht so klar denkende Teil in ihm lacht den anderen aus. Zwei seiner vier Knie wippen bereits leicht, doch bevor die Party losgeht, soll der nüchterne Teil Recht behalten. Itzi will nicht tanzen. Sie trippelt noch aus der Drehung heraus los und huscht an dem Gebäude, aus dem sie gekommen war, vorüber.

Sie überquert einen weiten Platz und eilt direkt auf einen gewaltigen, von einem großen, ihnen schwarz entgegen gähnenden Torbogen geschmückten Quader zu. Der die kleine Spinne schluckende Einlaß führt in einen Gebäudekomplex, der sich über das gesamte Zentrum der Wehranlage erstreckt. Damit ist die Sache im Schnuff geklärt. 'Schade.'

Sternenhimmel sieht seinen wie wehmütig grinsenden Kammeraden voll Verständnislosigkeit schief an, dann folgen sie Itzi auf den wuchtigen Block zu.

Als die beiden in den sich anschließenden, überdachten Innenhof gelangen, sehen sie Itzi wieder und sich erneut einer Horde untoter Wesen gegenüber.

Sternenhimmel landet. „Ich hab' mich schon gefragt, warum man uns unbehelligt ins Innere der Burg vordringen lässt. Bei ihren anderen Festungen hat die Ming auch immer versucht, uns mit allen Mitteln draußen zu halten. Grad so, als wohne sie in einem heiligen Sanktuarium."

Abschätzend gleitet sein Blick über die bleichen Häupter der steifen Verteidiger. Es sind hunderte. Einige Zeit geschieht nichts. Zumindest, wenn man von dem unablässigen Klickern und Klackern absieht, das von den sich fortwährend bewegenden Skeletten ausgeht. Das Starren ihrer lidlosen, von einem mysteriösen, gelblichen Leuchten erfüllten Augen, scheint nur ein Ziel zu kennen. Die kleine Gruppe der schändlichen Eindringlinge. Sie alle, das wissen zwei unserer Helden nicht, warten gespannt auf den Befehl, die ungläubigen Angreifer endlich vernichten zu dürfen. Die Aufmerksamkeit des Schnuff wird auf einige vierbeinige Raubtiere gezogen. „Was sind das für welche?", fragt es Sternenhimmel, während es ihnen zunickt.

„Reißer." Ihre eindrucksvollen Gebisse sprechen Bände. „Nimm dich in Acht vor denen. Unangenehme Gesellen, außerdem haben sie oft irgendeine ansteckende Krankheit, und es kann lange dauern und sehr schmerzhaft sein, bis man einen ihrer Bisse auskuriert hat." Einige der Bestien haben Schaum vor dem zähnefletschenden Maul, und nur die langen Nadelstricke der größeren Skelette, was immer sie im Leben waren, halten die kaum Zügelbaren.

Die Reißer sind auch groß. Aus einer bestimmten Perspektive betrachtet. Sie überragen das Schnuff um mindestens eine Haupteslänge, aber ihr Hals ist kürzer, weil so gut wie nicht vorhanden. Sie wirken ziemlich angriffslustig und zerren ungeduldig in Richtung ihrer Beute.

Dem Schnuff ist sehr seltsam zu Mute. Eben wollte es noch tanzen und nun sieht es sich solchen Kreaturen gegenüber, die auch wieder nur eines im Sinn haben. Anzugreifen. Doch diese Untoten sehen anders aus, als jene, die sie in den Tunneln getroffen haben. Noch viel grotesker, weil ihre Körper zum Teil scheinbar willkürlich aus anderen zusammengesetzt worden sind. Viele von ihnen sehen aus, als seien sie schwer verwundet. Flüssigkeiten und andere Dinge laufen aus ihnen aus und fallen zu Boden, der, wie das Schnuff jetzt realisiert, völlig besudelt ist. Sein Kopf schmerzt. Wo ist es da nur hineingeraten? Muss es wirklich hier sein? An jedem Ort, an dem es bisher war, wäre es im Augenblick lieber, als in dieser widerlichen Burg, zusammen mit diesen widerlichen Kreaturen. Jetzt erst wird es des Gestanks gewahr, der hier unten herrscht. Mit aller Macht streben die faulen Gerüche schwarzen, vergammelten Fleisches durch seine Nase und in seinen Kopf. Die wabernden Wolken verwesenden, madigen Todes verbieten das Atmen, doch brennen all diese Eindrücke sich tief in des Schnuffs Erinnerung. Es wird sie, wenn überhaupt, so schnell nicht wieder loswerden, das spürt es.

Das Schnuff will zurück an den frischen Bach, in dem es auf seinem Heimatplaneten geplanscht hat. Sofort! Es will daraus trinken, seine Kehle ist trocken und wie zugeschnürt. Es will ins klare Quellwasser springen, sich den Schmutz der toten Leiber und verödeten Geister vom Körper waschen. Es will die Sonne sehen, ihre Wärme fühlen, will das Leben bestaunen, nicht dieses Theater künstlich inszenierten un-Todes. Es will herumtollen, sich vielleicht noch mal von Itzi beißen lassen ... aber nicht hier!

„Suspensa-sum!" Die schneidende Stimme, die das Schnuff aus seinen Gedanken reißt, gehört der Gestalt, die jetzt über den Köpfen der Skeletthorde schwebt. Immer höher steigt sie, bis sie unübersehbar in der Luft steht.

Abschätzend blickt die vermummte, in Tücher und eine Art Mantel gehüllte Gestalt zu den dreien herunter. Die weit ausgebreiteten Flügel schlagen nicht, die Magikerin hat wohl andere Wege gefunden, sich der Schwerkraft zu widersetzen.

„Wieder einmal habt ihr es gewagt, in mein Refugium einzudringen, doch wird diesem Male kein weiteres folgen. Das verspreche ich. Vermutlich nehmt ihr mich, wie immer, nicht ernst, doch das wird sich ergeben. Einige der Veränderungen seit unseren vergangenen Begegnungen werden euch bestimmt schon aufgefallen sein, alle sicher nicht. Die Dinge haben sich entwickelt. Zu *meinen* Gunsten. Dabei will ich nicht vergessen, euch zu danken. Ehre, wem Ehre gebührt." Xsiau-Mings Stimme tropft vor Sarkasmus, sie genießt ihr Spiel in vollen Zügen.

„Ihr habt mich vieles gelehrt, darauf könnt ihr stolz sein. Das war doch euer Ziel, nicht? Ich kann eure arroganten Stimmen noch hören; ich würde schon sehen, wo mein Weg hinführe, würde aus meinen Fehlern Lehre ziehen." Sie lacht, zischt giftig kichernd: „Ich kann euch *versprechen*, dass ich aus meinen Fehlern gelernt habe. Ihr mögt es nicht glauben, doch *werdet* ihr es glauben. Später. Nun seid ihr hier, steht vor mir und begreift nichts. Ich frage mich, was mit euch los ist. Habt ihr eure Macht verloren? Eure viel gepriesene Einsicht? Ich hatte euch früher erwartet. Und ich hatte mehr von euch erwartet. In doppelter Hinsicht. Natürlich kann man bei euch nie wissen, wo der Rest der Brut steckt und was ihr im Schilde führt. Statt Morgenrot, Flamm und Silberschatten habt ihr mir diese neue Präsenz mitgebracht. Ich denke, ich werde sie bekehren, nachdem ich euch und euresgleichen ausgelöscht habe. Aber da wir beim Thema sind, kommen die anderen auch noch? Niemand soll etwas verpassen." Womit die Stimme sich, zuckersüß und klebrig, an das Schnuff wendet: „Na, du armes, kleines Wesen. Haben dich diese furchtbaren Kreaturen zu sich geholt, um deinen Geist zu verwirren und deine Seele zu lähmen? Ich werde dich befreien von allen Lügen und Zweifeln, und dann werden all die verklärenden

Schleier vor deinen Augen wegfallen, und dann wirst du endlich sehen können. Sehen!"

In diesem Moment sieht auch Xsiau-Ming. Nämlich Itzi. Die bahnt sich einen Weg schnurstracks durch die Skelette und hält direkt auf die Magierin zu. Die lebenden Knochen haben ähnlich große Lust, die Ur-Sonne zu berühren, wie Xsiau-Ming Lust hat, körperlich in Kontakt mit Itzi zu geraten: Überhaupt keine. Es wäre ihr Ende. Sie zu berühren, ist gewissermaßen in etwa so, wie von ihr gebissen zu werden. Dem Gift und der Glut kann nur widerstehen, wer die Ordnung Ghots tragen kann. Eine Beschreibung dessen, was genau das bedeutet, auch für jeden im einzelnen, würde an dieser Stelle nicht ausreichend Platz finden, aber: Untote gehören nicht in diese Kategorie. Geschöpfe, die tote Körper zurück ins Leben zwingen, noch eher nicht. So teilt Itzi ein Meer vor sich entzwei, oder erweckt den Anschein, als sie durch die Horde der Skelette, Leichname und Reißer trippelt. Sie ist flink, wie reines Licht. Es dauert nicht lange, und sie ist am anderen Ufer angelangt. Nicht alle haben es geschafft, sich vor ihr in Sicherheit zu bringen, doch Zeugnisse davon existieren nicht.

Mit einem letzten, übertrieben lauten Lachen, verschwindet die verhüllte Gestalt in einer plötzlichen Explosion aus dunklem Rauch. Itzi lässt sich dadurch nicht aus dem Konzept bringen. Unbeirrt folgt sie ihrem Weg in das Innere des Palastes. Als Xsiau-Ming und Itzi fort sind, ändert sich das Verhalten der Skelette. Ihre Masse verschmilzt hinter der Inkarnation der Ur-Sonne wieder miteinander, und ein Ruck geht durch die Reihen der knöchernen Knechte. Ihre Schlacht beginnt!

Sie kommen. Das junge Schnuff steht grimmig bereit. Erhobenen Hauptes, nicht Willens, nur einen Schritt breit zurückzuweichen und doch ist ihm im Anblick dieser Legion nicht eben wohl. Es fragt, wie sie reagieren sollen, ob sie 'die paar knapp tausend' Skelette eben 'platt machen' wollen, oder ob sie nicht lieber über sie hinweg fliegen sollten, da rollt ein gewaltiges, donnerndes Fauchen heran. Sogar die von der Leine gelassenen Reißer zucken verschreckt zusammen. Verwirrt und verängstigt wenden sie den Blick von der taxierten Beute ab, um ihn auf die Ursache der infernalen Geräuschkulisse zu richten: Einen Vulkan, der tosend krachend durch das Palasttor bricht.

Der Schock fährt tief in des Schnuffs Glieder. Für die Dauer eines Wimpernschlags hat es Angst. Furchtbare Angst. Die Feuersbrunst ergießt sich über die ihr nahe Treppe und reißt alles fort. Lässt Knochen und Fleisch in Sekundenschnelle verglühen. Treibt die untoten Befehlsempfänger vor sich auseinander, bis sie von der Naturgewalt eingeholt und eingeäschert werden.

Dann begreift das Schnuff die Form der Explosion. Die Flammen sind der Silhouette Sternenhimmels nicht unähnlich, nur verwischt und viel wilder. Die Konturen bestehen aus Feuer.

„Ist *das* Flamm?", staunt das Schnuff geistesabwesend.

„Davon kannst du ausgehen", erwidert Sternenhimmel zufrieden. „Er hat einen Sinn für furiose Auftritte. Soviel ist sicher."

Flamm war in Bodennähe die Treppen vor dem Palast herabgeflogen und hatte dabei alles mit sich gerissen, was nicht rechtzeitig aus seiner Flugbahn flüchten konnte. Alles, was auf der Treppe stand, wurde dem staubigen Erdboden gleich gemacht. Vieles, was davor stand.

Die Skelette sind chancenlos untergegangen. Explodiert und verbrannt. Flamm beachtet Xsiau-Mings Legion kaum, als er sich seinen Weg dort hindurch brennt. Seine Gedanken kreisen um Sternenhimmel und das ominöse Schnuff. Itzi hat ihm gerade gesagt, es sei endlich hier. Er weiß, dass seine Freunde nicht mehr weit entfernt sind, doch in dem

Chaos aus brennenden und umherfliegenden Knochen und Splittern kann er außer Sternenhimmels Silhouette nicht viel erkennen. Schließlich lässt er von der Truppe ab und gewinnt an Höhe. Was seine Augen sehen, gefällt ihm. Er hat einen wahren Skelettscheiterhaufen hinter sich abgefackelt, und seine Freunde stehen ganz in der Nähe; und staunen.

„Du musst das Schnuff sein!", begrüßt er den Neuen, noch während des Landens; seinen feurig-strengen Blick auf das kleine, eisgraue, ihn fasziniert anstarrende Geschöpf an Sternenhimmels Seite gerichtet.

„..." ‚Heiß!', aber gleichzeitig auch überraschend kühl. Zumindest, wenn man bedenkt, dass der Aeris über und über von wütenden Flammen bedeckt wird. ‚Ist der krass!', denkt sich das Schnuff gebannt, wie hypnotisiert starrt es den Flammenen an. Begreift nicht das Feuer, welches seine wirren Spiele mit ihm treibt, das glühende Horn, jenen schwarzen, orange geäderten Dorn, der dem Haupt des Aeris entspringt. „Ja."

„Und, wie heißt du?" Die Feuerbälle in seinen Augenhöhlen manifestieren einen neugierig-eindringlichen Blick.

„Pantrionium", erwidert da das Schnuff, immer noch gebannt von Flamms tosender Erscheinung. Ihm ist nicht bewußt, dass es gesprochen hat, und die Semantik jenes Wortes sickert jetzt tröpfchenweise in sein Bewusstsein. Und kaum weiß es um die Quelle verborgenen Wissens in ihm, will mehr davon ans Tageslicht. Es lässt das Unterbewusste heraus plätschern: „Wir sind die Trias. Ich bin einer, und es werden weitere kommen. Ich bin ein Teil, von dem zwei Teile fehlen. Ich bin ganz und vollkommen und ganz und gar *nicht*. Jetzt erkenne ich meinen Namen. Pantrionium. Ich bin aufgetaucht aus den Äonen und ich werde nicht wieder darin versinken. Bald werden wir eins sein." Seine Augen strahlen, entrückt und beruhigt.

Sternenhimmel guckt seinen kleinen Freund erstaunt an. „Du hast dich an deinen Namen erinnert!", ruft er. „Pat-triommn - ne, Pat-ra-mumium – neh, Pan-tri-oni-um, so war's, oder? Was für ein Schnabelbrecher, aber schön. Ein besonderer Name für ein besonderes Geschöpf! Obwohl", einen Moment überlegt er, „man könnte der Einfachheit halber auch Pan sagen. Oder? Für welche wie mich, meine ich, damit ich keinen Knoten in die Zunge bekomme? Pan?"

Nicken.

„Und? Wie ist es, seinen Namen endlich zu kennen, Pan? Muss ein gutes Gefühl sein." Das ist es! Dem Schnuff kommt es vor, als habe es gerade eine der wichtigsten Entdeckungen seines gesamten, zugegebenermaßen noch kurzen Lebens gemacht.

„Ihr seid zu dritt?" Flamm ist verblüfft. Davon hatte Capaun gar nichts gesagt.

„Noch nicht", erwidert Pantrionium.

„Kommen sie bald?" Auch Sternenhimmel ist die frohe Botschaft neu. „Die anderen?"

Viele Türen im Haus der Erinnerung bleiben verschlossen. „Ich weiß nicht. Nein. Ich glaub', nicht so schnell." Der Schnuffblick hellt auf. „Ich werd's merken, wenn es soweit ist, denke ich."

Flamm nickt freudig, aber gehetzt. „Ich heiße Flamm, bevor ich noch vergesse, mich vorzustellen. Es ist schön, dich willkommen heißen zu können. Damit haben wir schon mal eine große Sorge weniger. Ich würde auch wirklich gern sofort mehr über dich erfahren, aber ich befürchte, vorerst muss es ausreichen, dass du gesund und munter bist. Der Rest wird warten müssen." Er schaut den Neuen noch einen Augenblick lang an. Als Pantrionium keine Einwände erhebt, wendet Flamm sich Sternenhimmel zu: „Wurde auch Zeit!"

„Wollte ich dir auch gerade sagen!", entgegnet der angesprochene Aeris ausgesprochen gutgelaunt. Flamm klopft Sternenhimmel auf die Schulter, und auch, wenn das Schnuff es nicht für möglich hält, Sternenhimmel macht es gar nichts aus, seinen wohl immer brennenden Freund zu berühren. Die Flammen umspielen sein schwarz-blaues Federkleid beinahe zärtlich, und beide freuen sich sehr.

„Hähäh! Ja! Gut, dass ihr da seid. Länger hätte ich nicht untätig herumsitzen können! Wenn ich die Rotzgöre in die Fänge kriege, wird sie gegrillt!"

„Hast du sie schon gesehen? Die Ming wird mir langsam unheimlich. Ich mache mir wirklich Sorgen um sie."

„Mach dir lieber Sorgen darum, was passiert, wenn ich sie

erwische!" Wie zur Untermalung seiner Worte bläht Flamm sich donnernd auf. „Ich weiß nicht, was Itzi spürt, jedenfalls musste ich warten, bis ihr eintrefft. Gut, dass das jetzt ein Ende hat."

„Wir sind ja extra eingeflogen. Weil ich ja weiß, dass du auf glühenden Kohlen sitzt. Auf, auf und davon?"

„Glühende Kohlen?! Himmel, das habe ich ja noch nie gehört! Versuch es weiter, irgendwann lache ich bestimmt mal ... na los." Mit diesen Worten dreht Flamm sich um, nicht ohne dem Schnuff zu zuzwinkern, spreizt die feurigen Schwingen, stößt sich ab und fliegt unter lautem Getöse in Richtung Palasteingang davon. 'Wir werden später reden, keine Zeit zu verlieren - schon mal wieder', denkt Pantrionium, 'das ist nichts Neues' und klettert auf einen Wink Sternenhimmels auf dessen breiten Rücken. Auch die zwei erheben sich in die Luft und folgen Flamm in den Palast. Zu Xsiau-Ming. Sie ist die Wurzel des Übels. Es ist an der Zeit, sie zu ziehen. Unter ihnen bleiben die übrig gebliebenen Skelette zurück und schauen hohl und unschlüssig nach ihresgleichen. Ihr Auftrag ist erfüllt. Der Feind flieht. Die Richtung ist nebensächlich.

'Wen interessieren noch die Skelette?', freut sich das Schnuff freudlos über die ihnen hinterherglotzenden Untoten. Unter sich kann es das ganze Ausmaß der Verwüstung überblicken, die Flamm angerichtet hat. Es ist sehr froh, dass sich der Feurige ebenfalls zu seinen Freunden und nicht zu seinen Feinden zählt. Wenigstens bekommt Pantrionium ein wenig Zeit eingeräumt, über das Geschehene nachzudenken, während er es sich in einem bequemen, weichen Fellkragen gemütlich macht.

Viel wird es nicht sein, Zeit, zum einordnen, aber zumindest im Augenblick ist er dankbar für jedes bisschen. Ein leises Gefühl der Wehmut steigt in ihm auf, weil er befürchtet, dass ab jetzt weite Teile seines Lebens mit vielleicht nicht ganz so, aber ähnlich abscheulichen Wesenheiten zu tun haben werden. Zumindest ist er in der Lage, etwas zu unternehmen und nicht gezwungen, tatenlos zuzusehen, wie viele unter wenigen zu leiden haben.

Er empfindet ein unaussprechliches Glücksgefühl darüber, so schnell auf Gefährten gestoßen zu sein, die ganz offenbar die Welt mit ähnlichen Augen sehen, wie er das tut. Und auch, wenn die Zeit immer zu drängeln scheint, fühlt Pantrionium, dass er von diesen Freunden aufrichtig angenommen wird.

Gedanken über die Aeris führen wieder zu Gedanken über Xsiau-Ming. Diese führen dazu, dass Pantrionium sich einem verworrenen Wust aus nachvollziehbaren und weniger nachvollziehbaren Motiven gegenüber sieht, den zu entwirren, für ihn eine äußerst knifflige Aufgabe darstellt.

Kapitel 9

Xsiau-Ming

Es war eine verflucht und noch mal verflucht anstrengende Aufgabe, unter Aufbietung all ihrer Kräfte, ihre Kinderchen sich wieder neu formieren zu lassen, um dem Feind zum wiederholten Mal die Stirn zu bieten. Als Xsiau-Ming damit fertig ist, den Großteil der teilweise stark verkohlten Knochen ihrer Untergebenen sich wieder an die ihnen zugedachte Stelle bewegen zu lassen, muss sie jedoch feststellen, dass der Feind sich bereits auf dem Weg ins Innere ihres Heiligtums befindet. „Auch gut", sinniert die Magikerin. „Dann können sie wenigstens nicht zurück." Sie kichert: „Wir werden ihnen den Fluchtweg abschneiden, sie einkesseln, mit eiserner Faust umschließen, und wenn sie nicht gehorchen, werden wir sie mit dieser Faust zerquetschen!" Das schnelle Trippeln leichter Schritte reißt sie aus ihren Unterwerfungsphantasien. Angewidert schreit sie: „Was willst *du* denn hier?!"

'Träumst du noch immer den Untergang Ai'Kohns?' Itzi deutet auf die Wand in Xsiau-Mings Rücken. Dort ist ebenfalls ein Motiv eingearbeitet, genau, wie in der Ratshöhle der Wächter. Diese Arbeit hier ist allerdings der Zerstörung gewidmet. Wahnphantasien eines gekränkten und verdrehten Geistes. Die Berge Animi spucken Feuer und Rauch, stürzen in sich zusammen und begraben das Tal der Freien unter sich. Für Xsiau-Ming augenscheinlich gleichbedeutend mit dem Untergang der Wächterschaft, denn die Sonne Ghot verlischt ebenfalls. Womit einer von Xsiau-Mings sehnlichsten Wünschen in Erfüllung gehen würde. Die Beschwörerin scheint nicht zu wissen, in welchem Punkt sie irrt.

„Ja, hübsch, nicht wahr?" Ihre Mimik bringt Abscheu zum Ausdruck. Ihre kleine, dreieckige, schwarze Nase zuckt, als stäche ihr ein unangenehmer Geruch hinein und das, die langen, vorstehenden Kiefer bewachsende Fell wirft Wellen. „Falls du immer noch an das Versprechen, das du Vater einst gegeben hast, glaubst, oder daran, dass du es einhalten könntest, muss ich dich schon wieder enttäuschen. Aber meine Schuld ist das nicht, wie du weißt. *Ihr* habt euch seinerzeit entschieden, die Aeris bei euch aufzunehmen und mich mir selbst zu überlassen. *Ihr* habt *mir* den Rücken zugekehrt, und nachdem ich mich für meinen eigenen Weg entschieden hatte, wurde ich von euch für verrückt erklärt! Ihr habt mich beschimpft und verspottet! Nie hättet ihr damit gerechnet, dass ich meinen Weg *finden* würde, doch ich kann dir *versichern*, verrückt bin ich nicht!!!" Xsiau-Ming hat sich in Rage geredet. Sie lässt ihrem aufgestauten Hass und ihrer Verachtung freien Lauf, bis ihre Stimme sich überschlägt: „*Ihr* habt Fehler gemacht! Mindestens vier!!! Aber jetzt, da Capaun endlich eingesehen hat, dass hier kein Platz mehr für ihn ist, werde ich mir nehmen, was mir zusteht. Es soll so sein! *Ich* trete sein Erbe rechtmäßig an." Allmählich beruhigt sich Xsiau-Ming wieder. „Jetzt endlich werden neue Regeln in den zugänglichen Regionen des Multiversums herrschen. Regeln, die *ich* einführen werde. Ich und ... andere." Sie fährt mit leiser, fast bedrohlicher Stimme fort. „Möchtest du wissen, wer mir erschienen ist? Es wird dich interessieren, vertrau mir, du hast sicher lange nicht von ihm gehört." Sie winkt ab. „Ich werde es dir sagen."

Es folgt eine genüßlich ausgekostete Pause, bevor sie ihre Überraschung preisgibt, die glühenden Pupillen lassen nicht von ihrer Gegenüber. Sie wollen unter keinen Umständen etwas von Itzis Reaktion auf ihre Offenbarung verpassen: „Ein Prinz der Dunkelheit!" Sie lacht hysterisch:

„Wer'tineo s'Ti Sot-Sabbah!"

Als der Begriff aus den dunklen Reichen fällt, ist Itzi sofort hellwach. Alles, was Xsiau-Ming sonst noch von sich gibt, ist nichts neues und was jetzt, da Capaun nicht mehr ist, wie er war, so alles aus seinem Loch gekrochen kommt, wird sich so oder so schon bald zeigen. Doch die Finsternis selbst sollte auch Xsiau-Ming nicht anrühren. Itzi mag den gefallenen Namen nicht einmal denken. Zwar konnte sie spüren, dass Capauns Tochter Mächte angerührt hatte, die in dieser Welt nichts zu suchen haben, dass sich aber die Wege Xsiau-Mings und des Prinzen der Unterjochung schließlich in der 'Realität' kreuzen sollen, will die Inkarnation der Ur-Sonne nicht wahrhaben. Sie ist erschüttert. Für so dumm, naiv und uneinsichtig, sich mit einem der Prinzen des Hauses Sot-Sabbah einzulassen, hielt Itzi eigentlich nicht einmal Xsiau-Ming. Bis jetzt zumindest. Andererseits, vielleicht sind ihr ihre Sinne und der Verstand schlussendlich wirklich abhanden gekommen.

Als Sternenhimmel das Eingangsportal des Palastes passiert, erblickt das Schnuff weitere Truppen der Untotengebieterin. Wieder müssen es hunderte sein. Bei der Vorstellung, dass all diese Wesen einmal denkende, fühlende, miteinander Spaß habende Geschöpfe waren, wird es sehr traurig. Und warum wurden sie aus ihrem Grab gerissen? Diese willenlosen Kreaturen sind nicht fähig, den Aeris auch nur den geringsten Widerstand entgegen zu setzen. Es ergibt keinen Sinn. Alles hier ergibt für das Schnuff keinen Sinn, oder nur wenig. Es scheint um Macht, Rache, Eifersucht und andere, verletzte Gefühle zu gehen, oder fehlt ihm ein Teil des Puzzles? Es ist sich nicht sicher, doch um was es sich auch dreht, der Preis ist zu hoch! Was hier geschieht, ob es gute oder schlechte Gründe dafür gibt, es muss aufhören. Und zwar schnell. Alle Spuren laufen bei

Xsiau-Ming zusammen. Sie ist der Schlüssel zur Lösung des Problems, der zu öffnende Knoten, der alles beisammenhält. Wenn Pantrionium seinen Teil dazu beitragen soll, der Zauberin das Handwerk zu legen, er ist soweit. Dann werden seine Gedanken von gleißenden Strahlen regelrecht zerschnitten. Blitzende Wogen gebündelter Energie ergießen sich über ihn und die Aeris, als sie von einigen Balkonen aus unter Feuer genommen werden.

'Auch das noch!' Sternenhimmel taucht im Flug zur Seite, so sorgsam darauf bedacht, seine wertvolle Fracht nicht zu verlieren, wie die Umstände es zulassen. Und in der Tat ist das junge Schnuff so stark damit beschäftigt, sich ein paar ordentliche Anklagen, Weisheiten und Rechtsprüche für Xsiau-Ming zurechtzulegen, dass es sich durch die Wendung der Ereignisse blitzschnell in die Realität zurückgerissen sieht. „Die haben Schusswaffen!? Was ...?!"

„Keine Ahnung", erwidert Sternenhimmel gehetzt. „Ich bin nur froh, dass es anscheinend nicht viele sind."

Indes stürzt eine mit allerlei archaisch anmutendem Werkzeug bewaffnete Gruppe von vier bis fünf Dutzend Skeletten an ihnen vorbei. Dass der überraschende Angriff Teil einer Finte ist, begreift Sternenhimmel jetzt, als die Knochen krachend auf dem Boden zersplittern.

Einen Augenblick zu spät.

Nahe der Decke haben sich einige Schatten aus dem Dunkel gelöst und im Schutz der Lichtverhältnisse genähert. Als die Skelette von ihrer Position aus auf die Eindringlinge herabfallen, nutzten die Schatten die Ablenkung. Sie nähern sich Sternenhimmel und seinem Passagier an und nehmen den Aeris und dessen Reiter geschickt in die Zange. Dann greifen sie an.

'Duck' dich!', hallt es durch Pantrioniums Kopf und noch bevor er die Bedeutung in den Worten genauer versteht, presst er sich fest an Sternenhimmels Rücken. In diesem

Moment huschen zwei unheimliche Schatten über ihn hinweg. Zu schnell wischen sie vorbei, um irgendetwas an ihnen zu erkennen. Konturen, Gliedmaßen, Gesichter, nur schwarze Flecken im Halbdunkel der düsteren Halle. Ein Ruck geht durch Sternenhimmel und erschüttert auch das Trias, aber es liegt sicher.

Auf einer Seite hat Sternenhimmel einen der Schatten angepeilt, im vollen Flug den Kopf eingedreht und danach geschnappt. In Höhe der Taille erwischt er ihn. Unter wütendem Knurren lässt der Aeris seinen Kopf wieder in die ursprüngliche Position zurückschnellen. Das Unterteil des Schattens spuckt er beiseite, das Oberteil folgt noch ein Stück weit der ehemaligen Flugbahn. Das mysteriöse Schattenwesen vergeht noch im Fallen vollständig.

In der Bewegung wird Sternenhimmel in der Flanke getroffen. Gerade als er das Unterteil des Gedächtnistäuschers ausspuckt, krallt sich ein anderer in seine linke Seite. Dem Schnuff kann kaum der Atem stocken, da lässt Sternenhimmel sich absacken und taucht unter weiteren Strahlensalven hindurch. Das Schnuff sieht Flamm, wie er frontal auf die beiden zuschießt. Sternenhimmel neigt im Sinkflug den Körper und zieht, kurz bevor er auf Flamm trifft, den Flügel, vor dem sich der Schatten festgesetzt hat, an. 'Was habt ihr vor? Seid ihr wahnsinnig?' Pantrionium kneift die Augenlider zusammen. „Das ist zu eeeeng!" Als Flamm ohrenscheinlich vorbei ist, und das Trias die Augen wieder öffnet, erst eines, dann das andere, kann es keine Spur mehr von dem Schatten entdecken. 'Diese Geister sind unheimlich.' „Was war denn *das*?!", fragt es seinen Freund, in dessen Fellkragen es sich regelrecht vergraben hat.

„Das sind Gedächtnistäuscher. Xsiau-Ming liebt es, sich ihrer Fähigkeiten zu bedienen. Sie können einem das Gedächtnis manipulieren. Wenn man einmal von ihnen kontrolliert wurde, ist es kaum möglich, die Wahrheit zurück in seinen Kopf zu lassen. Man denkt dann, man könne sich ganz genau an alles erinnern. Diese *Erinnerungen* sind dabei nichts anderes, als kompensierte, angestachelte Hassphantasien einer verdrehten Vergangenheit. Ganze Reiche fielen unter ihrem Einfluß. Leider sind sie nicht gerade selten."

„Gedächtnistäuscher ...", darüber muss das Schnuff erst einmal nachdenken. Nicht allzu lange, vorerst. Denn obwohl Flamm einen weiteren Schattendämonen erlegen kann, um sich daraufhin den Ursachen der Strahlenangriffe zu widmen, zwei bleiben. Diese beiden sind erpicht darauf, sich des Trias zu bemächtigen und sie stellen sich geschickter an, als ihre Vorgänger. Pantrionium sieht sie, wenn er den Kopf dreht. Es scheint, als stünden sie hinter dem Aeris in der Luft.

Sternenhimmel leitet ein Wendemanöver ein, da er ihre Gegner erst abschütteln will, bevor sie ins Innere der Festung vordringen. Er legt sich nach rechts, um nach einem erneuten Lastwechsel einen weiten Linksbogen zu beschreiben. Er nutzt die gesamte Breite der Halle aus, taucht zwischen zwei der Säulen hindurch, welche die weiten Wände des Saals säumen und die Balkone stützen, von denen aus sie beschossen werden. Er fliegt ganz dicht über der Wand. So, als sei sie der Boden der gigantischen Halle. Als Sternenhimmel sich von diesem 'Boden' löst, um zwischen den Säulen aufzutauchen, welche wie rasend über ihnen entlang wischen, verpasst der erste Schatten das kleine Zeitfenster und zerschellt wie schattiges Glas an einem achthundert Tonnen Stück magisch aufgeladener, plastischer Kunst. Die Splitter reflektieren blitzend das, dank des anhaltenden Beschusses ihrer Angreifer nicht mehr ganz so karge Licht, während sie sich auflösen. Und als es daran geht, auf der anderen Seite den Eintrittswinkel zu bestimmen, erlebt auch der zweite Verfolger eine herbe Enttäuschung, welche ebenfalls durch schepperndes Klatschen dokumentiert wird. Dokumentiert wird auch das rapide Dahinscheiden der Fernkämpfer. *Das* allerdings durch heftige Explosionen, deren Ausläufer sich effektvoll Bahn aus den steinernen Bögen der Balustraden brechen.

Das Schnuff weiß schon seit geraumer Zeit nicht mehr genau, wo oben und wo unten ist. Nicht, dass es sich unsicher, oder nicht geborgen fühlt. Ganz im Gegenteil. Es vertraut Sternenhimmel 1000prozentig. Es glaubt jetzt lediglich zu wissen, was *der* vorhin auf *seinem* Rücken erlebt haben muss. Doch im Unterschied zu Sternenhimmel hat Pantrionium sicht- und hörbar seinen Spaß am reiten. ‘Gedächtnistäuscher mögen gefährlicher als Skelette sein, aber nicht geschickter, wenn sie gegen einen Aeris antreten.’ Das Schnuff quietscht freudig über seine frechen Gedanken, der Fahrtwind bei diesem Achterbahnflug steigt ihm zu Kopf. Der Ritt hat etwas von einem Spinnenbiss.

Sternenhimmel taucht erneut halsbrecherisch zwischen zwei Säulen auf, führt den ‘Bogen’ dieses Mal aber nicht zu Ende, sondern lässt sich auf der Hälfte der Strecke zur anderen Seite kippen und vollführt eine elegante Schraube. Ihr Ziel liegt voraus, hinter ihnen steigt Flamm auf. Er war damit beschäftigt gewesen, die schwer bewaffneten Untoten in die Dunkelheit zurück zu verbannen, der sie entsprungen waren.

Pantrionium spürt die Hitze angenehm auf seinem Rückenfell brennen und er weiß, dass Flamm ihnen dicht auf ist, als sie durch einen weiteren, steinernen Durchgang in die innere Halle gelangen.

Man hat das aus den Knochen einiger Syrlagg gefertigte Fallgitter herabgelassen und davor Stellung bezogen. Die innere Garde steht bereit. Sie ist Xsiau-Mings bisher grausigste Schöpfung. Diese Wesen, die hier stehen, lebten ursprünglich im Wasser. Sie haben große, runde Körper, die

über und über mit Stacheln bewehrt sind. Ihre sechs ver-
kümmerten Beine können sie nur unter dem Einfluss der
Magie tragen. Mittels dieser Macht allerdings, vermögen
diese Wesen so einiges mit ihren staksigen Gliedern zu be-
werkstelligen. Auch mit ihren, in zangenähnlichen Werk-
zeugen mündenden Armen können sie grausam gut umgehen. Die kleinen Augen blinzeln nicht. Unter den schwer
gepanzerten Kaltblütigen findet sich keiner, der bereit ist,
seine Position aufzugeben. Der Befehl steht höher, als die
eigene Existenz. Vernichtet das Leben! Mit langen, spitz
zulaufenden Metallstangen bewaffnet, warten sie begierig
auf den feigen Feind. Am äußeren Ende ihrer Lanzen ist ein
fahles Glühen auszumachen. Die langen Stäbe werden zu
den 'Füßen' zu Boden gestellt. Dann richtet man die sie-
denden Spitzen schräg nach vorn. In Richtung der Angreifer. Als es seiner Meinung nach soweit ist, gibt einer von ihnen den Befehl: „Feuer!" Die metallischen Stäbe beginnen
zu vibrieren, dann lösen sich aus ihren Spitzen todbringen-
de Ströme blendender Energiesalven.
Die Aeris weichen der ersten Woge grell blitzender Energie
schwungvoll aus. Sternenhimmel ist dem matten Glühen
mordbereiter Lanzen schon ziemlich nah, als er einem weiteren Angriff entgeht. Er verliert an Höhe, Flamm steigt
hinter ihm auf. Sternenhimmel öffnet den mächtigen
Schnabel, beginnt, Luft einzusaugen. Tief atmet er ein.
Kurz bevor er die letzte Bastion der untoten Horden erreicht, stellt er sich auf, zerrt die Flügel nach hinten, spreizt
sie weit. Den Bruchteil eines Augenblicks lang steht er wie
schwerelos im Raum.
In den nächsten Angriff hinein entlässt Sternenhimmel die
gesammelte Kraft in einen Kriegsschrei, wie ihn dieser Planet noch nicht gehört hat. Er bringt die Schwingen vor der
Brust zusammen, als halte er sich damit an der Luft fest.
Sein Schrei, lang anhaltend und unfassbar laut, lässt Steine

platzen und Knochen zerspringen.

Flamm lässt sich mitreißen, in den Sog der Schallwellen hinein, zischt mit ähnlicher Geschwindigkeit, fauchend über das Schnuff und Sternenhimmel hinweg. Sein feuriges Gefieder züngelt unbändig in alle Richtungen, als er in den Schrei eintaucht.

Das letzte, was die innere Garde noch mitbekommt, was ihre Mitglieder aber schon nicht mehr verstehen, sind ihre kampfbereiten Einzelteile, wie sie pulverisiert und verstreut werden. Schon der Kriegsschrei des Aeris hat sie wie Kreide, die gegen eine Wand geworfen wird, zerbröseln lassen. Flamm bleibt kein Gegner mehr zu besiegen. Er schraubt sich lediglich durch die Unzählbarkeit der Knochensplitter und -partikel in Richtung der vor ihm auseinanderberstenden Knochen-Gitter-Konstruktion. Das feine Staub-Gasgemisch, in das Flamm sein Feuer trägt, entzündet sich, und es kommt zu einer gewaltigen Explosion.

Unbeirrt verschwindet der Aeris durch die Öffnung, dicht gefolgt von Sternenhimmel und dessen ungläubig staunendem Reiter, der sich noch tiefer in dem Pelz des Aeris verbirgt.

„Ob ich nun endgültig verrückt geworden bin?!" Xsiau-Ming ist sichtlich amüsiert, als sie Itzis Gedanken bezüglich ihres Rufes nach dem Prinzen der Unterjochung sondiert. Natürlich hat Itzi nichts dagegen, dass Xsiau-Ming sich in ihrer Gedankenwelt ein wenig umsieht. Andernfalls wäre es ihr auch niemals geglückt, in Itzis 'Kopf' einzubrechen. Bei derart mächtigen Geschöpfen ist ein erzwungenes Eindringen in den Geist nicht möglich. Gegen den Willen funktioniert das Gedankenlesen nur bei weniger gefestigten Charakteren, aber vielleicht würde Capauns Tochter ja erkennen, dass sie nicht verachtet oder gar gehasst wird. Es wäre Itzi mehr als nur lieb, würde Xsiau-Ming ihre Pläne begraben und mit ihr und den anderen nach Aï'-

Kohn zurückkehren.

„Du bist anmaßend! Ich sehe zum allerersten Mal in meinem Leben klar und deutlich, wie alles wirklich ist. Alles liegt unverkennbar wahr vor mir. Fast ist es zu einfach!" Xsiau-Ming lacht ein abstoßendes Lachen und wie zur Untermalung dieser grotesk anmutenden Lautfolge, ertönt vom Hof her ein Schrei. Der entfesselte Kriegsschrei eines Aeris.

Kapitel 10

Gladwick Schmetterschlag

Hunderte Liter Luft fassende Lungen stoßen ihre manifestierte Macht als Druckwelle in den Palast. Knochen und Steine splittern, werden von der folgenden Explosion in den Raum gepreßt. Xsiau-Ming schrickt zusammen. Blickt völlig verstört Richtung Eingang. Und als eine massive Wand aus Knochensplittern, Feuer, Staub und Tod durch das Portal des inneren Sanktuariums geschleudert wird, aus deren Mitte Flamm phönixgleich hervorschießt, weicht Xsiau-Ming gleich mehrere Schritt weit zurück. Dicht auf Flamm folgt Sternenhimmel mitsamt Pantrionium.

'Dafür habe ich mich die letzten Monde abgemüht, diese Garde zu erschaffen!? Für einen Sekundenaufschub?!' Verzweiflung keimt in Xsiau-Ming auf. 'Ach, verdammt. Was soll's. Ich habe erwartet, Änderungen im Plan vornehmen zu müssen. Änderungen *gehören* zum Plan.' „Ah. Da seid ihr ja", beginnt Xsiau-Ming in aufdringlich freundlichem Ton. „So früh hatte ich euch hier gar nicht erwartet."

Das Sanktuarium ist, wie auch der kurze, dorthin führende Gang, niedriger, als der Rest der protzigen Anlage. Die Aeris haben bei ihrer derzeitigen Ausdehnung nicht sonderlich viel Raum zwischen ihren Häuptern und der Decke. „Mit Kopfrechnen hast du es ja eh' nicht so", patzt Flamm, die beklemmende Enge mürrisch zur Kenntnis nehmend, und Sternenhimmel fragt ebenso überzogen freundschaftlich zurück: „Dabei hast du uns doch bestimmt schon vermisst?" Er nickt ein paar Mal aufmunternd, während sich ein verschmitztes Lächeln über seine Züge legt. „Ich bin mir sicher, dass wir dir sehr gefehlt haben. Weil du ja allei-

ne so wenig hinkriegst." „Hin...! kriegt sie ‚ne Menge!",
frotzelt Flamm. „Ne?"

„Ja, sicher." Xsiau-Mings graue und porös wirkende Lippen
unternehmen den jämmerlichen Versuch, ein Lächeln zu
imitieren. „Aber nun seid ihr einmal hier, und deswegen
will ich auch euch nicht vorenthalten, was hier in näherer
Zukunft alles geschehen wird."

„Ach, fast wäre ich gespannt", winkt Flamm ab, „aber
wenn ich mir deine bisherigen Heldentaten noch einmal
vor Augen führe, warte, nein. Danke! Kein Bedarf an größeren Plänen à la Ming! Ich will gar nicht wissen, welch'
geistige Unleistung du dieses Mal vollbracht hast!"

„Und außerdem." Pantrionium hat geahnt, dass Sternenhimmel noch einen draufsetzen muss. „Ich sag's mal so:
Dein Geschmack, was Spielkameraden angeht, war bisher
immer so dermaßen daneben, dass wir überhaupt nicht auf
mehr von dem Gesindel gespannt sind, mit dem du dich so
gern umgibst." „Also lass' es gleich sein ..." „Ja! Locker
bleiben, Ruhe bewahren und abwarten, dass Hilfe kommt.
Du kennst das doch!" Ein bestätigendes Fauchen: „Hättest
damals bei uns bleiben sollen, Ming. Wirklich! Wäre besser
gewesen!" „Dann bräuchten wir auch nicht allen Schnabel
lang hier vorbeikommen, um nach dem Rechten zu sehen
und Babysitter zu spielen." „Das nervt nämlich." „Schon
lange."

„Was?... Ihr ..." Xsiau-Ming schüttelt unwillig, aber gelassen den Kopf. „Sternenhimmel, wie er leibt und lebt. Ihr
zwei Spaßvögel seid zu niedlich."

„So ist es Ming." „Hast ja Recht." „Ich sag's noch mal: Locker bleiben, und alles wird gut." „Wir haben Situationen
wie diese doch schon ein *paar* Mal hinter uns gebracht."
„Sei mir nicht böse, wenn ich mal ehrlich bin, aber wir haben keine Lust mehr, freundlich zu dir zu sein, um dein
Ego zu schonen." „Ja. Skelette und andere Tote in ihre kal-

ten Gräber zurück zu verfrachten, aus denen du sie gezerrt hast, ist eine Sache." „Dass du die meisten von ihnen selbst unter die Erde gebracht hast, ist schon was anderes." „Genau. Mit dem Angriff auf die Balik hast du allerdings endgültig den Boden unter den Füßen verloren." „Und unser Verständnis für dich und deine Gefühle."

Dieses Mal unterbricht Xsiau-Ming die unverschämten Aeris lautstark: „Ihr scheint zu vergessen, dass ihr hier *nur zu Gast* seid. Und was soll der Mist über die Balik? Ich habe nichts mit diesen vergreisten Lebensverneinern zu schaffen. Aber, ah! Ich weiß. Ich werde jemanden herholen, der euch zu gern erklären wird, wie man sich hier bei uns zu benehmen hat. Ihr werdet andere Probleme kennenlernen, als euch in meine Angelegenheiten zu mischen." Unverzüglich beginnt sie, einige schnell gesprochene Silben zu intonieren.

„Was wird das jetzt wieder." Flamm tritt einen Schritt auf die grauhäutige, zierliche Gestalt zu, wobei sein Volumen scheinbar zunimmt. Der Flammenmantel, der ihn einhüllt, wallt unter der plötzlichen Bewegung sowohl seines Körpers, als auch seines Geistes auf. Funken stieben knisternd um ihn herum.

Das Trias starrt Xsiau-Ming über Sternenhimmels Schulter hinweg mit großen Augen gebannt an. Ihr Körper zuckt im Rhythmus ihrer Lippen. Pantrionium erschrickt als der wahnsinnige Blick der Zauberin in den seinen fällt. Das Schnuff wird vom Ekel erfasst und durchgeschüttelt. Entsetzt muss es feststellen, dass es den Blick nicht von dem sich in rasender Ekstase verzerrenden Gesicht losreißen kann. Xsiau-Mings Stimme klingt wie ein erbarmungslos durch die Luft gezogenes Messer; wie Steine, die auf einen herabfallen. Die ihren Mund verlassenden Silben schneiden wie zerbrochenes Glas ins Gehör der Umstehenden. Pantrionium spürt nicht nur *Sternenhimmels* abrupt anwachsende Unruhe. Die Spannung der Situation schnellt ins Unerträgliche, bricht, und plötzlich überschlagen sich die Ereignisse. Die Zeit stürzt wie ein Wasserfall in die Tiefe, dessen einzelne Partikel man sich im Licht brechen sehen kann, dessen Masse jedoch unaufhaltsam ihrem Weg folgt.

Itzi springt, ansatzlos, wird aber erwartet und schafft es in der Folge nicht, Xsiau-Ming zu berühren, die sich aus der Bahn der Inkarnation der Ur-Sonne herauszudrehen vermag. Die Aeris scheinen die unterschiedlichen Phasen ihrer Bewegung durch zäheste Widerstände zu durchlaufen und für das Schnuff bleibt nur, allem mit Aug' und Ohr, also gedanklich, zu folgen.

Der Boden hinter Xsiau-Ming platzt unter ohrenbetäubendem Lärm auf, während gleichzeitig über ihr ein Riss im Fels entsteht. Sie lacht, als sei sie von Sinnen. Sie brüllt: „Jetzt wollen wir sehen, woraus ihr gemacht seid!"

Mit einem hysterischen Lachen wirft Xsiau-Ming den Kopf in den Nacken und flieht. Itzi springt erneut auf Xsiau-Ming zu, doch bevor sie ihr Ziel zu greifen bekommt, springt auch Xsiau-Ming. Nicht weiter schlimm, eigentlich, entgegen Itzis Erwartung hat sie allerdings nicht vor, wieder herunter, auf den Boden zu fallen. In ihren Sprung hinein ruft sie das Wort der tragenden Luft: „Subleva-me!" und entgeht so haarscharf ihrer goldenen Häscherin, und weil sich über ihr die Decke geöffnet hat, kann sie in Richtung Planetenoberfläche entkommen.

Sich durch lange, spitze Krallen ankündigend, reißen kräftige, hornbewehrte Pranken den Fußboden regelrecht auseinander. Was auch immer daraus auftauchen will, es bereitet ihm keinerlei Schwierigkeit, sich durch das massive Gestein an die Oberfläche zu arbeiten. Heller Rauch quillt aus der sich ruckartig ausdehnenden Öffnung.

Flamm reagiert geistesgegenwärtig. Er schwingt sich in die

Luft, greift hastig die Inkarnation der Ur-Sonne auf, noch bevor die ihren Fehltritt korrigieren kann und macht sich, ohne weiteren Aufschub, an die Verfolgung Xsiau-Mings, der Ratte.

Aus dem Loch im Boden schiebt sich ein gehörnter Kopf ungeduldig empor. Der runden Stirn folgen, in tiefen, runden Höhlen liegende Augen, zu Schlitzen zusammengekniffen. Runde, ausgeprägte Jochbeine rahmen die verknorpelte Nase ein, und als nächstes kann das Schnuff durch dichten Qualm die prallen, zu einem grausamen Grinsen verzerrten Lippen erkennen, die vor Freude beben. Das ganze Gesicht ist von Rauch eingehüllt, er dringt aus jeder Pore.

„Grogul?" Beinahe hätte Sternenhimmel das eingeschüchtert flüsternde Schnuff überhört.

„Was macht *der* denn hier?!" Dann lauter: „Ja. Das ist Gladwick Schmetterschlag. Ein Jäger. Ich meine, einer der seltenen, gehörnten Jagdgrogule." Und an der verstörten Art, wie der Aeris den Namen des Grogul ausspricht, ist dem Schnuff unmißverständlich klar, dass es Sternenhimmel zum ersten Mal Respekt, wenn nicht sogar einen Anflug von Furcht einem Gegner entgegen bringen spürt. Nicht einmal der Ming hat er so viel Tribut gezollt.

Sternenhimmel will den drei anderen bereits in den Berg folgen, da muss er entsetzt feststellen, dass sich der Spalt hinter Flamm rasch wieder verschließt. Sofort ist abzusehen, dass dieser Fluchtweg aus den möglichen Optionen gestrichen werden muss.

In der Zwischenzeit hat Gladwick Schmetterschlag sich fast bis zum Bauch aus seinem steinernen Schlafgemach erhoben. Nicht nur sein Schädel ist Quelle des hellen Qualms, sein gesamter Körper verströmt den beißenden, sichtbaren Gestank.

'Wenn dieser Koloss noch weiter aus seinem Loch heraus

kriecht, wird er die Decke einreißen, groß wie er ist. Hoffentlich bricht die Burg nicht über uns zusammen.' Während das Schnuff seinen ahnungsvollen Gedanken vollendet, stemmt sich der Grogul auch schon in die Höhe.

Pantrionium hört nur, dass er Recht behält. Große Teile der Decke geben nach und stürzen herab, doch ist Sternenhimmel dem Grogul zuvorgekommen, und noch bevor die einbrechende Architektur auf sie niederstürzt, sind der Aeris und das Schnuff bereits auf dem Weg in die innere Halle, durch die sie hereingekommen sind. Kaum ist diese erreicht, beschleunigt Sternenhimmel seinen Flug, so gut er kann und gewinnt an Größe, wie es ihm zuträglich erscheint. Er weiß: Die Jagd ist eröffnet.

Schon nach wenigen Flügelschlägen, bald ein Drittel der Halle ist bereits bewältigt, bricht der gehörnte Jäger hinter ihnen durch die Wand in die innere Halle. Die monumentalen Steinquader zerbröckeln unter laut krachendem Lärm zu staubigen Wehen. Gladwick wühlt sich aus dem eingestürzten Refugium heraus, orientiert sich, schnell, dann jagt das Ungetüm der anvisierten Beute auf allen Vieren hinterher.

Die Hatz ist trotz der mächtigen Statur des Grogul sein Element. Wie ein Raubtier springt er an seine Beute heran und schlägt, aus dem Lauf heraus, schon nach dem Aeris, als Sternenhimmel den Eingang in die äußere Halle passiert.

Sternenhimmel entwischt Schmetterschlag um einige Hand breit und wieder muss der Grogul eine Wand durchbrechen. Dieses Mal allerdings aus vollem Lauf. Er lässt sich nicht aufhalten.

Sternenhimmel weiß, dass er noch schneller fliegen muss, will er sich und den kostbaren Freund auf seinem Rücken weiterhin wohl behüten. Das ungute Gefühl, in Lebensgefahr zu schweben, welches von ihm Besitz ergriff, als er den Grogul aus dem Stein hat emporsteigen sehen, ist längst zu verbissener Gewissheit geworden. Unter Aufbietung all seines Geschicks entkommt er immer wieder nur knapp den Tod bringenden Klauen der entfesselten Bestie. Der Jäger setzt ihnen mit gesenktem Kopf nach. Er kennt nur ein Ziel: Die Beute erlegen. Und momentan sieht alles sehr gut für ihn aus.

Sofort nachdem Sternenhimmel den sie kurzfristig rettenden Durchgang in den überdachten Innenhof durchfliegt, trifft auch Schmetterschlag mit unheimlicher Gewalt auf die Wand. Wieder durchbricht er eine Raumbegrenzung, als wäre sie nicht vorhanden, büßt abermals nicht spürbar an Geschwindigkeit ein. Durch die Wucht des Aufschlags wird ein Sturm kantiger Felsbrocken in den Raum geschleudert.

Hoch, runter, rechts, links, immer heftiger wirken Sternenhimmels Ausweichmanöver auf Pantrionium ein, und immer bestürzter krallt sich das Schnuff in Sternenhimmels Kragen fest. Ein wenig hat es Angst, dem Aeris weh zu tun, aber dieser Gedanke verfliegt, als sie von noch zerberstenden Mauerstücken eingeholt werden. Die Steine prasseln auf sie ein, wie ein Platzregen aus Hagel. Schutzsuchend presst sich das Trias sofort noch fester an den Aeris.

Gerade noch rechtzeitig, denn Sternenhimmel lässt sich abrupt abfallen und leitet sofort in eine langgezogene Schraube über, indem er den rechten Flügel etwas anhebt, leicht aufstellt und den linken Flügel mit der Vorderseite nach unten drückt.

Die Skelette sind tapfer. Sie haben sich im Vorhof versammelt, um durch einen Hinterhalt die Eindringlinge aufzureiben. Sie warten auf diesen Moment, seit sie den feigen Feind vertrieben haben. Wieder einmal dürfen sie ihre Kampfkraft unter Beweis stellen und für die Herrin die Ehre des Feldes beanspruchen.

Die, welche dem auf sie einprasselnden Steinsturm wider-

stehen können, bekommen aber dennoch keine Chance, die Eindringlinge zu stellen. Der Sternenhimmel weicht kurzer Schwinge aus, wenn auch nicht den Skeletten, gibt damit aber den Blick frei, auf die ihn verfolgende Kampfmaschine. Kurz.

Die Attacke des wütenden Berserkers glückt, wie bereits angedeutet, nicht. Sie verfehlt Sternenhimmel und wischt statt dessen Xsiau-Mings bleiche Dienerschaft bei Seite.

Das Schnuff spürt deutlich den scharfen Luftzug, der entsteht, als Gladwick nach ihm und seinem Freund schlägt. 'Wäre Sternenhimmel nicht ein so begabter Flieger, hätte die Bestie uns spätestens jetzt erwischt', folgert das Schnuff entsetzt, als es hochschaut und über- und eigentlich unter sich, den verschwommenen Schatten der schlagenden Pranke des Grogul anstarrt. Die schnellen Bewegungen des Laufens und nach ihnen Schlagens verwehen die Rauchschwaden um den Körper des Jägers. Erstmals erkennt das Schnuff die bisher vom dicken Qualm verschleierte Haut genauer. Für einen Moment werden starke Muskelstränge sichtbar, die den Unterarm, den Oberarm, die Schulter hart umspannen. Von dem hellen, übelriechenden Qualm abgesehen, ist das Wesen schwarz. Seine rauhe, matte Haut wirkt wie verschlacktes Gestein.

Sternenhimmel beendet die Schraube gerade, als Gladwick die zur Faust geballte Hand schon wieder zu sich heranzieht. Der Aeris nimmt ein wenig zu viel Schwung aus der Rolle mit und muss das Manöver ausgleichen. Er entscheidet, noch im Bewegungsfluss, zwischen zwei der Säulen abzutauchen, um, wie vorhin, dicht über der Wand entlang zu fliegen.

Gladwick wird schwindelig geworden sein von den Flugmanövern Sternenhimmels, vielleicht ist der Boden, über den er laufen muss, aber auch zu glitschig. Jedenfalls verliert er das Gleichgewicht, gerät ins Stolpern, rollt sich aber über seine Schulter und weitere, in seinem Weg stehende Skelette ab.

Das Schnuff hat eine phantastische Aussicht auf das sich ihm Darbietende. Es kann voller Grauen bestaunen, wie sich der Muskelapparat des Grogul perfekt der Situation anpasst, wie er nach dem Schlenker nahtlos in ein Abrollmanöver überleitet und er schließlich in der gleichen Geschmeidigkeit, mit der er seine Aktion begonnen hat, sie auch zu Ende führt. Einschüchternd und gleichermaßen bewundernswert.

'Jetzt halt dich gut fest, mein kleiner Freund.' Die Stimme Sternenhimmels ist wieder allgegenwärtig in Pantrioniums Kopf. Wieder so, als würden sich die Geräusche, welche die Planeten verursachen, verdichten und eine fremde Sprache erzeugen, die dem Schnuff so bekannt ist, wie seine 'Muttersprache' selbst.

„Festhalten? Gut? Soll das ein Witz sein? Glaubst du etwa ich Wa...haaaaahhhhhhhhrrrrrrrrrrjjjjiiiiiihhhh!!!"

Sternenhimmel löst sich von der Wand der Halle, rollt erneut rechts über, dieses Mal viel schneller. Plötzlich ist die Decke der Halle der Boden, über den Sternenhimmel fliegt. Das Schnuff wird dabei trotz der Kopflage heftig gegen den Rücken des Aeris gepreßt. Dann fallen sie. Drehen sich förmlich auf den Ausgang zu. Der Fall verleiht Geschwindigkeit, die sie dringend brauchen. Ein banger Moment verzerrt zur Ewigkeit.

Aus dem geöffneten Maul des sich in rasender Geschwindigkeit bewegenden Grogul dringen erregte, grauenvolle Schreie.

Sternenhimmel schauert es. So nah!

In einer letzten Schraube dreht der Aeris sich und seinen Reiter durch das Ausgangstor des Palastes, da trifft sie ein Prankenschlag.

Wie Kieselsteine werden sie raus auf den Hof der Festung

geschleudert. Sternenhimmel und das Schnuff überschlagen sich mehrmals auf dem Pflasterstein. Keiner ist auf den Sturz vorbereitet. Er erwischt sie brutal. Etwas wie Knochen und Gelenke krachen, und der rauhe Boden schmirgelt Fell und Hautfetzen vom Leib. Schließlich werden die zwei durch einen steinernen Absatz hoch und gegen eine Mauer geschleudert. Die gibt unter der unverrückbaren Masse des Aeris nach, und die beiden stürzen hindurch. Sie fallen hart und bleiben reglos liegen.

Hinter ihnen ist Gladwick durch die äußere Wand der Palastanlage gebrochen. Er musste sich ein weiteres Mal abrollen, weil die unverhoffte Gelegenheit für einen Schlag ihn aus dem Gleichgewicht geworfen hatte und obwohl er dabei die mehr als massive Außenmauer des Gebäudes förmlich eingerissen hat, freut er sich sehr. Zwar hat er die Beute noch nicht zu Gesicht bekommen, doch weiß er: Die Jagd war erfolgreich. Zufrieden holt er einen Zug Luft ein. Er genießt.

Kapitel 11

Der Prinz der Unterjochung

Flamm hat sich Itzi geschnappt und ist Xsiau-Ming durch den Riss in der Decke gefolgt. Dicht sind sie ihr auf den Fersen und bald haben sie die vorläufige Freiheit über dem unterirdischen See verlassen und tauchen ein in das massive Gestein, welches die Blase, in der die Festung steht, mit festem Griff umklammert. Obwohl Flamm seinen Körper bis an dessen Grenzen und darüber hinaus antreibt, wird sein Zerrbild nie ein Schatten der Ming. Er kommt nicht an sie heran. 'Diese kleine Göre muss einen anderen Weg gefunden haben, Entfernungen zu überbrücken. Wie macht sie das? Ihre Magie hat sich gewandelt! Anders kann es nicht sein. Früher wäre sie mir im Leben nicht entkommen.' Magie ist etwas, das Flamm beileibe nicht ausstehen kann. Er hasst sie! Kehlig schreit er: „Deine Kunststückchen werden dich nicht retten, Ming! Nicht vor mir!"
Er zwingt sich, noch stärker zu beschleunigen, um sie doch einzuholen, aber er bleibt hinter ihr. Er weiß, wie schnell er ist. Er weiß, dass er am Limit der Umstände fliegt, doch wachsen kann er nicht weiter. Nicht hier. Nicht, bis sie unter freiem Himmel sind. Dimensionen geben Halt und Kraft. Energie der Ebenen. Er holt soviel beisammen, wie es hilft und geht und weiß nicht, wie Xsiau-Ming diese Geschwindigkeit aufrecht erhalten kann. Ihr Tempo sollte für sie unmöglich sein, selbst unter Zuhilfenahme ihrer Magie. Das ist beunruhigend. Es ist wie mit dem ganzen verdammten Planeten. Nicht einmal Itzi kann mit Sicherheit sagen, wie Xsiau-Ming es vollbracht hat, Toth aus seiner Umlaufbahn zu zwingen und eine neue Richtung zu geben. Alles in allem gibt es zu viele Fragezeichen, und Xsiau-

Ming ist anscheinend noch lange nicht auf dem Boden ihrer Trickkiste angelangt.

Itzi versucht unaufhörlich, mental auf Xsiau-Ming einzureden, sie zu überzeugen, von ihren Plänen abzulassen. Doch Xsiau-Ming denkt nicht daran, aufzugeben. Im Gegenteil. Langsam wird sie wirklich wütend. 'Kann diese verrückte alte Base nicht endlich damit aufhören, mir mit ihrem Geschwätz den Geist zu blockieren? Sie wird uns noch alle umbringen! Kaum zu glauben, wie hartnäckig dieses kleine Spinnengetier sein kann ...' Die Situation erinnert Xsiau-Ming an ihre Jugend. 'Das Gequatsche ist das gleiche wie damals. Die verdammte Ur-Sonne will mich mal wieder belehren. Sie denkt, es gäbe ach so viel, was ich noch lernen müsste.' Doch Xsiau-Ming verdrängt ihre Gedanken. Ablenkung ist gefährlich. Sie muss sich darauf konzentrieren, den Aufstieg zur Planetenoberfläche zu vollenden. Immer noch liegen gewaltige Felsmassen zwischen ihr und der Sonne. Ein Fehler und sie könnte für immer lebendig im Fels eingeschlossen bleiben. Sie weiß, dass sie all ihre Kräfte benötigt, ihre Konzentration aufrechtzuerhalten, damit sie das Massiv vor sich zerteilen kann.

Den Blick starr auf die steinerne Barriere fixiert, kommen unablässig Beschwörungen durch den von schmalen Lippen begrenzten Mund. Statt die Inkarnation der Ur-Sonne anzuschreien, richtet Xsiau-Ming ihre Wut auf den Fels. Sie begann flüsternd, leise und getragen, wurde immer lauter und die Laute stachen abgehackter aus ihrem Hals und jetzt brüllt sie diese bestimmten Silben in dieser bestimmten Melodie heraus; sie bezwingen den Stein. Sie steigert sich, bald atemlos, in ein wildes, kaum noch zu begreifendes Stakkato aus K's, G's, U's, R's, B's, A's und E's. Der Fels gehorcht. Er lässt sie tiefer in sich hinein tauchen. Mehr noch: Er saugt sie förmlich in sich, reisst sie voran.

Für Flamm wird die Verfolgung zu einem Höllentrip durch

seine schlimmsten Ängste. Er hasst Magie und er hasst es über alle Maßen, von Fels umgeben zu sein. Gefangen! Schreckliche Bilder aus einer unverdrängbaren Vergangenheit erwachen in ihm. Er ist zurück in den flammenden Kerkern Dam'nars, jenes Ortes, auf dem das Firmament des Multiversums ruht. Wieder gefangen! Durchlebt erneut die Qualen, die Ungewissheit, die Angst. Alle Pein wird in solchen Momenten wieder an die Strände seines Bewusstseins gespült.

Und wie immer, wenn die dunklen Armeen seiner grausamen Erinnerungen durchbrechen, drohen Hass und der Hunger auf Vergeltung, jedes Begehren der Vernunft im Keim zu ersticken. Er sucht die süße Rache. Es verlangt ihn, Xsiau-Ming die Krallen ins Fleisch zu graben, sie büßen zu lassen, für alles, was der Aeris erleiden musste!

Der Flug ist kürzer, als er sich anfühlt. Die Magie macht Xsiau-Ming schnell. Flamm bekommt alle Mühe, ihr überhaupt auf den Fersen zu bleiben, trotz seiner Wut, die er mittlerweile, wenn auch unbewusst, in Kraft umwandelt. Dann brechen sie aus der Oberfläche heraus.

'Endlich! Frei! Jetzt zu dir, Fräulein!' Ein sadistisches Lächeln umspielt Flamms Augen, als Xsiau-Ming im stumpfen Winkel ihre Flugbahn verlässt. Sie wird deutlich langsamer und hält bald darauf auf ein Plateau ganz in der Nähe zu.

Völlig außer Atem und etwas verunsichert über die Lage der Dinge sieht Xsiau-Ming sich nach ihren Verfolgern um. 'Gleich wird Itzi wieder versuchen, auf mich einzureden. Das wäre natürlich gut. Naiv genug ist sie. Naiv genug, um mir die Zeit zur Regeneration zu bieten. Wenn ich *sie* wäre, würde ich meine Schwäche ausnutzen, so lange ich mich von dem Zauber noch erholen muss. Jetzt ist der letzte und beste Zeitpunkt, mich aufzuhalten. Ich an ihrer Stelle würde es tun.' Sie kichert. 'Ich hätte wohl keine Chance gegen mich', denkt sie sarkastisch. 'Itzi wird es nicht schaffen. Sie *kann* nicht gewinnen. Worte können gegen Taten nicht bestehen, doch das will die Ur-Sonne nicht begreifen! Wer hätte gedacht, dass ich mir einmal wünschen würde, dass mir Itzi ihr Weltbild erklärt. Einen Moment nur und ich werde wieder kräftig genug sein. Es braucht nur etwas mehr Energie, und ich führe meinen letzten Schlag. Einen Schlag, der mich endgültig von dieser verfluchten Sippe erlöst. Ein für alle Mal!'

Flamm kann absehen, wo sich Xsiau-Mings Ziel befindet und so setzt er noch vor ihr zur Landung an. Itzi lässt er auf ihr Drängen hin fallen.

„Na, ihr seid aber hartnäckig heute", setzt eine noch immer erschöpfte Xsiau-Ming an, um Zeit zu gewinnen, nachdem sie kurz nach Flamm gelandet war.

Weiter kommt sie nicht. Flamms Fauchen unterbricht sie. Er ist außer sich: „Dieses Mal bist du zu weit gegangen! Du warst schlimm genug, als Du noch versucht hast, dich mit *uns* anzulegen und denen die ewige Ruhe gestört hast, die du uns auf den Hals hetzen mußtest. Aber heute hast du es endgültig überrissen. Sei froh, dass ich dich nicht auf der Stelle in Stücke reiße! Spätestens für das, was du den Balik angetan hast, verdienst du es!" Die Magierin hebt einen Arm schützend vor ihr Gesicht, während sie zurückweicht. Er setzt ihr nach, doch dann wird Flamm auffällig ruhig. Sein Blick verengt sich. Könnte er ihn manifestieren, er würde alles damit zerschneiden. „Und was hast du jetzt vor? Wie bist du an das Haus Sot-Sabbah geraten?!" Seine Stimme glüht. „Du hast genügend Unheil angerichtet! Du musst nicht noch die Schwärze der Abgründe zu uns heraufzerren!"

Er macht noch einen weiteren Schritt nach vorn. Xsiau-Ming will instinktiv zurückweichen. Sie merkt, dass Flamm es dieses Mal wirklich ernst ist. Noch hat sie nicht genügend Kraft gesammelt, um sich zu wehren. Sie braucht mehr Zeit, doch ihr fällt nichts ein, womit sie Flamm ablenken könnte. Er ist anders als Itzi. Von ihm braucht sie weder Mitleid, noch einen Aufschub erwarten. Sie versucht es trotzdem.

„Schon wieder die Balik? Was soll mit denen sein. Hm?" Den Pakt und alle Gedanken daran, vergräbt sie so tief es geht in ihrem Gedächtnis. Sollte der Aeris herausfinden, dass Xsiau-Ming eine Art geistige Brücke in eine andere Dimension geschlagen hat, damit der Überfall auf die Seelen der Balik stattfinden kann, ist es aus mit ihr. Trotz des enormen Risikos, das sie eingeht, ist sie gespannt auf die Gegenleistung. Und wenn alles so verläuft, wie sie es sich vorstellt, dann wird in Kürze niemand mehr da sein, der sie noch zur Rechenschaft ziehen könnte. Sie muss sich zusammenreißen, bevor Vorfreude ihren Plan vereitelt. Zum Glück ist Morgenrot nicht hier. „Aber ja, richtig. *Er* hat sich an mich gewandt. Im Traum erschien er mir. Dreimal. Es war ein solches Vergnügen." Sie kichert. „Aber was erzähle ich, wir werden ihn bald in der Realität kennen lernen. Da hast du doch sicher auch Lust drauf, was? Ihr seid doch immer so neugierig und steckt eure Schnäbel ungefragt in meine Angelegenheiten." Sie tritt vorsichtshalber noch einen Schritt zurück. „Hm? Ich hab' jetzt gar nicht verstanden, was du darauf geantwortet hast." Ein grausames Lächeln umspielt Xsiau-Mings gesprungene Lippen. „Oder solltest du am Ende gar bedenken hegen, dass ihr euch nicht verstehen werdet? Das brauchst du nicht. Er versicherte mir, dass er sich ganz außerordentlich freut, eure Freundschaft aufzufrischen." Flamm scheint zu explodieren. Daher tritt Xsiau-Ming noch einen schnellen, wackligen, ihre Selbstsicherheit Lüge strafenden Schritt zurück. Und als sie einen zweiten, hastig nachgeschobenen Tritt setzen will, stößt sie gegen etwas.

„Nun", sagt Morgenrot eisig, während er Xsiau-Ming mit den Schwingen greift und zu sich herumdreht, „werden wir *unsere* Freundschaft mal auffrischen." Damit stößt er die kleine Gestalt wie einen Ball in Flamms Richtung.

Xsiau-Ming schreit, als sie rücklings gegen Flamm fällt. Dieser stößt sie zurück, ohne sie vorher aufzufangen: „Wie oft haben wir dich *gebeten*, gewisse Dinge nicht zu tun?! Müssen wir immer erst herkommen und die Dinge richten?! Wir haben dich *gewarnt*, gewisse Grenzen nicht zu überschreiten. Was ... was stimmt nicht mit dir?! Du hattest alles, hast alles versaut und jetzt suchst du einen Sündenbock. Aber nicht mit uns!"

Morgenrot stoppt Xsiau-Ming, indem sie von seinem Bauch abprallt. Ein kleiner Ruck, Xsiau-Ming stolpert und verliert das Gleichgewicht. Hilflos fällt sie zu Boden und liegt zwischen Morgenrot und Flamm im Staub. „Das werdet ihr mir büßen!!", schreit sie verzweifelt in den Dreck unter der anbrechenden Nacht.

„Büßen ... wirst du jetzt erst einmal." Mit diesem unheilvollen Flüstern nähert sich Flamm, bückt sich, um Xsiau-Ming vom Boden hochzuzerren.

„Nein!!" Sie windet sich in seinem Griff. „Was fällt dir ein? Euch allen! Ihr habt kein Recht, mich so zu behandeln! Lass mich los! Sofort!" Zwar ist Xsiau-Ming weitgehend resistent gegen große Hitze, Flamms Feuer brennen ihr trotzdem auf der Brust und den Augen.

Einen Moment lang fressen sich Flamms Blicke in sie. Morgenrot hält den Atem an. Alle Anwesenden, Xsiau-Ming eingeschlossen, wissen, das Schicksal der Magierin wandelt in diesem Moment auf schmalem Grat. Es ist an Flamm, ob von Xsiau-Ming nur noch die Erinnerung an sie zurückbleibt, oder ob sie weiterleben wird. Seit seiner Gefangenschaft war Flamm sehr selten so nah daran, sich der alles verzehrenden Wut anheim fallen zu lassen. In den Feuerkerkern Dam'nars sind ihm unaussprechliche Grausamkeiten angetan worden. Dort wurden Grenzen überschritten, die zu nah an sein Innerstes reichen. Es hätte ihn beinahe den Verstand gekostet, ließ ihn Gedanken schöpfen, Stimmen gebären, die noch immer Macht über ihn haben. Es brodelt ständig, bis dicht unter seine Oberfläche. Xsiau-Ming war damals dafür verantwortlich, dass er länger in den feurigen Folterkammern festsaß und alle erdenklichen und nicht erdenklichen Qualen hatte ertragen müssen. Bisher hatte Flamm die Ming immer verschont. Immer wieder hatte er es geschafft, sich unter Kontrolle zu halten, trafen sie aufeinander; doch nie änderte sie sich oder zeigte die geringste Einsicht. Geschweige denn, irgendeine Art Reue. Selbst Morgenrot, dessen Wesen es ist, die Stimmungen der ihn Umgebenden aufzufangen, ist in diesen Momenten nicht sicher, ob Flamm sich noch länger zurücknehmen wird.

Doch der zischt lodernd: „Eigentlich hast du Recht. Du lohnst es nicht, dass ich mir die Schwingen an dir schmutzig mache. Wenn es nach mir ginge ... vielleicht, aber ... ach. Was soll's. Itzi wird entscheiden. *Du* bist *nichts* wert."

Und damit stößt er Xsiau-Ming verächtlich fort von sich und wieder gegen Morgenrot. Er dreht sich zu Itzi, sieht sie jedoch vollkommen in sich gekehrt und er hegt plötzlich erhebliche Zweifel daran, ob sie überhaupt etwas von dem mitbekommt, was hier abläuft.

Ohne Vorwarnung überfällt ihn eine entsetzliche Furcht, die ihn beinahe übermannt. 'Sternenhimmel!' Als er verschreckt aufschaut, fällt sein Blick in den des Morgenrot. Dieser ist ebenso von Furcht erfüllt, wie die Gedankengänge und die Gefühlswelt des Flammenen. Entsetzt starren sie sich an. „Was ...!?"

„Gladwick!", kommt es Flamm wieder in den Sinn. „Verdammt! Wir hätten die beiden nicht zurücklassen dürfen!"

Das Blatt hat sich endgültig gegen Xsiau-Ming gewendet. Sie wird die Aeris auch dieses Mal nicht besiegen. Sie kann froh sein, wenn sie den heutigen Zyklus überlebt. Verzweifelt und eingeschüchtert windet Xsiau-Ming sich aus Morgenrots Griff heraus, verliert aber in der Drehung das Gleichgewicht und landet in Folge dessen wie ein gewindeltes Baby auf ihrem Hinterteil. Fast drohen ihr Tränen der Demütigung aus den Augen zu sprießen, aber diese Brut wird sie nicht weinen sehen! Wenn ihr die Kraft fehlt, jemand anderes hat sie. Es gibt noch einen Ausweg. Der letzte Schritt wird gegangen. Sie ruft den Namen des Prinzen der Unterjochung. Sie schreit stumm um ihr Leben. Und sie erhält Antwort. Die klingt aber anders, als erwartet. In ihrem Kopf materialisieren tausende Stimmen: 'Wi...Wir können nicht! ...icht! Nicht, so lange das Licht ...cht der Ur-Sonne alles durch ihren Schein erhellt! ...hellt! ...lt!'

„Gladwick Schmetterschlag?!" Morgenrot ist entsetzt. „Er ist mit Sternenhimmel und dem Schnuff da unten?" Hilflos blickt er umher. „Wir ... wir sollten wieder runter!"

„Einverstanden."

'Was??', Xsiau-Ming ist entsetzt. 'Du ... Ach ...!' Wie ein Häufchen Elend sackt sie noch tiefer in sich zusammen. Oder ist es ein Ausholen, um noch einmal zuzuschlagen? Morgenrot spürt das innerliche sich Aufbäumen Xsiau-Mings nur schwach. Seine Gedanken und Gefühle sind auf Sternenhimmel gerichtet, der ganz offensichtlich in größter Gefahr schwebt, und dass er den Neuen bei sich hat, verleiht Morgenrots Sorge, je länger er sich die Tatsachen vor Augen führt, immer wieder neue Brisanz. Gerade wendet er sich Itzi ein vorerst letztes Mal zu, er will wissen, was sie mit der Ming machen sollen, bevor sie nach Sternenhimmel suchen, da springt die Magikerin ganz plötzlich und in ungeahnter, akrobatischer Fertigkeit auf; zeigt auf Itzi und schreit: „Sol, nocte perpetua te condo et centum agnis nodis vinctum contineo!!!" Und ehe die Aeris es sich versehen, ist die Inkarnation der Sonne Ghot von schweren, schwarzen Ketten an den Boden geschlagen. Doch damit nicht genug. Ein Schleier tiefster, undurchdringbarer Dunkelheit fällt über sie.

Sonnenfinsternis.

'Und jetzt ...! Erscheine ...!', haucht Xsiau-Ming mit allerletzter Kraft. Beinahe geht sie unter der Anstrengung, Itzi zu binden, sofort kaputt. Es ist zu viel! Viel zu viel! Doch als ihr Geist bereits versagt, sich unter der mörderischen Anstrengung in die Ohnmacht rettet, übernimmt eine andere Macht die Energiezufuhr des Zaubers. *Er* ist da!

Flamm und Morgenrot ist nicht viel geblieben, als von einer Seite zur anderen zu schauen und wieder zurück. Wollen sie etwas tun, geschieht etwas, das andere Maßnahmen erfordert, als die gerade eingeleiteten. Plötzlich ist Itzi gefangen, Xsiau-Ming muss verrückt geworden sein, so etwas zu versuchen. Schlimmer ist jedoch, dass sich hinter Xsiau-Ming, wie ein lebender Horror, Dunkelheit in der Dunkelheit bildet. Gleich einem Orkan, zuckt von allen Seiten massive Schwärze heran. Eine dunkle Kraft zerrt an der Wirklichkeit, will sie fortreißen, wie den zu allen Seiten hin aufwirbelnden Staub.

Mancher sagt, es *gäbe* Dinge, die *nicht sein können*. Und auch, wenn das nicht sein kann, die Wirklichkeit macht hilflos Platz. Sie ist zu schwach. Dinge, die nicht sein können, *sie* sind in diesem Zyklus stark. *Sie* geschehen.

Als die Aeris wieder zu Itzi blicken, ist diese nicht mehr zu sehen. Sie ist in tiefste Dunkelheit gehüllt. Ein schwarzer, wabernder Ball befindet sich an der Stelle, wo sie vermutlich noch sitzt.

Die Luft wird dichter, je heftiger sie durch das Eindringen des Prinzen in diese Realität durcheinander gewirbelt wird. Allen Anwesenden wird sie unter starkem Druck in die

Körper gepresst, sie herauszustoßen, erfordert Gewalt gegen die Gewalt. Xsiau-Ming ist zu geschwächt. Sie kann sich nicht mehr dagegen wehren, von der neuen Kraft zum atmen gezwungen zu werden und völlig entkräftet verliert sie den Kampf gegen den Druck und endlich das Bewusstsein. Sie lässt los.

Der Bann um Itzi hat sich in einem undeutlichen, diffusen und fremden Bewusstseinszustand verloren. Doch die Fesseln fallen nicht von Itzi ab, sie bleibt gefangen. Sehr viel stärker als zuvor wird sie bedrückt, denn nun wirken andere Kräfte. Dunkle Kräfte. Gewaltige Kräfte. Der Prinz der Unterjochung ist erschienen.

Aus den Schatten der Nacht schießen, wie befreit, hunderte, spindeldürre, schlangenköpfige Fangarme, und als makabere Demonstration ihrer Macht, wischt die Schattengestalt den bewusstlosen Körper Xsiau-Mings beiläufig zur Seite. Mehr Aufmerksamkeit ist sie nicht mehr wert. Aus dem tosenden Sturm heulen Stimmen in fiebriger Höhe. Es könnte das Lachen des Prinzen sein. Es schmerzt in den Ohren. Und durch unbändiges Anschwellen, verbreitet es eine das Mark erschütternde Furcht.

„Endlich! Es ist soweit!" Die mond- und sternlose Nacht aus den Tiefen der schwarzen Abgründe bäumt sich auf; sie pulsiert und will beinahe vor Kraft explodieren, als sie proklamiert: „Die Sonne Ghot! Gebannt! Von einer, die sich aufs Einfachste reduzieren ließ! Einer zweitklassigen Zauberin! Einer Beeinflusserin! Harhahahah! Was über Äonen nicht gelungen, soll von familiärer Wahlbande doch noch erreicht werden! Harhahaharrhahah! Köstlich!" Die offene Euphorie weicht einer verschwörerischen Vorfreude. „Heute Nacht wird das Licht gebrochen, und die Ordnung wird dem Heil des Chaos weichen!"

Kapitel 12

Der Kampf um das Schnuff

Blitzender Gleiß zerschneidet die Finsternis, als Silberschatten aus der steinernen Decke heraus in die ewige
Nacht über Xsiau-Mings unterirdischem Palast sprengt.
Er und Morgenrot hatten die Balik zurückgelassen und waren gen Toth geflogen, um ihren Freunden zu helfen. Sie
konnten auf Ai'Kohn nichts mehr ausrichten. Das Gebiet,
welches die Aeris hatten überwachen müssen, war einfach
zu groß geworden. Die Balik wollten sich bald über den gesamten Kontinent verteilen, und selbst die beiden Aeris
konnten nicht überall gleichzeitig sein, um zu schlichten.
So hatte sich die Erkenntnis durchgesetzt, dass sie nur an
der Wurzel des Übels etwas bewirken konnten. Je eher sie
Xsiau-Ming aufhielten, desto weniger Lebewesen würden
auf Ai'Kohn sinnlos sterben.
Sie waren so schnell sie konnten hergeflogen. Nachdem sie
am Horizont Flamm, mit Itzi im Griff erspäht hatten, wie
diese Xsiau-Ming verfolgten, trennten sich die beiden.
Morgenrot entschied, sich Flamm anzuschließen. Er wolle,
sagte er, bei ihm sein, auch, damit Flamm nichts Unüber-
legtes tue.
Silberschatten tauchte ab und suchte einen Zugang in den
Berg. Der sollte ihn zu Sternenhimmel, welcher sich vermutlich noch im Palasttrakt befindet, führen. Silberschatten hatte mit der Zeit einen ganz außergewöhnlichen
Orientierungssinn entwickeln können. Daher bereitete es
ihm kaum Mühe, direkt zum Ziel, zu seinem Bruder, zu finden.
In der unterirdischen Anlage ist es dunkel. Das ohnehin

schwache Licht hatte in den Tunneln schnell seine letzte Kraft verloren, nun ist es stockfinster. Bis plötzlich Sterne am Firmament unter ihm aufleuchten. Sie fallen haltlos durch die Nacht.

Silberschatten bleibt das Herz stehen, als er realisiert, worum es sich bei dem Phänomen handelt.

Die Sterne sind das Federkleid Sternenhimmels. Silberschatten muss mit ansehen, wie Sternenhimmel und das Schnuff durch die Luft geschleudert werden und hilflos stürzen. Die beiden überschlagen sich mehrmals und noch bevor sie in eine ihnen im Weg stehende Mauer einschlagen, bricht ein Grogul hart und schnell durch die Wand des Palastes. Ein gehörnter Jagdgrogul! Den Blick auf die Beute fixiert, macht sich die Bestie nicht die, wohl ohnehin vergebliche Mühe, ihren grobschlächtigen Körper durch das Eingangsportal zu zwängen.

Eine Million schrecklicher Gedanken schießen dem zu Tode erschrockenen Aeris durch den Kopf, als er der entsetzlichen Szenerie entgegenstürzt. Doch zum Denken ist keine Zeit. Nicht, solange der Grogul auf der Jagd ist. Silberschatten muss ihn erreichen, bevor der Riese seine Freunde zu fassen bekommt. Er muss einfach. Doch während er weiter auf die Festung herabschnellt, weiß er bereits, dass er zu langsam sein wird. Der Grogul wird seine Freunde erreichen, bevor der Aeris ihn stellen kann. Dem Ungetüm wird genug Zeit bleiben, sein Werk zu vollenden. Verzweiflung erfasst Silberschatten. Er kann nicht schnell genug sein! Es ist zu weit.

Gladwick will sehen, was er angerichtet hat. Er grinst erwartungsvoll. Felsbrocken und Mauersteine fallen wie Puderzucker von ihm ab, als er sich aufgeregt in die Höhe stemmt. Ihm gefällt, was er sieht. Ein Aeris und ein ... was auch immer es ist, liegen unnatürlich gekrümmt und hilflos am Boden. Freudig überrascht stellt er fest, dass sich da noch etwas bewegt. 'Da ist nicht alles Tod', obwohl nicht mehr viel Leben in den Körpern stecken kann. 'So viel Glück in einem Zyklus!', freut sich der Grogul. Sein genüssliches Grinsen wird noch breiter, so froh ist er, dass sich in den Trümmern noch jemand regt.

Er liebt diese Augenblicke kurz vor seinem Triumph und dem Ende seiner Beute. Das ist das Beste an der Jagd. Kein Moment ist so rein und unverfälscht, wie die Herzschläge in den Tod hinein.

Neugierig nähert er sich seinen zwei Feinden. Er lehnt sich durch das Loch in der Mauer, bückt sich zu seiner Beute herab und stupst sie mit einer Kralle seiner Klaue an.

'Der Vierbeiner ist wohl tot. Schade.' Auf den hat er sich eigentlich sehr gefreut. Er hatte noch nie gegen ein Wesen dieser Gattung gekämpft. Nun gut, wenn es so sein soll, mal sehen, wie es mit dem Aeris steht. 'Ah, sehr gut!' Der blinzelt und stöhnt auf einen fast zärtlichen Stups des Grogul hin. Ganz nah bringt Gladwick seinen hässlichen Schädel vor die Augen des Aeris. Er will darin nach Entsetzen, nach Verzweiflung und Schmerz suchen, sobald sie sich öffnen.

Nicht die Welt schält sich vor dem aus der Benommenheit erwachenden Sternenhimmel aus der diffusen Dunkelheit, sondern Gladwick Schmetterschlags abstoßende Fratze. Voll unbändigem Stolz und rasender Wut fokussiert Sternenhimmel den Grogul. Er hat in der Ohnmacht nichts von dem vergessen, was Gladwick ihm angetan hatte. Ihm und dem Schnuff. Er ist nichts als zischende Wut, und Zorn bestimmt sein Handeln. Er wächst.

Gladwick Schmetterschlag macht einen überraschten Ausfallschritt, wankt zurück, als er eher das Gegenteil von dem entdeckt, wonach er gesucht hat.

Sternenhimmel wuchtet sich durch ungeahnte Willenskraft aus den Trümmern und vom Boden hoch. Er wird das

171

Schnuff beschützen! Wie er es dem Kleinen und auch Capaun versprochen hat! Und sei es durch den wenig aussichtsreichen Kampf gegen einen Jagdgrogul. Er wird kämpfen! Er hat Schmerzen.

Hinter dem zurücktaumelnden Grogul verwandelt Silberschatten sich, zwei Flügelschläge bevor er Gladwick erreicht, in dutzende, wirbelnde Schwertspitzen. Der Aeris beschreibt mehrere enge Schrauben, bohrt sich durch die Luft auf den Feind zu. Der Grogul war vor ihm bei seinen zwei Freunden gewesen, hätte sie töten können. Hätte. Hat er aber nicht, und nun sind die Karten neu gemischt. Silberschatten besteht nur noch aus mörderisch scharfen, zu Klingen versteiften Federn. Seine Fänge, dicht angelegt und der spitz zulaufenden Schnabel stechen, zumindest optisch, kaum hervor. Als singendes, blitzendes Klingenschwingeneninferno rast er auf den Rücken Schmetterschlags zu.

Einen kurzen Schritt, bevor sich ihrer aller Wege kreuzen sollen, vernimmt der Grogul hinter sich ein Summen. Ein in ein Brummen übergehendes Flirren oder Flattern. 'Was ... ' Er will erfahren, wer ihn in diesen seltenen Momenten stört, die sowieso schon nicht sind, wie diese seltenen Momente sein sollten, doch geschieht alles zu schnell für ihn. Er dreht sich um, oder will es, als ein unangenehm helles Licht, wie ein gebrochener Sonnenstrahl, seine Augen streift, und der Koloss erschrocken innehält. Plötzlich schreit er vor Überraschung laut auf. Und aus dem Überraschungsschrei, der sich von seinen überraschten, noch immer verzerrt grinsenden Lippen löst, wird ein schriller Schmerzensschrei.

Während Silberschatten durch Gladwicks Rücken pflügt, stürzt der wutentbrannte Sternenhimmel seinem Feind frontal entgegen. Die Klauen voran, den Schnabel weit geöffnet, prallt er auf einen Arm des Grogul. Seine Attacke bleibt in Gladwicks Deckung stecken, aber durch die Wucht seines Aufpralls treibt er den verabscheuten Gegner noch tiefer in Silberschattens Klingenangriff.

Gladwick ist überrascht, überrumpelt, aber seine Reflexe funktionieren. Trotz des unbegreiflichen, sengenden Schmerzes in seinem Rücken, schlägt er nach Sternenhimmel vor sich. Er trifft genau. Der Aeris wird zurückgeschleudert und als er auf den Boden schlägt, verliert er beinahe erneut das Bewusstsein. Dann fällt sein Blick auf das leblose Schnuff und ihm zuckt ein glühendes Eisen ins Herz. Sternenhimmel kann nicht mehr. Er kann sich nicht bewegen, nicht klar denken. Der Schmerz ist allgegenwärtig und übermächtig. Ihm wird schwarz vor Augen.

Gladwick ist stark verwundet. Silberschatten hat ihn durch Schnitte schwer am Rücken verletzt, ihm tiefe Wunden zugefügt, und Sternenhimmel hat ihm einige Muskeln im rechten Unterarm zerrissen. Zwischen Verwirrung und Entsetzen guckt Schmetterschlag an sich herunter. Dicker, gelblich weißer Qualm, das Blut des Grogul, zischt aus seinem Arm. Dann ruckt er herum, um endlich zu sehen, wer ihn von hinten angegriffen hat, doch blickt er lediglich in den dichten Dunst, welcher aus seinen Rückenwunden entwichen ist. Unsicher aber wütend stöhnt er auf: „Alle, die hier sind, werden sterben!"

Silberschatten hat die Drehbewegung des Grogul mit vollzogen. Er schwebt hinter ihm in der Luft und schaut auf ihn herab. Doch bevor er Gladwick erneut attackieren kann, gerät dieser in Bewegung. Silberschatten ist auf der Hut. Er versucht, jede Regung des Riesen zu deuten, seine Bewegungen vorauszuahnen, um sie mitmachen, nachahmen zu können. Immer wieder schafft er es, im Rücken seines Gegenübers zu bleiben, doch dann passiert es: Der linke Arm des Grogul schnellt aus der abrupten Drehung heraus vor und Silberschatten entgegen. Aber der Schlag verliert schon in der Bewegung an Energie. Für einen kurzen, erschütternden Augenblick erkennt Schmetterschlag sich selbst im Gefieder seines Angreifers. Er erschrickt zutiefst.

Silberschatten weicht dem Schlag seines übergroßen Gegners gerade noch aus. In die entstehende Schrecksekunde hinein fliegt er an ihm vorbei und trifft den Grogul dabei an der bereits verletzten Schulter.

Blitzschnell dreht der sich um und schlägt abermals brüllend nach dem Aeris, doch Silberschatten lässt sich absakken, fallen, wie ein Stein. Als er den Boden unter sich 'spürt', spannt er die Flügel auf. Unvermittelt zieht er eine Schwinge an, wodurch er um die eigene Achse wirbelt und dem Grogul einen glatten Schnitt quer über den pechschwarzen Leib beibringen kann, noch während die Faust seines gewaltigen Gegners über ihm ausschwingt. Mit einem weiteren Zug seiner Flügel taucht er aus der Reichweite des Riesen heraus. Fast.

Die zweite Faust des Grogul trifft ihn hart. Der Schlag schleudert ihn brutal auf die Steine. Wieder flimmern Sterne vor den Augen des Aeris. Wieder nicht so, wie er sie gern sehen würde.

Wenn Gladwick jetzt nachsetzt und das wird er, ist es aus mit ihm. Er hat dem Grogul in diesen Momenten nicht mehr genug entgegenzusetzen. So hatte er sich sein Ende nicht vorgestellt, falls er es sich je vorgestellt hatte.

Doch nicht nur der Aeris ist stark mitgenommen. Die klaffenden Wunden des Grogul zwingen diesen ebenso in eine Kampfpause. Torkelnd und mit schmerzverzerrt grinsendem Gesicht, versucht er, sein Gleichgewicht zu halten. Erneut Spannung aufzubauen.

Silberschatten befindet sich im Auge des Hurrikans. Er nimmt alles, was er noch hat, beisammen. 'Benommenheit bedeutet Stillstand! Stillstand den Tod!' Diese Formel schreit durch seinen Geist. Sie übertönt den Schmerz, verdrängt die Sterne. Er ringt sich verzweifelt auf die Beine und zwingt sich in sein inneres Gleichgewicht zurück, bringt seine wild rasenden Gedanken unter Kontrolle, konzentriert sich; als ein Donnern die riesige Höhle erfüllt.

Es zerreißt die atmende Stille, und die Kontrahenten zukken zusammen, so unerwartet und ohrenbetäubend bricht der Lärm über sie herein. Die gesamte Höhle beginnt, zu beben. Sie wird in ihren Grundfesten erschüttert. Brocken brechen aus der Decke, sie kann dem Druck nicht mehr standhalten. Der Boden erzittert, die Klippen drohen bereits damit, die Festung ins Wasser zu stürzen. Der gesamte Planet ist in Aufruhr. Etwas presst ihm die Luft aus der steinernen Lunge. Obwohl die Höhle tapfer gegen die unbändige Macht ankämpft, die sie zusammendrückt, schrumpft sie. Ihre Weite geht so schnell verloren, wie ihre Kraft verrinnt.

Gladwick brüllt, jetzt wieder vor Zorn. Ihm ist die Höhle egal. Er wurde betrogen! Betrogen um die Trophäe einer fairen Jagd! Dennoch kostet es ihn einiges an Überwindung, auf sich selbst loszugehen. Seine eigene, verzerrte Grimasse grinst ihn feist aus Silberschattens Gefieder entgegen. Erinnert ihn an vergangene Zeiten. Er zweifelt, ist unsicher, was ihn noch wütender macht.

Dann ist ihm *alles* egal. Er schwankt nach vorn und schlägt, mit aller Gewalt, seine rechte Faust, so schnell er sie schwingen kann, nach dem Aeris.

Der sieht ab, was passieren wird. So kann er reagieren, auch wenn sein Gegenüber ein blitzschneller Titan ist. Er rollt sich nach vorn ab. Direkt an seinem Feind vorbei und stößt sich hoch. Entgeht gerade noch dem sicheren Tod, wenn auch nur knapp. Wo er eben noch kniete, ist ein Loch in den Boden gehämmert, bald so groß, wie sein Brustkorb. Fels ist nur noch Staub. Der Grogul hatte sein ganzes Gewicht, seine gesammelte Kraft in den vermeintlich finalen Schlag gelegt. Er wollte den dreisten, ihn verhöhnenden Aeris zerstampfen. Ihn wie mit einem Hammer auf dem Amboß zerschmettern. Aber er hat Silberschatten nicht zerquetscht. Er hat ihn verfehlt. Und damit hat er nicht nur *einen* sehr wütenden Feind im Rücken: Sternenhimmel hat sich gerappelt und ist, in stummer Verzweiflung, hinter dem Giganten in die Luft aufgestiegen. Er peitscht heran. Silberschatten nutzt den eigenen Schwung, um auf die Beine zu kommen. Abzuheben.

Er umkreist den sich wieder hochstemmenden Grogul. Lenkt ihn ab, damit sein Bruder freie Bahn hat. Er sieht ihn heran schnellen, sieht, wie Sternenhimmel aus dem Flug heraus einen Hieb gegen den Hals des erschreckten Grogul führt. Sein gesamtes Gewicht in den Schlag, auf seine Flügelkante legt.

Im Gegensatz zu Gladwick, trifft er sein Ziel genau.

Mit einiger Befriedigung hört Sternenhimmel Gladwicks Schrei in einem hässlichen Röcheln ersticken. Wieder zischt Rauch, dieses Mal wird er allerdings von Gladwick ausgespien. Des Grogul ganzer Kopf ist von dem Dunst eingehüllt. Der Qualm versperrt ihm die Sicht. Er nimmt nur noch Schemen durch seinen eigenen, eitrig weißen Blutdunst wahr. Blind und rasend vor Wut schlägt er um sich. Es fällt den beiden Aeris nicht schwer, den wilden, unkontrollierten Hieben auszuweichen. Sternenhimmel lockt den wütenden Berserker, Silberschatten fällt Schmetterschlag in den Rücken. Im wahrsten Sinne des Wortes, sitzt er doch kurz darauf dem Grogul im Genick. Er bringt eine Schwinge unter Gladwicks Kinn, die andere hält den sich windenden Kopf. Ein kurzer Ruck, und es ist vollbracht.

Der unter großem Druck aus der sich öffnenden Wunde brechende Qualm brennt Silberschatten in den Augen und unter dem Gefieder. Angewidert wendet er sich von dem Grogul ab.

Noch bevor der sterbende Jäger in die Knie sinkt und zu Boden fällt, ist Silberschatten schon bei Sternenhimmel und dem Schnuff. Unbemerkt steht Gladwicks Körper bald rund um das immer glühende Herz in Flammen.

Als Sternenhimmel gesehen hat, dass Silberschatten allein mit dem Grogul fertig wird, ist er sofort zum Schnuff geeilt, das noch immer reglos zwischen den Trümmerteilen der zerstörten Mauer liegt. Er hat keinen Blick für den sterbenden Jäger, für die sich immer weiter zuschnürende Höhle, die bald bedrohlich klein sein wird, für herabfallende Gesteinsbrocken, oder für Silberschatten, der sich ja offensichtlich auch von selbst auf seinen zwei Beinen halten kann.

Natürlich weiß er, wie schwer es seinem Bruder in diesen Sekunden fällt, nicht dem Drang der Bewusstlosigkeit nachzugeben. Es geht ihm ähnlich. In diesem Augenblick wird ihm etwas von Itzis Logik klar, auch wenn er im Moment keinen bewussten Gedanken darauf verwendet. Der Anblick des verdrehten Schnuffkörpers sticht ihm wieder und wieder ins Herz.

„Nein! Bitte! Pan! ... Pan? ... Kleiner??! Bitte! Ich ... Wir ... Du ... darfst nicht sterben, du ... willst doch noch so viel erleben! Du willst doch alles wieder wissen! Du *musst* leben! *Bitte!*" Er weiß nicht ob, und wenn ja, wo und wie er das Schnuff berühren soll. Ganz regungslos und auf eine entsetzliche Weise friedlich liegt es in dem Schutt- und Steinhaufen, in den es gefallen war.

Sternenhimmel kollabiert. Er sieht Silberschatten nach Hilfe suchend an und flüstert: „Bitte! Das Schnuff!! Silberschatten! Was sollen wir denn jetzt machen??!? Wir *müssen* etwas unternehmen! Wir können doch nicht ...! Das darf doch nicht wahr sein! Bitte ...! Silberschatten!" Sternenhimmel kann nicht mehr. Immer tiefer dringt die Gewissheit in ihm vor, dass er seinen Freund Pantrionium aus dem Geschlecht der Trias nicht hatte beschützen können. Dass er Capauns letzten und so innigen Wunsch nicht hatte erfüllen können. Er fühlt sich schuldig. Fühlt, wie es ihn zu zerreißen droht. Er hat versagt. Es war ein unverzeihlicher, nicht wieder gut zu machender Fehler, Pantrionium mit gen Toth zu nehmen. Das Schnuff war viel zu jung. Wie konnte er die Situation nur so unterschätzen?! Warum hat niemand Xsiau-Ming ernst genommen?! Für diesen Fehler mussten nicht sie büßen, sondern dieses arglose Wesen, das nichts dafür kann, wie sich die Dinge in der Vergangenheit entwickelt haben. Leise beginnt er, zu weinen.

Er spürt, wie Silberschatten seinen Flügel freundschaftlich um ihn legt. Mit der Spitze des anderen streichelt er vorsichtig den Kopf des kleinen Trias. „Pan ...", sagt Sternenhimmel noch einmal mit schmerzverzerrter Stimme, bevor Tränen ihm die Stimme ersticken lassen.

Silberschatten hält ihn und sagt: „Was wir machen können, ist wenig. Wir werden ihn erst einmal zu Itzi bringen. Vielleicht kann sie etwas für ihn tun." Lautlos bittet er, dass es noch nicht zu spät ist.

„Ja", flüstert Sternenhimmel. Um mehr zu sagen, fehlt ihm die Kraft. Beide erheben sich in die Luft, und ganz vorsichtig greift Sternenhimmel seinen leblosen Freund und trägt ihn sehr behutsam von dannen. Unter ihnen geben die der Festung Halt bietenden Klippen endgültig nach und stürzen in die dunklen Wasser des stinkenden Sees. Die gesamte Burg bricht tosend und krachend in Stücke und stürzt sich unter nicht abebbendem Lärm in die Tiefe, wo ihre Überreste gischtspritzend in Empfang genommen werden. Was auch immer dafür verantwortlich ist, dass dieses Bollwerk sprichwörtlich komplett baden geht, es sind ungeheure Kräfte am Werk, die der Zerstörung frönen. Die Tatsache aber, dass Xsiau-Mings unterirdisches Reich sich selbst vernichtet, lässt auf wenig Gutes bezüglich der Ereignisse an der Oberfläche hoffen.

Silberschatten stellt erleichtert fest, dass der von ihm benutzte Eingang noch offen steht. Trotzdem müssen sie sich beeilen. Einigen der herabstürzenden Felsbrocken ausweichend, weil die ihre Flugbahn durchschneiden wollen, bemerken sie schnell, dass der Tunnel, durch welchen sie zu entkommen versuchen, bereits zitternd zu unterstreichen beginnt, dass sein Widerstand erlahmen und er sich, wie die gesamte Höhle, zusammenpressen lassen wird. Und als wäre all das noch nicht genug, überfällt die beiden Aeris in diesem Augenblick die untrügliche Gewissheit, dass Flamm in absoluter Lebensgefahr schwebt. Legt sich wie eine Schraubzwinge um ihren Verstand und lässt bald keine Gedanken mehr zu, außer jene an ihren Bruder. Bis, kurz darauf, Morgenrot ebenfalls und in eine nicht minder bedrohliche Lage gerät. Wie gegen eine unsichtbare Barriere in ihren Köpfen, kämpfen sich die zwei ihren Weg an die Oberfläche frei. Die Sorge um das Schnuff treibt die beiden ebenso zur Eile, wie die Angst, nicht rechtzeitig bei den anderen sein zu können, um ihnen zu helfen. Um das Schlimmste zu verhindern.

Kapitel 13

Das Reich der Finsternis

Der Prinz der Unterjochung hat die Energiezuleitung der Zaubersprüche Xsiau-Mings übernommen. Den Bann an sich hätte der dunkle Prinz nicht aussprechen können. Er wäre vermutlich schneller verglüht, als er erschienen war. So aber ist es ihm gelungen, Kontrolle über die Inkarnation der Ur-Sonne, die Hüterin des Lichts, zu erlangen. Sie ist der Schlüssel zu seinem Sieg. Ohne die Macht der Ur-Sonne steht der Herrschaft der Finsternis nichts mehr im Weg. Sie hat bereits begonnen.

Doch obwohl sich die Situation äußerst günstig für ihn entwickelt, ist Wer'tineo unschlüssig. Er könnte die beiden anwesenden Aeris jetzt selbst vernichten, bevor die anderen auch noch kommen; oder besser noch, versklaven. Oder er könnte, wie befohlen, auf die Ankunft der Heere warten, damit *sie* diese Aufgabe erledigen. Wie zäher Schleim fließen deren dunkle, sich in ständiger Mutation ihrer Struktur befindlichen Massen aus ihm heraus, winden sich in diese Dimension, überlagern bereits die vorherrschende Wirklichkeit. Es wird nicht mehr viel Zeit brauchen, und die ersten von ihnen durchschreiten die letzte Grenze in die sogenannte Realität.

Doch was, wenn die Wachenden ihm zuvorkommen? Wenn sie ihn trotz der Tatsache, dass er die Inkarnation der Ur-Sonne bannen konnte, angreifen? Auch wenn sie nur zu zweit sind, sie könnten alles kaputt machen. Ihn zumindest so lange aufhalten, bis die anderen kommen ... und dann ... Eine unbändige Wut droht ihn bei diesem Gedanken zu übermannen.

Nein! *Er* muss *ihnen* zuvorkommen.

'Wir sind der Prinz der Unterjochung! Majestät unzähliger Welten! Wir haben die Macht, es zu vollbringen! Jah! So sei es! Wir **werden** uns diesem *Vergnügen* hingeben. Außerdem ist es uns schon verwehrt worden, die Balik persönlich in die Unreinheit zu stoßen und die neue Präsenz zu vernichten. Der Tod der Aeris ist nicht genug. Wir werden die Körper der überkommenen Gemeinschaft, einen nach dem anderen, auslöschen und ihre widerspenstigen Seelen unterjochen. *Wir* bringen sie im *Triumph* nach Besterion. Sie sollen im Herzen unseres geliebten Reiches dienen!'

„Flamme Dam'nars!", tönen höhnend die tausend tobenden Stimmen des Prinzen. „Und die Errötung des Morgens. Auch ihr habt uns viel Kummer bereitet. Auch ihr dürft diese Stätte nicht lebend verlassen. Nicht, wie ihr das Leben kennt ... Grämt euch nicht. Gewiss werdet ihr Leid zu ertragen haben und die wahre Verzweiflung kennenlernen, doch dieses Schicksal bleibt nicht ungeteilt. Der Rest eurer traurigen Gefolgschaft wird zu euch stoßen, denn Verzweiflung wächst, wenn sie in den Augen des Freundes zu erblicken ist, am besten heran. Wir werden auch sie willkommen heißen. Bald werden die meisten von ihnen hier sein, aber ..."

„Ja!", schafft es Flamm, die Stimmen in seinem Kopf zu überlagern. „Und wenn sie kommen, reißen sie dir deine verfluchten, schleimigen Eingeweide aus dem Körper, oder wie auch immer du die dröge Masse um deinen kurzen Verstand herum nennst, und ich denke, ich werde damit schon einmal anfangen, bis sie da sind!" Flamm weiß ziemlich genau, dass es in Situationen wie dieser keine gute Idee ist, etwas Derartiges zu sagen.

Und wie auf Stichwort herrscht absolute Stille. Das nicht Vorhandensein von Geräuschen schafft eine noch unheimlichere Atmosphäre, als die tausend Schreie der tosenden

Winde. In die Stille hinein schleicht sich ein böses, unnatürliches Wimmern. Dessen Lautstärke schwillt jedoch schnell bedrohlich an: „Ja. *Natürlich* wirst du das!" Beim Ausklingen der letzten, wie von Donner getragenen Silbe huscht ein Strang dunkler Tentakel auf Flamm zu. Der Sturm bricht los.

Mit Hilfe der starken Schwingen hebt Flamm seinen Körper ein Stück zurück. Kaum spürt er den Boden unter sich, federt er nach vorn und dreht sich um die eigene Achse.

Während die ersten Tentakelspitzen fallen, öffnet Flamm die Schwingen weit auf und taucht nach oben ab. Seine Silhouette sticht in die abartige Dunkelheit.

Er verharrt einen Sekundenbruchteil und verschafft sich einen Überblick. Dann lässt er sich absacken. Er fliegt eine Schleife und vollzieht ansatzlos die nächste Pirouette. Dabei zerschneidet er weitere Tentakel, die zu Boden fallen, wo sich Pfützen flüssiger Dunkelheit bilden; die jedoch bald darauf zurückfließen in ihren Herrn. Noch ein weiterer weiter Anflug, dann höhnt er: „Ich hoffe für dich, dass das nicht alles war! Wenn du dich nämlich aufgrund *dieser* Fertigkeiten auf den zweifelsohne langen und beschwerlichen Weg aus deiner Dimension in diese gemacht hast, muss ich dich wieder nach Hause schicken!" Seine Flammen, durch den erneut aufbrandenden Sturm angefacht, brennen flackernd in alle Richtungen.

Morgenrot spürt die Emotionen aller. Er fühlt, dass der Prinz unbeeindruckt, ja fast ein wenig amüsiert ist. Und in Flamm spürt er keineswegs seine nach außen zur Schau getragene, arrogante Siegesgewissheit. Flamm blufft, sonst würde er ohnehin nicht so viel reden. Er ist nicht Sternenhimmel. Er versucht, Zeit zu gewinnen. Auch Morgenrot weiß keinen Ausweg. Zeit schinden scheint die einzige Möglichkeit. Sein Verstand arbeitet rasend daran, wie man Itzi befreien kann. Am besten schnell, bevor der Dunkle seine Armeen in die Realität entlassen kann. Doch wie soll er die Lösung finden, wenn er nicht mal weiß, wie es zu dieser schrecklich ausweglosen Situation überhaupt hatte kommen können?! Sie hätten nicht zu den Balik fliegen sollen, dadurch hatten sie nur wertvolle Zeit verloren. Doch was nutzt diese Erkenntnis jetzt noch.

Flamm muss nicht lange auf eine Reaktion seitens des Prinzen der Unterjochung warten. Der schwarze Sturm verdichtet sich zu einem Lachen, aus dem statt der ersten 'wenigen', nun hunderte, neu gewachsener Tentakelstränge auf Flamm zuschießen. Wie ein feuriger Blitz zerreißt sein Flammenschweif die Nacht. Er wird dem Nahkampf nicht länger entgehen können, der Prinz muss gebunden werden, bevor er sich zu weit in diese Welt hinein ausbreitet. So verkauft der Aeris sich so teuer, wie nur irgend möglich, denn er weiß: Ohne die Unterstützung der anderen wird es ihm und Morgenrot kaum möglich sein, den Prinzen zu bannen. Dennoch: Er kämpft Tentakel nieder und entgeht anderen. Er ist ein geschmeidiger Akrobat. Er ist in der Lage, Dinge zu tun, die nur die wenigsten können. Seine Bewegungen sind schneller als das Auge. Er ist der Beste, und dies ist die Vorstellung seines Lebens. Trotz tausender Siege, heute ist sein Tag.

Doch hilft es nicht, denn er ist allein. Gegen hunderte die aus einem sind, und *der* wird immer mehr.

Eine Ahnung, er ruckt herum. Überall nur zuckende Schatten. Langsam beginnt Verzweiflung, in ihm aufzukeimen, da reißt etwas eine Bresche in den Feind!

'Morgenrot', denkt er erleichtert.

Die Schrecksekunde ist überwunden und Morgenrot steigt in die Höhe, um sich einen Weg durch die Schatten zu bahnen. Er muss zu Flamm. Auch wenn die Situation hoffnungslos ist, sie kämpfen gemeinsam.

In der Schlacht regiert die Schnelligkeit. Eine blitzende Bewegung folgt der anderen. Geschulte Reflexe bestimmen das Handeln. Man muss seinen Instinkten folgen. Man hat keine Zeit zum Nachdenken. Wer nachdenkt wird langsamer. Wer zu langsam wird, stirbt! Haken schlagen, Spitzkehren fliegen, sich fallen lassen, aufsteigen und immer wieder zuschlagen, hacken und beißen, packen und mit den Krallen etwas herausreißen.

Nach einer Weile drängt eine Beobachtung in Flamms Bewusstseinskegel, penetriert seinen Geist. Morgenrot ist weniger mörderischen Attacken ausgesetzt, als er selbst. 'Die Tentakel wollen Morgenrot nicht berühren. Sie beschäftigen ihn zwar ständig, aber sie wollen ihn nicht greifen. Was soll das?! Warum wollen sie *mich* zuerst? Wollen sie nicht, oder ... *können* sie Morgenrot nicht berühren?!' – 'Morgenrot!!!', schreit Flamm auf telepathische Weise, um die Aufmerksamkeit des Aeris zu erringen. 'Morgenrot! *Du* kannst ...' Doch seine eigene Aufmerksamkeit vernachlässigt er.

Nur für einen Sekundenbruchteil. Das reicht dem Prinzen jedoch aus und er schnappt nach dem Feurigen. Selten hatte Flamm so hilflos bei einem Unterfangen gewirkt. Die Tentakel packen ihn, die Nacht zieht ihn zu sich herauf. Seit ihrer ersten Berührung schreit er, wild um sich schlagend, vor Schmerzen.

„Flamm!!" Morgenrot hechtet hinterher. Will ihn retten. Muss ihn retten! Sein Gefieder verfärbt sich rot, blutrot, rubinrot dann glutrot und grell orange, so dass er Flamm sehr ähnlich sieht. Ihm ist aufgefallen, dass der Prinz ihm seltsamerweise *viel* mehr Raum lässt, als Flamm. Sich sogar zurückdrängen lässt, wenn er ihn direkt angreift. Trotzdem war es den Schatten gelungen, ihn davon abzuhalten, zu seinem Bruder durchzubrechen, um dem Feind mit vereinten Kräften zu begegnen. Was er davon halten soll, weiß er nicht. Es gibt, außer Flamm, nichts zu verlieren. Er beschließt, es darauf anzulegen, stürzt sich in verzweifelter

Verwegenheit in die wabernde Masse des Dunklen. Die Arme des Prinzen weichen vor ihm zurück. Sie bilden einen Tunnel, als er direkt auf sie zustößt. Sie lassen ihn passieren. Berühren ihn nicht.

Gleich ist er an Flamm heran. Es darf nicht zu spät sein! Der Körper des Aeris hängt bereits schlaff in den Fängen der Dunkelheit.

„Flamm ...", nur ein entkräftetes Flüstern. Als Morgenrot den vertrauten Freund erreicht, zucken die Tentakel zurück. Hilflos und gänzlich ohne Macht fällt der geschundene Aeris rücklings in die Tiefe. Morgenrot fängt ihn auf. Er legt eine Schwinge um ihn, die andere hilft ihm, sie beide in der Luft zu halten. Als Morgenrot einen kurzen Blick in die Augen seines Bruders erhascht, stülpt sich sein Bewusstsein um. Flamms Blick ist gebrochen. Das Feuer ist erloschen. Die Glut versiegt. 'Getrennt? Für immer?!'

„Flamm? Flamm!!" Fest umschlungen fallen sie.

Bevor sie auf dem Boden aufschlagen, greifen die Schatten erneut an. Sie packen zu und reißen die beiden voneinander und jeden in eine andere Richtung, mit einem Ruck fort. „Jeder zerbricht für sich all-llein!", spotten fremde Stimmen in seinem Kopf.

Morgenrot hört seinen eigenen Körper, wie er sich, den Namen Flamms schreiend, von ihm fortbewegt. Oder anders herum? Beinahe wird er ohnmächtig. Dann ist es, als würden die schwarzen Tentakel in seinen fallenden Geist eindringen. Sie tasten klebrig sein Innerstes ab. Schließen eine Verbindung zu einem unendlich weiten und dunklen Bewusstsein. Der Prinz ist in ihm und gleichzeitig kann Morgenrot in das Bewusstsein des Prinzen greifen. Überrascht stellt er fest, weshalb ihn die Tentakel bisher nicht berührt haben. Der Prinz wollte vermeiden, dass Morgenrot in seinen Geist 'schauen' kann und dort vielleicht erkennt, wie sehr die Kraft des Prinzen in Wahrheit gebunden ist. Das durfte nicht geschehen. Nicht, so lange die zwei Aeris noch stark genug waren, sich gegen ihn erheben zu können.

Der Prinz der Unterjochung war gleichzeitig mit dem Zauberbann über Itzi, seiner schwierigsten Aufgabe und dem Erhalt der Brücke aus den Schattendimensionen in diese Welt, sowie dem Kampf gegen ihn und Flamm beschäftigt. Hätten die Tentakel zu früh eine Verbindung zu Morgenrot hergestellt, das wäre unter Umständen selbst für den Prinzen zu gefährlich geworden. Besonders, wenn Flamm zur gleichen Zeit in Kontakt zu ihm geraten wäre. Wenn ...

Es war so knapp gewesen, sie hätten es schaffen können, gerade, weil Itzi dem Dunklen trotz des fremd gesprochenen Zaubers so ziemlich alles an Kraft abverlangt, was ihm zur Verfügung steht. Morgenrot sollte wütend sein. Er ist es nicht. Er kennt nur noch ein Gefühl: Verzweiflung.

Nun, da Flamms Bewusstsein festgesetzt ist, vermutlich wie sein eigenes, kann sich der Prinz ungefährdet mit ihren Gefühlen beschäftigen.

Seine Sinne, Tentakel, suchen etwas bestimmtes im Geist des Aeris. Sie suchen Furcht. Angst ist der Hebel, den der Prinz braucht. Sie wird helfen, den Willen der Gemeinschaft zu brechen und es ihm ermöglichen, die Wächter zu versklaven. Schnell und eindringlich und extrem gründlich sucht der Prinz. Er findet auch. Er findet aber nicht, was er sucht.

Doch.

Da!

Und Morgenrot fühlt sich, als würde er sterben. Sterben vor Angst.

Der schwarze Sturm erhebt seine Stimme voller Triumph: „Der Sieg ist ... NEIN!!!!!"

Ein zartes, reines Licht war in die bodenlose Schwärze der heraufbeschworenen Nacht des Prinzen getaucht. Wie bei einem Stern am Abendhimmel wird erst sein Eintauchen ins Dunkel sichtbar. Langsam wandert es aufwärts, immer weiter in Richtung des vermeintlichen Hauptes des Prinzen der Unterjochung, immer mehr Schattenfetzen hinter sich herziehend. 'Was ist das für ein Licht?! Warum befindet es sich in unserer Sphäre?! Hier sollte kein Licht sein! Hier herrscht das Dunkel. Wir *sind* das Dunkel!' Doch verdrängt das Licht das Nichts des Dunklen.

„Was willst *du* hier?", presst der Prinz der Unterjochung dem ihm wohlbekannten Bewusstsein gegenüber heraus.

„Ich seh' mich nur mal um. Wer bist du?"

„Du solltest tot sein", zischen seine Stimmen, die wie eine sprechen, dem Neuankömmling gereizt entgegen.

„Tot?", verhaltenes Kichern. „Wie kommst du darauf?"

„Du bist gestorben. Ich habe es gesehen", faucht der Dunkle. „Habe gesehen, wie deine Seele deinen Körper verlassen hat. Du bist gestorben."

„Mh-hm - Das ist dann wohl, was *du* denkst. Sieh mal: Wäre ich tot, könntest du dich schlecht mit mir unterhalten, oder? Außerdem bin ich anscheinend frei, zu gehen, wohin ich will. Und wie ich jetzt weiß, sind Tote, die gehen können, alles andere als frei. Würden aus eigenem Antrieb nicht einmal nach oben schauen!", kichert die silberhelle Stimme. „Du bist wirklich seltsam. Aber wahrscheinlich hat mich meine Freundin deshalb hergebeten. Hier sei jemand, sagt sie, der nichts verstehe und dem man besser die Augen öffne. Ich denke, das sollst wohl du sein. Kann ich mir zumindest *gut* vorstellen. Also: Wer bist du?"

„Ich weiß ganz sicher, dass dein Geist deinen Körper verlassen hat", schmeichelt der andere süß wie Honig. „Folglich bist du gestorben. Und wiederum folglich solltest du nicht bei Bewusstsein sein. Und *vor allen Dingen* solltest du nicht in *unserem* Bewusstsein herumspuken." Ein Befehl erschallt. Plötzlich und massiv wie ein Donnerschlag: „Ergib dich deinem Schicksal und stirb!"

„Hng. Ja klar. Hör' zu: Ich bin hier. Das ist Fakt. Selbst, wenn du es nicht wahrhaben willst. *Folglich* lebe! ich. Versuch', dich dadurch nicht zu sehr aus dem Konzept bringen zu lassen, sonst redest du noch mehr wirres Zeug. Seele, Geist, du solltest dich entscheiden und dich mal fragen, warum es tödlich für mich enden sollte, meinen Körper zu verlassen. Sonst wird es womöglich noch verworrener hier drinnen, und du kommst ganz aus dem Tritt. Und: Entspann dich." Die Stimme kichert erneut. „Ich habe ja zunächst einmal eine ganz einfache Frage. Also vielleicht wärst du ja so freundlich, mir zu sagen, wer du bist. Oder steht es so schlimm um dich, dass du das nicht aussprechen kannst? Dann werde ich eben nachsehen ..." Das Licht erreicht das Haupt des Prinzen.

„Nein! NEIN!!!" Die bodenlose Schwärze der Nacht bäumt sich erneut auf. Dieses Mal allerdings unter Qualen, nicht vor Kraft. „Das kann! nicht! sein! Du bist tot! TOT!!!", und vor Anspannung und Verzweiflung kann der Prinz Itzis glühendem Gegendruck nicht mehr standhalten. Der Bann bricht und in dieser Sekunde weiß der Prinz, dass er verloren hat. Dass er sich augenblicklich aus dieser Dimension zurückziehen muss, will er nicht endgültig vergehen. Kaum befreit, da ist Itzi bereits zweimal gehüpft und auch schon an den 'inneren Grenzen' des Prinzen der Unterjochung angelangt. Während des dritten, sie tief in die Dunkelheit hinein tragenden Sprungs, geschieht etwas mit ihr. Sie fühlt sich, als breche nach ewiger Zeit die lang ersehnte Sonne wieder durch die schweren Wolken. Sie nimmt ihre wahre Gestalt an. Sie lacht.

Fast zur selben Zeit folgt Sternenhimmel Silberschatten an die Oberfläche des Planeten. Er hält das Schnuff noch immer in den vorsichtig geschlossenen Krallen. In trostlose Gedanken versunken hat er seinem Bruder die Führung überlassen, wissend, dass dieser den schnellsten Weg zu Itzi finden wird. 'Hoffentlich kommen wir noch rechtzeitig.' Die Gefahr in welcher ihre Brüder schweben hat sich nicht gelöst, eher noch verdichten sich die Gefühle drohenden Unheils mit jedem Flügelschlag. 'Hoffentlich kann Itzi etwas für Pantrionium tun. Dieses Mal wird die Ming büßen! Wenn Flamm sie noch nicht zerrissen hat, tu' ich es!'

Sie verlassen das Reich der Erde durch einen Spalt und befinden sich kurz darauf in einem zerklüfteten Tal, das von spitz aufragenden Bergen gesäumt ist. Was sie zu sehen bekommen, verschlägt ihnen jeden weiteren Gedanken.

Auf einem Plateau, welches sich in einer riesigen, der Schlucht anschließenden Mulde auf der 'Spitze' eines kleinen Berges befindet, hat sich die Nacht zu etwas Schwärzerem als tiefschwarz verdichtet. Doch durch diese unnatürliche Nacht scheint dünn ein helles, durchdringendes Licht. Es bewegt sich strebsam aufwärts in Richtung des allumfassenden Gestirns, als habe es ein stetes Ziel vor Augen. Bevor es die obersten Auswüchse der Abscheulichkeit durchbrechen kann, erzittern die inneren und äußeren Grenzen der gigantischen Schattengestalt. Tausende Schreie dringen bis zu ihnen vor. So viele Stimmen, der Nacht gewordene Schrecken kann sie nicht allein von sich geben. Sie erzeugen einen Lärm, der alles einnimmt. Sogar Raum. Physisch. Die Luft ist nicht länger so durchlässig, wie sie es sein sollte. Sie ist zäh und wie klebrig hängt sie an den Schwingen der Aeris. Dann erstrahlt das vertraut gewordene Licht der goldenen Sonne in blendender Helligkeit.

Sternenhimmel fliegt fast in Silberschatten, weil sich die Lichtexplosion in dessen chromfarbenem Gefieder myriadenfach bricht und widerspiegelt. Das Brüllen des Geschlagenen brandet ein letztes Mal auf und geht in einem tosenden Gewirr aus Schmerzens- Wut- Angst- und wieder Schmerzensschreien unter. Die Aeris kämpfen gegen eine

Druckwelle an, die so langsam verebbt, wie die wimmernden Schreie. Die Nacht vergeht.

Sternenhimmel legt das Schnuff behutsam auf den Boden, lässt sich daneben nieder. Während er nach seinen Brüdern Ausschau hält, nimmt er vorsichtig den Körper des Kleinen in seinen Flügel. Er streichelt zärtlich über das Gesicht seines Freundes. Sein Blick ruht hilflos auf Pantrioniums Antlitz und wandert dann über den reglos in seiner Schwinge ruhenden Leib. Wie tot liegt das Schnuff vor ihm. 'Um des Einen Willen, bitte! Itzi! Wo bleibst du denn?' Itzi ist schon da, Sternenhimmel kann sie allerdings nicht sehen. Sie steht noch neben ihm, macht sich aber gerade auf den Weg zu sich und zu den anderen. Kurz darauf kehrt sie zurück. Sternenhimmel hört das hastige Trippeln ihrer Schritte und schaut auf. Seine Augen schimmern noch immer vor Trauer und Angst. Itzi ist nicht mehr weit. Hinter ihr sieht Sternenhimmel Flamm und Morgenrot, aufeinander gestützt, auf sich zukommen. Den beiden geht es gut!

Zumindest dieser schwere Stein wird Sternenhimmel vom Herzen gehoben. Silberschatten ist ebenso erleichtert. Er steht neben ihm und schaut Itzi ebenfalls sehr besorgt entgegen.

Gerade will Sternenhimmel sie auffordern, etwas zu tun, da ist ihm, als spüre er etwas.

Einen Hauch. Einen Luftzug. Eine Berührung? Er bekommt eine Gänsehaut, seine Federn stellen sich auf. Dann knistert es - eine Bewegung - in seinem Flügel? Und plötzlich kracht es, laut und sehr ungesund.

„AAAHHHHH!!!", schreit Pantrionium, als er wieder in seinen Körper taucht. Ein Körper, der erst einmal tüchtig und in mehrere Richtungen eingerenkt werden muss. Knack!! „Ai!" Kna-Knack! „Autsch!!" 'Fuh! So, jetzt aber. Hier ist's doch am Schönsten!', begrüßt er sich, glücklich über das Gefühl des nach Hause Kommens.

„Schnuff? Kleiner!? Du lebst!?!! Schnuhuff!!" Sternenhimmel bricht in ein Freudengeweinlächter aus. „Pan!!! Du lebst!!! Wie geht es dir? Dir geht es gut! Ich ... Ich bin ... Ich ..." Er umschließt das noch sehr erschöpfte Schnuff viel zu stürmisch und es knackt erneut. „Oh Pahn! Du lebst! Ich hatte solche Angst um dich!"

„Uhh erhürgtt hich!! Uh ... Danke. Ja. Den Umständen entsprechend, sehr. Was ist denn passiert? Wo ist der Typ hin, der mich mit diesen endlosen, endlos widersinnigen Theorien über meinen Tod bombardiert hat? Ich wäre gestorben, nur weil mein Geist meinen Körper verlassen hat. Das hat er tatsächlich behauptet, aber an so etwas stirbt man ja zum Glück nicht! Hahahia!" Das Trias schüttelt den Kopf, als könne es selbst nicht glauben, was es sagt. Sein Blick wird nachdenklich: „Habe ich geträumt? Ich habe Flamm gesehen. Es ging ihm sehr schlecht. Morgenrot auch. Das hat sich alles überhaupt gar nicht gut angefühlt. Und Itzi war irgendwie gefangen, aber als das geschah, war sie nicht nur in ihrem Körper, sondern auch bei mir, weswegen sie sagen konnte, wo ich hin soll und was ich dort tun muss, damit sie ganz zurück konnte. Ich brauchte mich ja nur mit dem Kerl unterhalten. So ein Idiot!" Wieder schüttelt das Trias den Kopf.

„Und du, Sternenhimmel, und du, Silberschatten, ihr habt diesen Widerling Gladwick besiegt. Wenn ihr ihn nicht bekämpft hättet, wäre ich vielleicht nicht zur richtigen Zeit am richtigen Ort gewesen, weil ich bestimmt in meinen Körper zurückgekehrt wäre, aus dem ich wohl hinausgeschleudert wurde, um jedenfalls bei euch zu sein, und wer weiß, was sonst noch?! Und dann ist Itzi in einem goldenen Licht aufgegangen. Sie hat sich in etwas verwandelt, das habe ich noch nie gesehen und ich kann es nicht beschreiben, aber vergessen werd' ich das ganz bestimmt nicht mehr. Das war das schönste, was ich je erblicken durfte und ich habe schon so einiges gesehen ... glaub' ich." Es schaut sich um. Es sind alle da. Alle sind wohlauf. In ihm erwacht ein Teil, der gern tanzen würde. „Und ich ... ach ... verrückt!"

Mittlerweile starren alle das kleine, immer noch in Sternenhimmels Schwinge ruhende Schnuff an. Was plappert es da? Es wurde mit Theorien über seinen Tod bombardiert? Von wem? Und warum? Und woher weiß das Schnuff so viel? Ein Traum? Dann ein ziemlich realistischer. Morgenrots Gefieder zeigt die Überraschung aller und die Belustigung Itzis. Allmählich geht den vier ein Licht auf. Das Schnuff, das kleine, weil heute erst geboren, junge, tot geglaubte Schnuff, es hat sie alle gerettet! Es muss den Prinzen der Unterjochung abgelenkt haben, wahrscheinlich in einer anderen Sphäre. Auch Itzi kann ihren Körper verlassen und in die Geistsphäre, oder eine andere Dimension oder Ebene überwechseln, doch niemand, außer anscheinend der Inkarnation der Ur-Sonne, konnte wissen, dass ein Schnuff ebenfalls aus 'freien Stücken' zu solch einer Geistwanderung fähig ist. Damit hatte nicht nur der Prinz der Unterjochung nicht gerechnet.

Vielleicht war es seine Überheblichkeit, vielleicht doch zu viele Dinge, die gleichzeitig zu tun waren, vielleicht ist so ein Trias auch zu frech für einen Schreckensbaron wie Prinz Wer'tineo, das Wörtchen 'vielleicht' jedenfalls war sein Ende und ihre Rettung.

Mit dieser Wahrheit hinter der Wahrheit hätte kein Aeris gerechnet, und das Schnuff weiß immer noch nicht, wie es und was überhaupt geschehen ist. Es hat schließlich nur getan, was es für richtig hielt.

Gerade wollen alle ihre Erleichterung und ihre Freude zum Ausdruck bringen, da stöhnt Xsiau-Ming auf.

Epilog

„HhhhHHHhh..." Irgendwie empfindet Flamm Xsiau-Mings Schmerz als Befriedigung. Trotzdem ist er der erste, der bei ihr ist. Abgesehen von Itzi, die ihn unterwegs eingeholt hat. „Hhhh......!"

'Ist es schlimm?' Wie Flamm erwartet hat, ist Itzi sehr besorgt. Er sieht sich auch darin bestätigt, dass es um die Magierin nicht gut bestellt ist. Sie liegt, eigenartig verkrümmt und sich hilflos windend, im Staub. Obwohl er die Inkarnation der Ur-Sonne sogar ein wenig versteht in ihren Gefühlen, so ganz kann er nicht nachvollziehen, was es ist, zwischen Itzi und Xsiau-Ming.

„Würde es dich freuen? Wenigstens ein ..." Xsiau-Ming muss husten, sie kann nicht weitersprechen. Eine zähe, grüne Flüssigkeit quillt aus ihrem Mund und tropft in den Dreck. Sie würgt die Säfte elendig zu Tage, wobei ihr geschundener Körper wie unter schrecklichen Peitschenhieben zusammenzuckt. Ihre Studien haben sie ausgezehrt, und der Prinz der Unterjochung hat sie mit seinem mitleidlosen Hieb auf die Schwelle zum Tod geschleudert. Lediglich ihre Magie hält sie noch am Leben. „Wenigstens ein bisschen?"

'Du spinnst!' Diesmal spricht Itzi weniger deutlich. Es handelt sich eher um ein Fauchen. Sie ist zwischen Trauer und Wut hin und her gerissen. Aber es ist, wie es ist, und sie weiß, dass sie keine Schuld trägt. Trotzdem. Zaghaft fährt sie fort: 'Wenn ich an so etwas meinen Spaß hätte, ich würde es selber machen, du verstehst.' Die Inkarnation der Ur-Sonne schüttelt sanft den Kopf. 'Ach Xsiau-Ming, wussten wir nicht beide genau, wo das alles hinführen würde. Auf dem einen oder anderen Weg? Der Prinz der Unterjochung hätte dich nicht an seiner Seite geduldet. Warum musst du so verdammt stur sein! Wir hatten dich gebeten, zu bleiben. Es hätte alles gut sein können.'

„Ja." Xsiau-Ming besitzt nur noch wenig Energie. Ihr Körper bäumt sich bereits dagegen auf, von ihrem Willen in dieser Existenz verhaftet zu bleiben. „Ich wusste, wir hätten gute Freunde sein können. Wärst du nur meinen Weg gegangen."

Wären die Ereignisse nicht so tragisch, Itzi könnte laut loslachen. Flamm dagegen lacht herzlich. Er ist zu wütend, zu enttäuscht von der Hinterhältigkeit seiner Ziehschwester. Und von ihrer Bereitschaft, ihrem Verlangen, sie alle im Dreck krepieren zu sehen: „Deinen Weg! Phahaa!! Ich lach' mich tot!" Morgenrot dagegen ist viel sensibler. Alles ist schlimm genug! Jetzt ist er näher heran und betrachtet Xsiau-Ming genauer. Sie liegt halb auf der Seite, halb auf dem Bauch. Ihr Mantel ist zerrissen, und unter der ebenfalls zerfetzten Kapuze schaut ihr Gesicht hervor. Da ist auch Blut und noch mehr von dem grünen Schleim. Morgenrot hat so etwas ähnliches befürchtet. Xsiau-Ming befand sich auch körperlich schon seit langer Zeit in einem bedauerlichen Zustand. Die Kehrseite der Magie ist, dass die Studien der dunklen Kunst dem Körper die Kräfte entziehen, die ihn gesund halten, ihm aber so viel 'reine Lebenskraft' geben, dass er weiter forschen und streben kann, und Xsiau-Ming verwendet mehr Magie, als ihr Körper auszugleichen vermag. Einen Schlag wie den, den sie von ihrem vermeintlichen Verbündeten abbekommen hatte, konnte sie unmöglich und erst recht nicht ohne weiteres überstehen.

Morgenrot laufen Tränen über die Wangen. Nicht, weil er glaubt, dass Xsiau-Ming noch zu Lebzeiten in ihre Gemeinschaft zurückgekehrt wäre. Er ist schon länger der Überzeugung, dass sie ihren Weg nicht mehr verlassen würde. Dennoch weint er, denn er kennt das Gefühl der absoluten

Verzweiflung. Hat es selbst vor nicht lang genug vergangener Zeit empfunden, als der dunkle Prinz dabei war, ihn zu brechen. Er weiß, wie schrecklich es für Xsiau-Ming sein muss. Sie hat alles verloren. Ist in allem, was sie erreichen wollte gescheitert und in diesem Augenblick wird sie sterben.

„Kommt alle, euch zu weiden ...", nur Zynismus bleibt ihr. Ein erneuter, von ersticktem Röcheln zerhackter Hustenanfall unterbricht sie. Wieder laufen Blut und Schleim aus ihrem Mund. Die Lache verklebt den Staub unter ihrem Gesicht. Es stinkt nach Tod. Selten zuvor hat sie ihre Umgebung so überdeutlich und bewusst wahrgenommen, wie jetzt. Sie riecht den Staub, das Blut. Der Geruch ihrer Kleidung, ihres Körpers schwebt, fühlbar dick, zwischen Hals und Gaumen. Sie schmeckt den mit Blut verschmierten Schmutz auf ihrer Zunge. Schmeckt den Zerfall; das Sterben. Allem haftet der Tod an.

Sie fühlt sich sehr allein. „Ich bin ein wenig enttäuscht. Der Plan sah ein anderes Ende vor. Ich stehe, lachend, und ...", husten, mehr Blut, „und ihr liegt im Staub", husten, „und sterbt ..." Ihr Husten steigert sich zu einem Anfall und endet in einer weiteren blutigen Blase, die Xsiau-Ming unter Würgen aus ihrem Mund quillt.

Itzi richtet einen durchdringenden Blick an Flamm. Kurz darauf wendet sie sich wieder Xsiau-Ming zu, während er und Morgenrot wortlos zu Sternenhimmel, Silberschatten und dem kleinen Schnuff gehen.

Pantrionium hat die Szene nur aus einiger Entfernung betrachten können. Er ist schon neugierig darauf, wie es der Gebeinbesprecherin geht. Er kennt sie erst seit kurzem, und der erste Eindruck, den Xsiau-Ming bei ihm hinterlassen hat, ist alles andere als positiv. Besonders seitens Itzi, aber auch der Aeris spürt er allerdings eine gewisse Wärme Xsiau-Ming gegenüber. So will er kein vielleicht vorschnelles Urteil fällen. Er weiß, dass er nicht alles versteht, was heute geschehen ist. Daher hält er sich mit seinen Beurteilungen zurück. Er beschließt, dass es in seinem Geist keine Schubladen geben soll. Nur Regale, in die er Dinge beliebig oft neu einordnen kann. „Wenigstens einer." Pantrionium ist sich nicht sicher, ob Morgenrots Murmeln ihm gilt. Jetzt jedenfalls sieht dieser das Trias offen an: „Jung, wie du bist, bist du ein tapferes Kerlchen, und ich glaube, ich beginne zu verstehen, was Capaun uns allen begreiflich machen wollte."

Pantrionium denkt an Sternenhimmels plötzliche Verschlossenheit, als das Thema auf Capaun, Galaxie oder Freund, zu sprechen gekommen war. Zwar will er etwas sagen, er möchte aber auch niemanden verletzen: „Danke, ich … ich fühl' mich … ähm, ich meine, ich freu' mich, dass … also, ihr … "

„Passt schon, kleiner Schnuffinger." Morgenrot zwinkert dem Trias zu.

„Schnuffinger!", poltert Flamm. „Das trifft's!"

„Ich glaub', jetzt ist es soweit. Arme Itzi." Morgenrot lässt den Blick zur Inkarnation der Ur-Sonne wandern, die noch immer neben Xsiau-Ming kauert. Er bemerkt, wie meist, mehr als die anderen; was gewisse Dinge angeht.

„Was meinst du?" Sternenhimmel ist sich nicht sicher, ob er irgendetwas von Bedeutung nicht mitbekommen hat.

„Ich meine", sagt Morgenrot, „dass sie sich gerade von Xsiau-Ming verabschiedet. Endgültig."

„Dann kann sie ja jetzt zurück. Zu Capaun, meine ich", sinniert Silberschatten.

„Der wird sich freuen!", feixt Flamm

„Wie ich ihn kenne", erwidert Morgenrot sanft, „wird er das wirklich."

„Und sie kriegt, was sie immer wollte, ne?" Sternenhimmel ist nicht traurig über den Tod seiner Halbschwester. Besser die Ming, als das Schnuff. Er würde es ihr zwar nicht wünschen, hat er auch nie, aber dass sie jetzt bekommt, was sie sich über die Zeit verdient hat, nimmt er hin. Und wenn sie es letzten Endes schaffte, für immer in Capauns Nähe zu bleiben, will er es ihr gönnen. Er für seinen Teil würde auf gar keinen Fall mehr mit ihr tauschen wollen.

'Es ist so weit. Bist du bereit?'

Itzi ist feierlich an Xsiau-Ming herangetreten, als diese mit letztem Stolz zurückfaucht: „Untersteh' dich, mich zu berühren! Das ist mein Leben, und es ist mein Tod! Ich warne dich nur einmal!" Wie zur Untermalung ihrer Worte verkrampfen sich die Krallenhände, weil ein neuerlicher Schmerzensschauer durch ihren Körper ruckt. Feuchter Sand quillt zwischen ihren Fingern hervor. Schmiegt sich an sie. Nimmt sie auf.

Kchhh! Es klingt für das Schnuff, als streife eine Woge wohliger Wärme durch die Luft, und auch, wenn Xsiau-Ming erst noch schreit, beginnt sie doch bald, zu lachen und lacht, unbefangen wie ein Kind, lauter und lauter. Letztlich geht ihr Lachen in ein seliges Grinsen über. Einmal prustet sie noch los, dann wird es still. Sie strahlt nur noch. Xsiau-Mings Haut bricht auf, und die abgelösten, empor schwebenden Teile lösen sich nach kurzer Zeit auf. Unter ihrer 'Haut' erstrahlt ein leuchtender, blass blauer Körper. Auf das Schnuff wirkt dieser Körper sehr schön, und sofort ist es bereit, Xsiau-Ming alles, oder beinahe alles, was sie getan hat, zu verzeihen. So sehr beeindruckt ihre Erscheinung Pantrionium.

Dann beginnt auch der blaue Körper Xsiau-Mings zu verschwinden. Er geht scheinbar in dem Licht Ghots auf. Es sieht aus, als würde Itzi sie in die Arme nehmen, bis ihre transparente Gestalt nicht mehr vorhanden ist. Kurz bevor das Blau endgültig verschwindet, schießt ein letzter, leuchtend blauer Strahl in den Himmel. Er fliegt in die Nacht, unbeirrt in Richtung der Capaun Galaxie. Und am Ende fühlt auch die Sonne Ghot eine gewisse Nuance stärker in sich leuchten.

Itzi bewegt sich nicht. Sie sitzt da und schaut auf die Stelle, an der Xsiau-Ming sich gerade vollständig aufgelöst hat. Sie sagt nichts, sie tut nichts, sie sitzt nur da. Lediglich Morgenrots Gefieder verrät ihre Trauer. Die Inkarnation der Ur-Sonne ist sich nicht sicher, ob sie ernsthaft geglaubt hatte, Xsiau-Ming noch umstimmen zu können. Trotzdem ist es nun nicht mehr möglich, noch etwas zu ändern. Xsiau-Ming ist fort. Ihr Schicksal besiegelt. Ein für alle Mal. Obwohl sie weiß, dass sie am Tode Capauns Tochter schuldlos ist, wünschte Itzi doch, die Dinge hätten sich anders entwickelt. Es hätte nicht so kommen müssen. Xsiau-Ming war nicht von Grund auf schlecht oder böse, wer ist das schon? Sie war vor allem in ihren Gefühlen verletzt. Ob zu recht oder nicht, sie war so tief verletzt, dass sie anfällig für die Botschaften Sot-Sabbahs wurde.

Diese erst unterschwelligen, aber immer offensiver vorgetragenen Versprechen und Verheißungen brachten sie in ihrer Eifersucht dahin, dass sie sich dem Dunklen zuletzt völlig hingab. Er hat ihr die Härte verliehen, 'ihren' Weg bis zum Ende zu gehen, ihre Wunden aber heilten dadurch nicht. Sie kam bis zu ihrem Tod nicht darüber hinweg, dass ihr Vater Capaun sich auch um die Aeris gekümmert hatte, als wären sie seine Söhne. Sie fühlte sich vernachlässigt und zweifelte an Capauns Liebe zu ihr.

Wahrscheinlich konnte nur ihr Vater ihr so sehr wehtun, denn die Geliebten verletzen einen mehr als die anderen. Nur sie haben diese 'besondere' Macht. Schließlich ging es Capaun ähnlich, auch er ist nie über die Gefühle seiner Tochter hinweggekommen. Und bei all seiner Macht, seinem Wissen und seiner Weisheit war er außerstande, ihre Lage zu ändern. Weder konnte er sich mit der Situation abfinden, noch sie erträglicher gestalten. Es gab nichts Richtiges zu tun, keinen wirklich beschreitbaren Weg aus dieser Situation heraus, und natürlich musste er seinen und mussten sie ihren, gemeinsam, jedoch voneinander getrennt, in unterschiedliche Richtungen gehen. Vielleicht ist es ein Trost, wenn ihr Blau am Ende zur Capaun-Galaxie findet. Es ist schwer zu sagen, was das zu bedeuten hat. Wahrscheinlich muss selbst Itzi alles darauf verwenden, die Vorgänge richtig zu verstehen, wenn das in dieser Welt überhaupt möglich ist. Dann reißt sie sich von ihren verwinkelten Gedanken los.

Pantrionium hört sie fiepen, während sie auf ihn und die anderen zugehüpft kommt. „Was meint sie mit: Wir haben keine Zeit? Wir haben keine Zeit zu verlieren; das kenn' ich doch. Ich dachte, das sei für den Augenblick erst mal vorbei?" Die Frage war an alle gerichtet, aber nur Flamm hat eine Ahnung. Als er durch die Frage des Schnuff auf diese Ahnung aufmerksam wird, verfärbt sich Morgenrots Gefieder.

„Oh-oh." Aufgeregt blickt Morgenrot umher. „Das ist nicht gut." Er starrt in die Ferne, als versuche er, etwas zu hören, oder als schaue er, ob dieses Etwas bereits irgendwo geschehe.

Sternenhimmel, Silberschatten und das Schnuff können mit der allgemeinen Aufregung wenig anfangen. Das Schnuff besonders. Eben war doch noch alles gut ... doch fühlen sich die beiden Aeris plötzlich unangenehm an die Vorgänge im Inneren des Planeten erinnert, kurz bevor sie zur Oberfläche aufbrachen. Jetzt drängt Itzi energisch auf prompte Abreise, und Flamm, auf dessen Rücken sie gekrabbelt ist, erhebt sich zügig in die Luft. Auch Morgenrot macht sich bereits daran, aufzusteigen, als das gesamte Felsplateau zu erzittern beginnt. An den Rändern bröckelt das Gestein, und erste Stücke fallen in die Tiefe. Das Beben ist nicht auf den Steingarten oder auf das Tal begrenzt, in dem er sich befindet. Alles bebt.

Im Aufsteigen brüllt Morgenrot etwas über Energie heraus, die jetzt nicht mehr gebunden sei, bevor seine Stimme, vom Wind davongetragen, auf die Entfernung zu leise wird. Als Pantrionium sich in Sternenhimmels Fellkragen einmummelt, und der Aeris sich aufmacht, den Freunden zu folgen, hört er, wie der Boden unter ihnen auseinanderreißt.

Während Sternenhimmel abhebt, fällt das künstlich erschaffene Bergmassiv in sich zusammen. Wo sie eben noch standen, ist nichts mehr. Überall kann das Schnuff den Boden auseinanderbersten und in die Tiefe fallen sehen, sobald es seinen Kopf weit genug hervorstreckt. Ein seltsames Saugen dringt von allerorts her an sein Ohr, noch bevor sie über den Grat der hohen Berge emporsteigen. Dann sind auch die Gipfel dieser Gebirge zurückgelassen, was dem Trias einen Ausblick auf das wahre Maß der Katastrophe verschafft.

Bis zum Horizont reiht sich eine apokalyptische Szene an die andere. In jede Richtung! Es stürzt alles in sich zusammen. So, als versinke ein Stein im Treibsand, verschwindet der gesamte Planet in den noch unergründlichen Tiefen seiner selbst. Die ganze unfassbare Szenerie wird von jenem unheimlichen Saugton überlagert, und obwohl Meere aus Schutt und Staub ins Nichts verschwinden, Milliarden Tonnen Gestein zusammenbrechen und -stürzen, gibt es kaum entsprechende Geräusche.

Das gleichmäßige Saugen, ein Geräusch, als würde sich etwas mit hoher Geschwindigkeit um sich selbst drehen, überdeckt das Verschwinden ganzer Landstriche, auch wenn die Ursache für sein Vorhandensein nicht ersichtlich wird. Dünne Blitze lösen sich und durchstoßen die zerfallende Erdoberfläche. Bald bilden sie ein lebendiges, den

Wandelstern einhüllendes Gewebe. Und je mehr Masse wegbricht, umso dichter wird dieses Gewebe und umso weniger ist von Toths Untergang zu sehen. Der Planet wird immer kleiner.

Von fern, wo die Aeris fliegen, ist sein schnelles Ende abzusehen.

Eine Woge aus Licht breitet sich nach allen Richtungen hin aus, als Toth endgültig in sich zusammenfällt. Ohne Aufsehen zu erregen, ohne großen Knall. Heimlich, still und leise stiehlt er sich aus dem Diesseits. Dann ist er fort. Es ist, als hätte es ihn nie gegeben.

Unwillkürlich fragt sich das Schnuff, ob es hier an der Tagesordnung ist, dass in so kurzen Abständen Planeten zerstört werden.

Als sich die Vorgänge auf Toth den staunenden und leicht überforderten Blicken des Trias entziehen, fragt es Sternenhimmel: „Was ist denn hier los? Warum stirbt dieser Planet auf einmal? Einfach so ...“

„Puhh. So bis ins letzte kann ich dir das nicht erklären, das solltest du Flamm oder Itzi fragen. Oder Morgenrot. Aber im Prinzip musst du dir, glaub' ich, folgendes vorstellen: Xsiau-Ming hat den Planeten angezapft, um an Macht zu gewinnen, womit sie eine Art Vakuum erzeugt hat. Sie hat sehr viel dieser Energie aufgewendet, um ihre Horden auf die Beine zu stellen. Das ist konservierte Energie, wenn du so willst. Mit ihrem Tod sind zwei Dinge geschehen. Erstens, sind die Energiekanäle, die sie mit Toth verbunden hatten, abgerissen. Das führte dazu, dass der Planet jene Energie zurückabsorbieren wollte, die ihm über lange Zeit abgezapft worden war. Durch den uferlosen Raubbau Xsiau-Mings an für sie verwertbaren Kräften, ist ein nicht zu kalkulierendes Energiegefälle entstanden. Zweitens wurde die konservierte Energie nicht mehr länger gebunden, sondern verteilte sich schlagartig. Durch ihre extreme Bearbei-

tung hat Xsiau-Ming die Schwingungsmuster dieser Energie verändert und sie allein stand als eine Art energetischer Damm zwischen den Polen. Als dieser Damm brach, strömte, was einst getrennt wurde, wieder ineinander. Zum Teil stark verändert, aber mit enormer Wucht und einem derartigen Verlangen, sich auszugleichen, bis, tja, die gesamte Energie sich sich selbst entzog, du verstehst?"
Kopfschütteln.
„Wie so was aussieht, hast du gesehen, als der Planet verging."
„Sie hat dem Planeten die Energie ausgesaugt?", schüttelt das Schnuff noch immer den Kopf. Es ist äußerst irritiert, weil es sich nicht vorstellen kann, wie und vor allem warum man dergleichen tun sollte: Lebensformen anzapfen. Nur, um an Macht zu gewinnen? Macht scheint manche Geschöpfe zu seltsamen Taten zu verleiten. Ein weiterer Gedanke keimt in ihm auf: Bedeutet die blanke Gier danach schon, dass man blind für die Belange anderer zu werden droht?
„Xsiau-Ming hat alles angezapft, um mächtiger zu werden. Auch ʻihrenʼ Planeten. Sie hat sich von so vielem ʻernährtʼ, was sich an verwertbarer Energie in ihrer Nähe befand", ergänzt Morgenrot.
Flamm fällt ihm ins Wort: „Da hast duʼs, Pantrionium, Magier taugen nichts! Alle miteinander! Gilt für jede Form von Magie! All diese kunstvollen Zaubersprüche, geheimnisvollen Rituale und großartigen Formeln bringen am Ende nur eines: Ärger! Lass dich von der Magie nicht blenden! Es sieht vielleicht toll aus, wenn man mit ʻnem Wink Berge versetzt, oder ein Feuerwerk in den Himmel zaubert, aber es verdirbt denjenigen, der die Zauber spricht nur all zu leicht. Magie bringt die schlechten Seiten in einem Wesen zum Vorschein. Immer!" Flamm seufzt scharf: „Immer und immer wieder! Ich habe noch keinen einzigen Zaube-

rer kennengelernt, der zu was zu gebrauchen wäre. Keinen einzigen! Scharlatane! Alle! Sie verbringen ihre Zeit damit, in irgendwelchen Löchern zu hocken und nach Möglichkeiten zu suchen, um die kosmischen Energien anzuzapfen und noch stärker zu fokussieren. Und was machen sie mit all ihrer glorreichen Macht? Sie initiieren noch mächtigere Rituale, aus noch älteren, selteneren, noch schwieriger zu lesenden Büchern, um noch stärkere Mächte anzurühren und sich Untertan zu machen. Und genau das ist der Punkt! Sie haben nie genug. Weder Energie, noch Macht! Sie müssen weiter suchen. Eine Art innerer Zwang. Eine Sucht! Und was geschieht, mit anzunehmender Sicherheit, früher oder später? Sie gehen an ihrer eigenen Zunft zu Grunde! Werden von beschworenen Kreaturen gefressen und ausgespuckt, explodieren mit einem großen, die Energien umlenkenden Spruch, oder ein Artefakt wendet sich gegen sie, weil es das kann. Paff! Vorbei. Guck dir die Ming an. Die hat den ganzen Planeten ausgequetscht. Wofür! Wofür, und mit welchem Ergebnis?!"

Bevor Flamm bei seiner wütenden Bestandsaufnahme hinsichtlich der Magie und der Magier explodiert, unterbricht Itzi ihn sanft: 'Ich glaube, Pantrionium hat es verstanden. Lass mal gut sein.'

Flamm schluckt: „Hmpf, okay. Aber trotzdem: Magier sind übelster Guano! Kannst du dir ruhig so merken!"

Pantrionium weiß nicht so recht, was er antworten soll. 'Pinguinkot?'. Deshalb sagt er: „A-ha!" Aber er sagt es ziemlich nachdrücklich! Ansonsten verzichtet er auf eine differenzierende Antwort, was wohl die richtige Reaktion ist.

Flamm wendet zufrieden seinen feurigen Blick vom Schnuff ab, und als Pantrionium ebenfalls in diese Richtung schaut, kann er Aï'Kohns Silhouette ausmachen. 'Endlich. Zu Hause', denken alle, einschließlich des Trias, welches diesen Gedanken, so oder so ähnlich, heute schon zum fünften Mal hegt.

Obwohl sie sich von der, der Sonne abgewandten Seite Ai'-Kohns nähern, ist es auf der Planetenoberfläche nicht so dunkel, wie es sein sollte. Das Schnuff erkennt einige Lichter, die so stark leuchten, dass es die unheimliche, unheimlich schöne Szenerie, die sich dort unten abspielt, von hier oben betrachten kann. Die Lichter bewegen sich. Sie pulsieren und streben alle auf einen bestimmten Ort zu, an dem sie einen Strauß bilden. Dort warten bereits einige der hypnotisch wirkenden, leuchtenden Punkte auf die anderen.

„Seht!", ruft Sternenhimmel freudig erregt in die Runde. „Die Balik regenerieren sich! Wie ist das möglich? Sie vereinigen sich schon!"

'Das haben wir Xsiau-Ming zu verdanken', erwidert Itzi ruhig. 'Das letzte, was sie getan hat, bevor sie sich von ihrer Existenz löste, war, die Brücke zu zerstören, die sie für den Dunklen errichtet hatte.'

Das ist eine Überraschung; besonders für die Aeris. „Ist das herrlich!", schwärmt Morgenrot. „Vor kurzem noch hatte ich wahnsinnige Angst, euch alle nie mehr wieder zu sehen. Und jetzt? Jetzt sind wir nicht nur endlich wieder vereint, auch unsere Schützlinge finden wieder zueinander! Lasst uns zu ihnen fliegen!" Insgeheim dankt er seiner Stiefschwester für ihre, wenn auch späte Einsicht, auch, wenn er weiß, dass der Dank dafür eigentlich eher Itzi gilt. Der Vorschlag findet schnell Zustimmung, und Itzi findet noch: „Kchhh!" Was in diesem Falle so etwas wie ein Toast auf sie alle, alles und jeden sein könnte. Jedenfalls stimmt die Runde kräftig mit ein, und Sternenhimmel ergänzt: „Auf Pan, den besten Schnuffinger der Welt, worin wiederum alle mit einstimmen: „Auf Pantrionium!" Nach einer kurzen Pause erklärt der 'beleidigt': „Bin ja auch der einzige!" Die Gefiederten und zwei pelzige Bäuche schütteln sich vor Lachen. So fliegen sie gut gelaunt zu ihren Balik.

Das Schnuff ist so was von glücklich, es hat ganz heiße Wangen. Beinahe fühlt es sich wie vorhin, in den tristen, dunklen Gängen unter den Gebirgen Toths, als Itzi es gebissen hat. Es fühlt sich liebgewonnen, ganz geborgen. Nur geht es ihm dieses Mal noch besser als nach Itzis Biss, denn das Gefühl wird andauern.

„Wollen wir uns dort auf die Insel am Wasserfall setzen?" Silberschatten deutet auf eine lauschige, von Bäumen bewachsene und der tosenden Sturzflut umspülte Landbank. „Es sieht ja so aus, als würden sie ihren alten Zeremonienplatz wieder weihen."

Damit sind alle einverstanden, und bald darauf erblickt das Schnuff zum ersten Mal in seinem noch jungen Leben einen Balik. Ihm offenbart sich, warum alle so außer sich waren, als diese Wesen noch in Gefahr schwebten. Man erkennt eine Reinheit in ihnen, etwas Pures, Unverfälschtes, wie es das sonst nur in der Phantasie gibt. Die Balik wecken sofort jeglichen Beschützerinstinkt in einem. Vielleicht, weil man das Gute in sich selbst, in den Balik wiederzuerkennen meint. Verliert man die Balik, verliert man von sich das Beste.

Doch so herrlich diese Wesen auch anzusehen sind, und so aufregend alles ist, was sie tun, das Schnuff bekommt die wohlig warmen Wogen schweren Schlafbedürfnisses nicht mehr unter Kontrolle. Es schlummert, friedlich vor sich hinschnorchelnd, die letzten Schwaden eines aufregenden und anstrengenden Tageszyklus vor seinem inneren Auge dahin driften lassend, ein. Plötzlich zuckt es heftig, ein Bein schlägt aus. Das Schnuff träumt. Vielleicht, wie es Gladwick eine verpasst; allerdings ist das mit Träumen so eine Sache: In der Realität erwischt es Sternenhimmel. Der bekommt eine vors Schienbein. Verdutzt springt er zur Seite. Bevor er noch mehr Schnufftritte abbekommt, bringt er sich vorsichtshalber einen weiteren Schritt außer Reichweite und somit in Sicherheit. Das Schnuff hat wohl einiges an Erfahrungen zu verarbeiten.

Nun ist Pantrionium gerade mal so kurze Zeit in seiner Welt und schon weiß er nicht mehr, was ihm noch alles bevorsteht. Er hat zwar einiges erfahren, aber alles, was er vor seiner Geburt über seine Zukunft und die Zukunft der Welt wusste, vergessen. Vielleicht ist das besser so.

Ende: Teil I